KB210136

약속

약속

프리드리히 뒤렌마트 | 차경아 옮김

문예출판사

Das Versprechen

Friedrich Dürrenmatt

차례

약속

추리소설에 부치는 진혼곡

1

지난 3월 나는 쿠어*시 안드레아스-다힌덴협회에서 추리소설 창작 기술에 관한 강연을 맡은 적이 있다. 기차 편으로 그곳에 도착했을 때는 이미 밤이 내릴 무렵이었다. 구름이 잔뜩 낀 하늘, 음침한 눈발, 게다가 사방이 꽁꽁 얼어붙은 날씨였다.

강연회는 상인(商人)조합 홀에서 열렸는데 청중이 없어 한산했다. 마침 같은 시간에 인문고등학교 강당에서 후기 괴테에 관한 에밀 슈타이거**의 강연이 있었던 탓이다. 연사인 나나 그 밖의 청중이나 어느 누구도 흥이 날 리 없었고, 그 지방에서 온 많은 참석자들은 내 강연이 끝나기도 전에 홀을 떠났다.

나는 잠시 동안 협회 간부진 몇 사람과 교사 두세 명(그들 역시 후기 괴테에 관한 강연회에 참석했더라면 했을 것이다), 그리고 명예직으로 동부스위스가정부조합 일을 맡고 있는 한 여성 자선가를 만나 사례

---

* 스위스 알프스 산지에 있는 그라우뷘덴주의 주도
** Emil Staiger(1908~1987), 스위스 문예학자로 1943년 이후 취리히대학교 교수로 일했으며 작품 내재적 해석 방법론으로 문예학의 새 방향을 제시했다. 괴테 서지학 연구로도 유명하다.

금과 여행비를 받은 뒤, 내 숙소로 마련된 역 근처 슈타인보크 호텔
로 퇴각했다.

하지만 이곳 역시 황량하기 이를 데 없었다. 독일 경제 신문 한 가
지와 낡은 《세계 주간지》 말고는 읽을거리조차 없는 데다 호텔의 적
막은 잠자리에 들 생각조차 안 나리만큼 비정했다. 일단 잠이 들고
나면 다시는 깨어나지 못할 것 같은 불안감이 솟구쳤다. 그렇게 그
밤은 시간을 떠난 유령처럼 으스스했다. 밖에는 눈발도 그쳤고 만물
이 정지해 있었다. 가로등도 흔들림을 멈추었고, 한 가닥 돌풍도, 쿠
어 시민 단 한 명의 자취도, 짐승 새끼 한 마리도 없었다. 단 한 번, 역
에서 아득히 기적이 울렸을 뿐이다.

나는 위스키라도 한잔할 참으로 바로 갔다. 거기엔 중년의 마담
외에 손님이 한 사람 있었는데, 그는 내가 자리를 채 잡기도 전에 자
기소개를 했다. 취리히주 경찰국장을 지냈다는 H 박사였다. 키가 크
고 육중한 몸집의 고풍스런 사내, 요즘 보기 드문 금빛 시곗줄이 조
끼 위로 늘어져 있는 게 보였다. 꽤 나이가 들었는데도 아직 뻣뻣한
검은 머리털에 더부룩한 콧수염. 그는 바의 높은 의자에 앉아 붉은
포도주를 마시며 바이아노스*를 태우고 있었고, 마담한테는 이름을
부르며 스스럼없이 말을 건넸다. 우렁찬 목청에 원기 있는 제스처,
거침없는 성격의 사내였다. 나는 그에게 매력을 느끼면서도 당혹스
러움을 느꼈다.

거의 새벽 3시가 되고, 조니워커가 석 잔째 나올 무렵, 그는 다음

---

* 브라질산(産) 고급 파이프 담배

10

날 아침 자기의 오펠 카피텐*으로 나를 취리히까지 태워다 주겠노라 제의했다. 나는 쿠어시 주변에 대해, 아니 스위스의 이 지역에 관해서 도통 문외한이었기 때문에 기꺼이 그의 초대에 응했다.

H 박사는 연방의회 의원으로 그라우뷘덴주에 왔다가 날씨 탓으로 귀로에 오르지 못했고 그 덕분에 내 강연을 들었다고 했다. 그러나 강연에 대해서는 아무 의견도 피력하지 않다가 "선생의 강연은 졸렬하기 짝이 없더군요"라고 한마디를 불쑥 던졌다.

---

* 19세기에 아담 오펠(Adam Opel)이 창설한, 서독에서 세 번째로 큰 자동차 공장에서 생산되는 차종

2

다음 날 아침 우리는 길을 떠났다. 새벽녘에 그나마 잠을 좀 잘 셈으로 메도닌*을 두 알 먹었기 때문에 나는 마비된 듯 몽롱한 상태였다. 벌써 낮인데도 사방은 여전히 침침했다. 어디선가 하늘 한 조각이 금속처럼 번득였지만 그 밖에는 구름 덩이들이 짓누르듯 무겁게 느릿느릿 움직이고 있었고 여전히 눈으로 뒤덮인 풍경이었다. 겨울은 아무래도 이 땅을 떠날 기세가 아닌 듯싶었다.

이 도시는 산지로 포위되어 있었지만 산 풍경은 웅장한 맛을 보이기는커녕 무슨 어마어마한 무덤이라도 파헤쳐놓은 듯 흙더미의 거대한 퇴적물처럼 보였다. 그래도 쿠어 시내만은 분명 고층 행정부 건물들이 들어선, 돌로 이뤄진 회색 도시였다. 이 지역에서 포도가 재배된다는 사실이 아무래도 믿기지 않았다.

우리는 옛 시가지로 뚫고 들어가려는 시도를 했다. 그러나 우리를 태운 육중한 자동차가 방향을 잘못 잡아 비좁은 골목이며 일방통행

---

* 진정제의 일종

로로 얽혀드는 바람에 혼잡스런 건물 틈바구니를 빠져나오기 위해서는 실로 힘들게 후퇴 작전을 할 도리밖에 없었다. 게다가 아스팔트마저 얼어붙어 있었다. 그래서 이 유서 깊은 주교 거주지에서 아무런 관광도 못한 채 드디어 빠져나왔을 때는 '후유' 하는 마음이 들기까지 했다. 마치 도망 길 같았다.

나는 납덩이처럼 피곤해져서 멍하니 졸고 있었다. 무겁게 내려앉은 구름 사이, 눈 덮인 계곡이 꽁꽁 얼어붙은 풍경으로 우리 곁에서 유령처럼 슬금슬금 밀려 나갔다. 얼마나 오래 걸렸는지는 알 수 없었다. 이어서 우리는 약간 큰 마을, 아니면 작은 도시인지도 모를 마을로 조심조심 차를 몰았다. 그러고는 이윽고 만물이 햇볕 아래 놓인 풍경 속으로 들어섰다. 눈부시게 강렬한 햇볕을 받아 쌓인 눈 표면이 녹아내리기 시작했다.

이어서 설원 위로 묘하게 뻗어 있는 한 줄기 새하얀 안개가 천천히 위로 올라가며 시야에서 골짜기 풍경을 거두어 갔다. 이곳의 땅이며 산지는 끝내 그 모습을 보이지 않겠다는 듯 마치 마술에 걸린 것처럼 악몽 속에서 흘러가는 것 같았다. 다시금 피로가 덮쳤고 한술 더 떠 거리에 뿌려놓은 자갈이 내는 소음이 짜증스럽게 들려왔다. 또 우리는 어느 다릿목에선가 슬쩍 미끄러졌고, 이어서 이동 부대가 한바탕 지나갔다. 그 바람에 차창이 어찌나 더러워졌던지 와이퍼로는 이미 말끔하게 닦을 수도 없었다.

H 박사는 힘든 도로에 신경을 모으고 혼자 생각에 잠겨 무뚝뚝하게 내 곁 운전석에 앉아 있었다. 나는 이 초대에 응한 것을 후회하며 위스키와 메도닌을 저주했다.

하지만 시간이 흐르면서 차츰 나아졌다. 계곡 풍경이 다시 시야에 들어오며 인간적인 모습을 보이기 시작했다. 여기저기 널린 농가며 듬성듬성 보이는 작은 공장들, 한결같이 정결하고 검소한 풍경이었다. 이제는 도로도 눈 녹은 물 때문에 반짝이고 있을 뿐 쌓인 눈이나 빙판 같은 건 볼 수 없었다. 어쨌거나 분명한 것은 이제부터는 속도를 제대로 내어 달릴 수 있다는 점이었다. 산지들도 이제 답답한 압박감 대신 확 트인 공간을 내주었다. 그러다가 우리는 한 주유소 앞에 멈춰 섰다.

주유소 건물은 첫눈에 기묘한 인상을 주었다. 아마도 그것을 둘러싸고 있는 정결한 스위스 풍경과 걸맞지 않은 유별난 모습 때문이었으리라. 초라하기 이를 데 없는 그 건물에는 물기까지 잔뜩 배어 있었다. 벽면을 타고 사뭇 여러 갈래로 줄줄 흐르는 물줄기. 건물 절반은 석조였고 나머지 반쪽은 헛간 같은 것이었는데, 헛간 거리 쪽 판자 벽을 따라 광고문들이 나붙어 있었다. 벽면이 더덕더덕 광고 더께로 뒤덮인 걸 보면, 그 광고문들은 꽤나 오래전부터 붙어 있었던 모양이다. "현대식 파이프에는 부루스 담배를", "카나디안 드라이를 시음하십시오"와 같은 문구를 비롯해 스포츠 민트, 비타민, 린트 밀크 초콜릿, 측면 벽을 메우게끔 꽉 차도록 붙여진 피렐리 타이어 광고 등등. 저유탱크 두 개가 석조 건물 앞쪽 울퉁불퉁 마구잡이로 깔린 아스팔트 바닥에 박혀 있었다. 이젠 제법 따갑게 찌르듯 내리쬐는 햇볕을 받고 있건만 이 모든 풍경은 너무나 낡고 오래된 느낌을 주었다.

"내립시다."

주 경찰국장이 말했다. 그의 속셈을 알 수 없었지만 나는 그 말을 순순히 따랐다. 어쨌거나 신선한 공기를 쐰다는 것이 반가웠다.

열려 있는 건물 문 곁으로 돌 벤치에 한 노인이 앉아 있었다. 면도를 하지 않고 씻지도 않은 모습, 얼룩지고 더러운 뿌연 윗도리에다 원래는 연미복 짝이었을 법한 기름때가 반질반질한 짙은 색 바지 차림이었다. 발에는 낡은 슬리퍼. 그는 멍하니 앞을 응시하고 있었다. 멀찌감치에서도 술 냄새가 풍겨왔다. 돌 벤치 주변 아스팔트 바닥에 널린 담배꽁초들이 진흙탕에 둥둥 떠다니고 있었다.

"안녕하시오."

내가 보기에는 갑자기 당황스러워하는 어조로 주 경찰국장이 말했다.

"가득 채워주십시오. 슈퍼로. 또 차창도 닦아주시고요."

그리고 그는 내게 말했다.

"안으로 들어갑시다."

그제야 나는 단 하나 달린 창문 위로 붉은빛 양철 조각으로 된 식당 간판이 붙어 있는 것을 발견했다. 또 출입문 위로 '장미의 집'이라는 문구도 눈에 띄었다.

우리는 누추한 복도로 들어섰다. 소주와 맥주가 내는 퀴퀴한 냄새. 주 경찰국장은 앞장서 걸어가 판자 문을 열었다. 그는 이곳에 익숙한 모양이었다. 식당 안은 초라하고 어두컴컴했다. 거칠게 짜 맞춘 탁자와 벤치 몇 개. 화보에서 잘라낸 영화배우 사진이 벽마다 붙어 있었다. 오스트리아 방송국에서는 티롤의 물가 정보를 알려주고 있었고, 스탠드 뒤로 깡마른 여인이 서 있는 모습이 가까스로 보였다. 여인은 모닝코트를 걸치고 담배를 피우며 컵을 씻는 중이었다.

"크림 넣은 커피 두 잔" 하고 경찰국장이 주문했다.

여인은 분주하게 덜그럭대기 시작했고, 옆방에서 차림새가 단정치 못한 여급이 빠져나왔다. 어림잡아 서른 살쯤 되어 보이는 여자였다.

"저 여자애는 이제 열다섯이라오."

경찰국장이 무뚝뚝하게 내뱉었다.

소녀는 찻잔을 날랐다. 까만 치마에 반쯤 열어젖힌 흰 블라우스 차림. 블라우스 밑에는 아무것도 걸치지 않은 데다 피부도 지저분했다. 스탠드 뒤 여인이 젊었을 적에 지녔을 법한 금발, 그것도 빗질을 하지 않은 채였다.

"고맙다, 안네마리."

경찰국장은 탁자에 돈을 놓았다.

소녀 역시 입이 붙어 있었다. 감사하다는 대꾸조차 없었다. 우리는 말없이 커피를 마셨다. 커피 맛은 고약했다. 경찰국장은 바이아노스에 불을 붙였다. 오스트리아 방송은 해상 수위 예보로 바뀌었고 소녀는 옆방으로 미끄러지듯 들어가버렸다. 방 안에는 희끄무레한 무언가가 어른거렸다. 필시 개키지 않은 이부자리였을 것이다.

"갑시다."

경찰국장이 입을 뗐다.

밖으로 나가자 그는 저유 탱크를 들여다본 뒤 돈을 지불했다. 노인은 벤진을 채워 넣고 차창도 닦아놓았다.

"다음에 봅시다."

경찰국장은 작별 인사조로 말했다. 이번에도 당혹스러워하는 그의 표정이 내 눈에 띄었다. 그러나 노인은 역시 아무 대꾸 없이 어느새 아까 자기가 있던 자리로 되돌아가 흐리터분한 눈빛으로 멍하니 앞을 바라보고 앉아 있었다.

자동차에 이르러 다시 한번 뒤돌아보았을 때, 노인은 불끈 쥔 두 주먹을 흔들면서 띄엄띄엄 한마디씩 내뱉으며 중얼거렸다. 그러는 그의 얼굴은 헤아릴 길 없는 신념 같은 것으로 환하게 빛나고 있었다.

"나는 기다리겠어, 기다리겠어. 그놈은 올 거야. 오고 말 거라고."

3

솔직히 말씀드리자면, 하고 H 박사는 한참 후 우리가 막 케렌처 산지의 협로를 넘어서려는 참에 입을 떼었다. 도로는 다시 빙판이었고 밑으로는 발렌호(湖)가 우리를 거부한다는 듯 차갑게 번득이며 가로놓여 있었다. 게다가 메도닌 탓에 납덩이 같은 피로가 다시 나를 덮쳐왔다. 몽롱한 위스키 맛에 대한 기억, 꿈을 꾸듯 끝없이 무감각하게 미끄러져가는 느낌.

솔직히 말씀드리자면 나는 추리소설이라는 것을 대단하게 여긴 적이 없습니다. 그런데 선생 역시 그 일에 종사하신다니 유감이로군요. 그건 시간 낭비입니다. 하긴 선생께서 어제 강연에서 말씀하신 내용이야 그럴싸하게 들리긴 했습니다만. 정치를 한다는 족속들이 이 지경으로까지 턱없이 실패하게 된 이래⋯⋯. 우선 나부터 그 점을 인식해야겠지요. 나 자신도 그 가운데 한 사람, 당신도 아시겠지만 (나는 그 점을 알지 못했다. 그의 음성이 아득히 멀리 느껴지는데 나는 피곤을 방패 삼아, 그러면서도 굴속에 숨은 짐승처럼 그 음성에 주의를 모았다) 나도 연방의회 의원이니까 말입니다. 사람들은 최소한 경찰이라도 세계에 질서를 가져다줄 수 있기를 희망합니다. 물론 이거야말로 어설프기 짝이 없는 희망이라 여겨집니다만.

그런데 유감스러운 것은 그 갖가지 추리소설들 안에서 한술 더 뜨는 엉뚱한 사기극이 연출된다는 점입니다. 그렇다고 당신네들이 만들어낸 범죄자들이 어김없이 처벌받게 되는 상황을 두고 하는 말은 아닙니다. 이런 식의 그럴싸한 동화는 아마 윤리적으로 볼 때 꼭 필요할 테니까요. 이런 동화는 국가를 지탱하는 거짓말의 일부이지요. "범죄란 소용없는 짓이다"라는 성경 말씀처럼. 실은 이런 대목의 진상을 알려면 인간 사회를 관찰하는 것만으로도 충분하겠습니다만······. 이런 점들에 대해 불평하지는 않겠습니다. 설혹 그것이 돈벌이 원칙에서 나온 거라 해도 말이지요. 무릇 독자나 세금 납세자들은 자기네들의 영웅과 해피엔드를 요구할 권리를 갖고 있으니까요. 우리네 경찰 종사자나 당신네 작가들은 그런 것들을 조달해줄 의무를 지고 있는 겁니다.

그게 아닙니다. 나를 화나게 만드는 것은 다름 아니라 당신네들 소설에서 벌어지는 사건들의 진행 방식입니다. 이 대목의 사기극은 언어도단에다 파렴치하기까지 합니다. 당신네들은 사건 진행을 논리적으로 설정하지요. 마치 장기를 두듯 진행시킵니다. 여기엔 범죄자 저기엔 희생자, 또 이곳엔 공모자 저곳엔 부당 이득자, 이런 식으로 말이지요. 수사관은 이 규칙을 알고 반복해서 판을 벌이는 것으로 족하지요. 그럼 어느 틈엔가 범죄자를 체포하게 되고, 정의는 승리를 도와주는 겁니다. 이런 식의 픽션이 나를 참을 수 없이 격분시킨단 말입니다. 현실이란 논리를 가지고서는 극히 일부밖에 파악되지 않는 거니까요.

게다가 그런 점을 인정한다 쳐도, 우리네 경찰 종사자들 역시 막무가내로 논리적이고 과학적인 수사를 진행시키도록 강요당하고 있습니다. 하지만 우리 게임을 방해하는 인자들이 너무나 자주 침투해 들어오기 때문에 순전히 직업상 운(運)이나 우연이 결정을 내리는 경우가 흔하지요. 우리 편에 유리하도록, 아니면 불리하도록.

그런데 당신네들 소설 속에서는 이 우연이라는 것이 아무 역할도 못하지요. 우연 같은 모습을 하고 있는 경우에도 뭐든지 그것은 곧 운명이요 섭리라는 겁니다. 진실은 이렇게 옛날부터 당신네 작가들의 극작 규칙을 위한 먹이로 던져지고 있습니다. 이젠 제발 그놈의 규칙이라는 것을 팽개쳐버리십시오.

무릇 사건이란 수학 공식처럼 맞아떨어지는 게 아니라는 겁니다. 우리는 결코 필연적 인수(因數)를 알지 못하며, 실로 몇 안 되는, 대체로는 부차적인 인수밖에 모릅니다. 다만 이 이유만으로도 그렇습니다. 우연적인 것, 예측할 수 없는 것, 헤아릴 수 없는 것들 역시 엄청나게 큰 역할을 하는 겁니다. 그런데 우리 수사 법칙은 다만 확률과 통계에 토대를 둘 뿐, 인과율을 무시합니다. 그 법칙들은 보편적으로는 들어맞지만 특수한 경우에는 맞지를 않아요. 개개인은 저마다 계산 외곽에 서 있단 말입니다. 그러니 우리 수사 수단이 미흡할 수밖에요. 그 수단을 확장하면 할수록 근본적으로는 그 수단이 점점 더 미흡해지는 겁니다.

그런데 당신네 작가들은 이런 점에 괘념치를 않습니다. 당신네들은 우리에게서 끊임없이 빠져나가는 현실과 맞붙어 싸우려 들지를 않고, 다만 극복할 수 있는 하나의 세계를 세우는 겁니다. 그렇게 세워진 세계는 아마도 완전한 세계일 수는 있겠지요. 하지만 그것은 거짓 세계입니다. 실재를 향해, 현실을 향해 나아가려면 완전함을 대담하게 포기하십시오. 그렇잖으면 당신네들은 아무짝에도 못 쓰는 문체 연습에나 골몰하며 주저앉는 꼴이 되고 맙니다. 아무튼 이제 본론으로 들어가지요.

아마도 오늘 아침 선생께선 여러 가지로 어리둥절하셨을 겁니다. 우선 장황스런 내 수다 때문에 그러셨을 테지요. 전직 취리히 경찰국장이라면 좀 더 온건한 견해를 피력하는 편이 마땅했을 겁니다. 하지만 이젠 나도 늙었고 짐짓 내세울 체면도 없습니다. 우리 모두가 얼마나 의문투성이로 존재하는지, 우리 능력이라는 게 얼마나 하잘것없는지, 또 우리는 얼마나 쉽사리 오류를 범하는지 난 알고 있습니다. 하지만 그렇다 해도 우리가 행동해야 한다는 것도 나는 알고 있어요. 비록 그릇된 행동을 하는 위험에 처해지더라도 말이지요.

다음으로 선생께서는 내가 왜 아까 그 초라한 주유소에 들렀는지 의아하게 여기셨을 겁니다. 이제 그 이유를 털어놓을 참입니다. 우리한테 벤진을 넣어주던 그 서글픈 주정뱅이 퇴물은 지난날 가장 유능한 내 부하였답니다. 모르긴 해도 나도 내 직업에 관해서는 제법 정통한 편이었습니다. 하지만 마태야말로 천재였어요. 그것도 당신네 소설에 나오는 수사관들을 훨씬 능가하는 천재였다고 할 수 있지요. 이 사건이 벌어진 지도 이제 곧 9년이 됩니다.

H 박사는 쉘사(社)의 화물차를 한 대 추월하고 나서 말을 이었다.

마태는 내 휘하 수사관 중 한 사람, 정확히 말해 경감 가운데 한 명이었습니다. 우리 시경에서는 군대 계급을 적용하고 있으니까요.

그는 나와 마찬가지로 법률 공부를 했습니다. 바젤시 출신으로 바젤대학교에서 박사 학위를 받았고, 처음에는 그와 '직업상' 접촉을 가졌던 사람들 사이에서, 나중에는 우리 시경에서까지 '꼴찌 마태'* 라고 불렸지요.

그는 외톨이였습니다. 언제 봐도 용의주도한 옷차림에 극히 사무적이고 의례적이며, 끈끈한 관계를 갖지 않는 위인, 담배도 피우지 않고 술도 마시지 않았습니다. 그렇지만 미움을 사면서도 가차없이 맡은 바 직무를 성공적으로 수행해낼 줄 알았지요.

나는 끝내 그를 가늠할 수 없었습니다. 아마도 내가 그나마 그를 좋아하는 유일한 사람이었을 겁니다. 왜냐하면 근본적으로 나는 분명한 사람을 좋아하니까요. 물론 유머를 모르는 그의 성품이 자주 비위에 거슬리긴 했습니다만. 그는 탁월한 분별력을 갖고 있긴 했지만, 지나치게 견고한 우리 국가 조직 탓에 감정이 메말라버린 인간이었습니다. 그는 경찰 기구를 무슨 계산자처럼 다루는 조직적인 사내였지요. 결혼도 하지 않았고 도대체 사생활에 대해서는 입 밖에 내는 적이 없었어요. 어쩌면 사생활 같은 것이 아예 없었는지도 모르지요. 그의 머릿속에는 오로지 직업상 일밖에는 들어 있지 않았을 겁니다.

---

* Matthäi am Letzten, 독일어로는 '끝'이라는 의미. 성경의 복음서로는 마지막(연대기상)으로 작성되었다는 데서 연유함

22

그 일을 그는 유능하게, 그러면서도 냉담하게 수행하고 있었지요. 그토록 완고하게 지칠 줄 모르고 일을 해내긴 했지만 그 직책이 그에게 권태로운 것처럼 보이기도 했습니다. 마침내 그를 열정적으로 돌변시킨 문제의 사건에 얽혀들 때까지는 말이죠.

그뿐 아니라 마태 박사는 마침 그때 출셋길의 막다른 지점에 서 있었습니다. 그의 부서에서 몇 가지 어려운 일들이 생긴 겁니다. 당시 참사관은 내 은퇴를 염두에 두고 서서히 후계자를 물색 중이었지요. 애당초 물망에 오를 만한 인물은 마태밖에 없었을 겁니다. 그런데 앞으로 있게 될 선발에는 간과할 수 없는 장애물이 걸려 있었습니다. 그가 어느 당에도 속해 있지 않다는 것도 문제였지만 동료 수사관들 역시 반대를 하고 나섰을 테니까요.

그렇지만 또 한편으로 상부에서 보면 그처럼 유능한 관리를 묵살해야 한다는 꺼림칙함이 그대로 남아 있었지요. 그런 판국에 마침 요르단에서 좋은 해결책이 왔습니다. 그곳 현지 경찰을 재조직할 임무를 맡을 전문가 한 사람을 암만*으로 보내달라는 요청이 스위스 연방에 온 겁니다. 취리히에서는 마태를 천거했고 베른 측과 암만 측에서 인가가 떨어졌지요.

모두가 안도의 한숨을 내쉬었습니다. 마태 자신도 기뻐했지요. 직업상 경력 때문만은 아니었습니다. 당시 그는 쉰 살이었으니……. 사막의 햇볕을 쐬어보는 것도 좋을 거라고 여겼던 겁니다. 출발을 앞둔 그는 알프스와 지중해 상공 비행을 기대하며 들떠 있었습니다. 어쩌

---

* 1921년 이후 요르단 수도

면 아주 떠난다고 생각했는지도 모르지요. 하지만 훗날 덴마크에서 과부로 살고 있는 누이한테 가겠노라는 얘기를 넌지시 하기도 했습니다. 그리고 막 카제르넨가(街)에 있는 시경 청사에서 그의 책상을 정리하던 참이었지요. 그때 문제의 전화벨이 울린 겁니다.

4

"마태가 가까스로 알아들은 내용은 복잡하기 짝이 없는 보고였습니다."

경찰국장은 이야기를 계속했다.

그것은 취리히시 근교 작은 마을 메겐도르프에서 걸려온 전화였는데, 마태의 오랜 '단골' 중 한 사람인 폰 군텐이라는 행상이 건 것이었습니다. 애초에 마태는 카제르넨가에서 보내는 마지막 오후를 사건 수사에 매달려 지낼 기분은 아니었지요. 아무튼 비행기 표도 벌써 끊어놓았고, 출발은 사흘 뒤로 예정되어 있었으니까요.

그런데 마침 내가 공석 중이었습니다. 경찰국장 회의에 참석했다가 저녁때나 베른에서 돌아올 예정이었지요. 적절한 행동 개시가 필요했어요. 미숙하게 손을 썼다가는 만사를 그르칠 수도 있었으니까요. 마태는 메겐도르프 경찰서에 통화를 부탁했습니다.

때는 4월 하순이었어요. 밖에서는 빗줄기가 내리치고 푄 바람이 멀리 이 도시까지 뻗쳐 왔습니다. 그렇지만 그 불쾌하고 고약한 열기는 수그러들지 않아 헉헉 숨이 막힐 지경이었지요.

리젠 경관이 수화기 너머에 나타났습니다.

"메겐도르프에도 비가 옵니까?"

대답은 뻔한데도 마태는 맨 먼저 못마땅한 투로 물었습니다. 그러고는 표정이 한층 어두워졌습니다. 이어서 그는 '사슴'**에 있는 그 행상을 눈에 띄지 않게 감시하도록 지시를 내렸어요.

마태는 수화기를 내렸습니다.

"무슨 일이 생겼습니까?"

상관이 짐을 꾸리는 일을 도와주던 펠러가 물었습니다. 몇 권씩 몇 권씩 어느새 방 안 가득 모인 장서를 치우는 일이었지요.

"메겐도르프에도 비가 온다는군요."

마태는 대답했습니다.

"특별기동대에 경보를 보내주시오."

"살인 사건입니까?"

"빌어먹을 놈의 빗줄기야."

펠러가 모욕감을 느낄 정도로 물음엔 아랑곳하지 않고 마태가 대답 대신 중얼거렸습니다.

그러면서도 차 안에서 초조하게 기다리는 검사 및 헨치 경위와 합류하기 전에 폰 군텐의 기록을 뒤적여보았어요. 그 행상에겐 전과가 있었습니다. 열네 살짜리 소녀에게 저지른 풍기문란죄였지요.

---

* 알프스에서 불어오는 건조한 봄의 열풍

** 레스토랑 이름

5

그렇지만 결과적으로 보면 그 행상을 감시하라는 명령부터가 전혀 예기치 않았던 오류로 드러났습니다.

메겐도르프는 아주 작은 마을이었지요. 부락민 중에는 아래쪽 골짜기에 있는 공장이나 인접한 벽돌 공장에서 일하는 이들도 더러 있긴 했지만, 대부분은 농부였습니다. 하긴 그곳 교외에 거주하는 도시 사람도 몇 있긴 했어요. 건축업자 두세 명과 고전풍 조각가 한 사람 정도였죠. 그렇지만 그들은 그 마을에선 아무 영향력도 갖고 있지 못했어요. 그 밖의 모든 마을 사람들은 서로를 빤히 알고 지내는 데다 대부분 친척 간이기도 했습니다.

공식적으로 내놓고 그러지는 못했지만 이 마을은 은근히 취리히 시와 갈등 관계에 있었습니다. 메겐도르프를 둘러싸고 있는 숲 지대로 말할 것 같으면 실상 취리히 시유지인데, 그런 사실을 메겐도르프 부락민들이 알 바 없었거든요. 그래서 한때는 산림국이 여러 가지로 애를 먹기도 했습니다. 몇 해 전인가 메겐도르프에 파출소를 주재시키도록 요청하여 관철시킨 것도 실은 산림국이 해낸 일이었지요. 그

뿐 아니라 일요일이면 도회인들이 떼 지어 이 마을로 몰려오고 '사슴' 역시 밤이면 많은 이들을 유혹하는 장소로 변해가는 사태가 벌어졌습니다.

이 모든 점을 고려해볼 때, 그곳에 주재하는 경찰은 자기가 응당 맡아야 할 직분을 수행하는 한편, 인간적으로도 그 마을 사람들과 영합하지 않을 수 없었습니다. 그 부락에 배치된 헌병 베크뮐러는 그 점을 금방 간파했지요. 그는 농촌 출신 술꾼으로 메겐도르프 부락민들을 노련하게 다루었습니다. 물론 더러는 지나치게 양보해가면서 말입니다. 그건 근본적으로는 내가 개입해야 했을 정도의 양보였는지도 모르지요. 그렇지만 양보에 따른 피해는 그것 역시 피치 못한 인력 부족으로 야기된, 대체로 하찮은 것이었지요. 그래서 나는 묵인했고 베크뮐러를 눈감아주었습니다.

그런데 그가 휴가를 가자 그의 대리인들로서는 일이 난처해지지 않을 수 없었습니다. 메겐도르프 부락민 편에서 보면 그들은 모조리 부당하게 처신하는 경관들인 셈이었거든요. 호경기에 들어선 후로는 시유지인 숲 지대에서의 밀렵이나 도벌, 또 마을에서의 패싸움 같은 것이 흘러간 시대의 전설처럼 되어버리긴 했지만, 그래도 국가 권력에 대한 뿌리 깊은 반항심이 주민들 간에 꺼지지 않고 퍼져 있었던 겁니다.

특히 이번 사건의 경우 리젠 경관이 곤경에 빠졌습니다. 그는 쉽사리 감정을 다치고 유머를 모르는 우직한 젊은이로 메겐도르프 주민들의 줄기찬 야유를 감당하지 못했습니다. 실제로는 별로 대수롭지 않은 대목에 가서도 지나치게 민감한 성격이었지요. 그는 일상 근무와 순찰을 하면서도 겁이 나서 부락민 앞에 모습을 드러내지 못했습니다.

사정이 이러니 몰래 행상을 감시한다는 것부터가 불가능한 일일 수밖에요. 이 경관이 평소에는 꺼리면서 피하던 '사슴'에 출현한 것부터가 일대 사건이었으니까요. 리젠이 시위하듯 행상 맞은편에 버티고 앉자 농부들은 호기심을 드러내며 입을 다물었습니다. 레스토랑 주인이 물었습니다.

"커피를 드시겠습니까?"

경관은 대답했지요.

"아뇨. 나는 공무로 여기에 온 것이오."

농부들은 호기심 어린 눈초리로 행상을 바라보았습니다. 한 노인이 물었어요.

"저자가 무슨 일을 저질렀나요?"

"그건 당신하곤 상관없는 일이오."

천장이 낮은 레스토랑 안은 담배 연기로 꽉 차 있었습니다. 판자로 된 동굴 안처럼 더위가 짓누르고 있었지요. 그런데도 레스토랑 주인은 전등을 켜지 않았습니다. 은빛 창유리를 배경으로 백포도주나 맥주잔을 앞에 놓고 긴 탁자에 앉아 있는 농부들 모습이 그림자처럼 어른거렸습니다. 창유리로는 빗물이 낙수가 되어 시냇물처럼 줄줄 흘러내리고 있었고요.

어디선가 테이블 축구의 떨그럭대는 소리, 또 어디선가 아메리카 자동 오락기가 돌아가고 쩔렁대는 소리.

폰 군텐은 앵두 술을 마셨습니다. 그는 겁에 질려 있었지요. 오른

팔을 행상 바구니 손잡이에 고이고 구석 자리에 웅크리고 앉아 기다리고 있었습니다. 벌써 몇 시간째 그 자리에 앉아 있는 듯한 모습. 침침하고 고요했지만 위협적인 분위기. 창유리가 좀 밝아졌습니다. 빗줄기 기세가 수그러들더니 별안간 햇볕이 났습니다. 다만 바람 소리만은 여전히 요란스레 울부짖으며 담벼락을 흔들어댔습니다.

이윽고 밖에 자동차 멎는 소리가 나자 폰 군텐은 기쁜 표정을 지었어요.

"나갑시다."

리젠이 말하며 몸을 일으켰습니다. 두 사람은 밖으로 나섰지요. 레스토랑 앞에는 짙은 색 리무진과 특별기동대 소속 대형차가 대기 중이었습니다. 또 구급차가 뒤따랐고요. 마을 광장에는 햇볕이 눈부시게 내리쬐었습니다. 우물가에 두 어린이가 서 있었습니다. 대여섯 살쯤 되었을까. 계집애와 사내애였는데, 계집애는 인형을 끼고 있었고 사내애는 작은 끌을 쥐고 있었어요.

"운전석 옆자리에 앉으시오, 폰 군텐 씨!"

마태가 리무진 차창으로 내다보며 소리쳤습니다. 이어서 행상은 이젠 살았다는 듯 한숨을 내쉬며 좌석에 앉았고, 리젠이 다른 차에 올라탔지요. 그러자 마태는 말했습니다.

"자, 그럼 이제 당신이 숲속에서 발견한 걸 우리에게 보여주시오."

6

숲에 이르는 도로가 온통 진창으로 변해버린 탓으로 그들은 걸어서 젖은 풀밭을 가로질렀습니다. 그리고 곧 숲가에서 멀지 않은 덤불 사이 나뭇잎들 틈에서 작은 시체를 발견하고 둘러섰습니다. 그들은 입을 열지 못했습니다. 미친 듯이 윙윙대는 나무들에선 여전히 굵다란 은빛 물방울이 다이아몬드처럼 반짝이며 떨어지고 있었지요.

검사가 무심코 브리사고*를 집어던졌다가 황망히 밟아 껐습니다. 헨치는 쳐다볼 엄두도 못 냈고요. 마태가 마침내 입을 뗐습니다.

"경찰관은 시선을 돌리는 법이 아니오, 헨치."

일행은 각자의 도구를 조립했습니다.

"이런 비가 내린 뒤끝에 흔적을 찾기는 어려울 거요."

마태가 말했지요.

불쑥 아까 그 사내애랑 계집애가 그들 가운데 나타나 뚫어지게

---

* 시가의 한 종류

바라보았습니다. 계집애는 여전히 인형을 끼고 사내애는 끈을 쥔 채로……

"애들을 데려가게."

한 경관이 두 어린이의 손목을 잡고 도로변으로 데려갔습니다. 아이들은 그곳에 가만히 서 있었어요.

마을 사람들 한 무리가 먼저 도착했습니다. '사슴' 주인의 모습은 흰 앞치마 때문에 멀리서도 알아볼 수 있었어요.

"길을 차단하시오."

경감이 명령했습니다.

몇몇 사람들은 말뚝을 세웠고 나머지 사람들은 주변 가까운 곳을 뒤졌습니다. 이어서 플래시가 터지기 시작했어요.

"이 소녀를 아시오, 리젠?"

"모릅니다, 경감님."

"마을에서 본 적이 있나요?"

"그런 것 같습니다, 경감님."

"사진은 찍어두었소?"

"위에서 두 장 더 찍을 겁니다."

마태는 기다렸습니다.

"흔적은?"

"아무것도 없습니다. 모조리 뭉개졌습니다."

"단추는 살펴봤소? 지문은?"

"이런 억수 같은 소나기 뒤엔 가망 없는 일입니다."

이어서 마태는 조심스럽게 몸을 굽혔습니다.

"면도칼을 썼군."

그는 확언하고는 여기저기 널린 과자들을 주워 모아 조심스럽게 작은 바구니에 도로 집어넣었어요.

"비스킷들이로군."

부락민 한 사람이 얘기할 게 있다고 신고해왔습니다. 마태는 일어섰어요. 검사가 숲가를 바라보았습니다. 그곳에 백발 남자 하나가 왼쪽 팔목에 우산을 걸친 채 서 있었습니다. 헨치는 창백한 모습으로 너도밤나무에 기대서 있었습니다. 행상은 바구니를 깔고 앉아 조그만 소리로 여러 번 힘주어 되뇌고 있었고요.

"정말 우연히 지나가던 길이었습니다. 정말 우연히요!"

"이리로 오게 하시오."

백발 남자가 숲을 헤치고 다가와 흠칫 놀라며 섰습니다.

"맙소사."

그는 다만 그렇게 중얼거리기만 할 뿐이었어요.

"성함이 어떻게 되십니까?"

마태가 물었습니다.

"교사 루긴뷜입니다."

백발 남자는 조그만 소리로 대답하고 시선을 돌렸어요.

"이 소녀를 아십니까?"

"그리틀리 모저입니다."

"양친은 어디에 사시죠?"

"임 모스바하에요."

"여기서 멉니까?"

"15분쯤 거립니다."

마태는 현장을 건너다보았습니다. 마태만이 두 눈을 똑바로 뜨고 있는 유일한 인물이었지요. 아무도 감히 입을 열지 못했습니다.

"어떻게 된 겁니까?"

선생이 물었어요.

"성범죄입니다."

마태가 대답했습니다.

"이 아이가 선생님 반 학생입니까?"

"크룸 선생 반입니다. 3학년이지요."

"모저 씨에게 다른 자식이 있나요?"

"그리틀리는 외딸이었습니다."

"누군가가 양친에게 알려야 합니다."

일행은 다시금 침묵했습니다. 마태는 물었어요.

"선생께서 좀 알려주시겠습니까?"

루긴뷜은 한참 동안 대답을 못 했습니다.

"날 겁쟁이라 여기진 마십시오."

이윽고 그는 머뭇머뭇 말했어요.

"그렇지만 그러고 싶진 않습니다. 그럴 수가 없습니다."

그는 조그만 소리로 덧붙였습니다.

"알겠습니다. 목사님은?" 하고 마태가 물었어요.

"시내에 계십니다."

"좋습니다."

마태는 침착하게 대답했습니다.

"이제 가셔도 좋습니다. 루긴뷜 선생."

선생은 도로 쪽으로 되돌아갔습니다. 그곳엔 메겐도르프 주민들이 점점 더 많이 모여들었지요.

마태는 여전히 너도밤나무에 기대어 서 있는 헨치 쪽을 바라보았습니다. "부탁입니다. 안 되겠습니다, 경감님" 하고 헨치가 기어드는 소리로 말했습니다. 검사 역시 고개를 가로저었어요. 마태는 다시 한번 현장을 바라보고는, 피와 빗물에 흠뻑 젖어 덤불 속에 놓여 있는 찢어진 빨간 치마로 눈을 돌렸습니다.

"그럼 내가 가겠소."

그는 말을 마치고는 비스킷이 든 바구니를 집어 들었습니다.

7

'임 모스바하'는 메겐도르프와 면한 수렁 같은 작은 골짜기에 자리 잡고 있었습니다. 마태는 경찰차를 마을에 놔둔 채 걸어서 갔습니다. 시간을 좀 벌고 싶었던 게지요. 그 집은 멀리서도 보였어요. 그는 문득 걸음을 멈추고 되돌아보았습니다. 발걸음 소리가 들렸어요. 사내 녀석이랑 계집애, 두 꼬마가 빨갛게 상기된 얼굴로 어느새 또 나타났어요. 그 애들은 지름길로 온 모양이더군요. 애들의 출현을 달리 설명할 도리가 없었어요.

마태는 계속 걸었습니다. 야트막한 그 집은 우중충한 들보에 새하얀 벽 위로 초가지붕이 얹혀 있었습니다. 집 뒤로는 과실나무들이 서 있었고, 안마당은 새까만 흙판이었고요. 집 앞마당에서 장작을 패고 있던 사내는 고개를 드는 순간 다가오는 경감을 발견하고 물었습니다.

"무슨 일이십니까?"

마태는 머뭇거렸습니다. 어찌할 바를 모르고 있다가 자기소개를 하고는 단지 시간을 벌 요량으로 물었습니다.

"모저 씨이신가요?"

"그렇습니다. 웬일이시지요?"

사내는 다시 한번 물었어요. 그리고 도끼를 든 채 마태 앞에 다가와 섰습니다. 마흔 살가량 된 남자, 깡마른 주름살투성이 얼굴, 회색 눈이 탐색하듯 경감을 바라보았습니다. 문께로 한 부인이 나타났어요. 부인 역시 빨간 치마를 두르고 있었지요.

마태는 무슨 말을 할지 생각에 잠겼습니다. 아까부터 그 생각을 하고 있었지만 어찌해야 할지 여전히 알 수가 없었어요. 그때 모저 편에서 실마리를 던졌습니다. 마태 손에 들린 바구니를 알아본 것이지요.

"그리틀리한테 무슨 일이 생겼습니까?"

그는 말한 후에 다시금 찬찬히 마태를 뜯어보았습니다.

"그리틀리를 어디 심부름 보내셨나요?"

경감은 물었지요.

"페렌에 있는 할머니 댁에요."

농부는 대답했습니다.

마태는 생각했습니다. 페렌이라면 이웃 마을이었지요.

"그리틀리는 자주 이 길로 다녔나요?"

"매주 수요일과 토요일 오후에요."

농부는 말을 하다가 돌연 공포에 휩싸여 물었습니다.

"그걸 왜 물으시지요? 무엇 때문에 그 바구니를 가져오셨나요?"

마태는 모저가 장작을 패던 나무 그루터기 위에 바구니를 놓고 말했습니다.

"그리틀리는 메겐도르프 근처 숲속에서 시체로 발견되었습니다."

모저는 꼼짝도 하지 않았어요. 부인도 빨간 치마 차림으로 가만히 문 옆에 선 채 꼼짝도 하지 않았습니다. 마태는 사내의 백지장 같은 얼굴 위로 갑자기 땀이 솟는 것을, 땀이 시냇물처럼 줄줄 흘러내리는 것을 보았습니다. 차라리 외면하고 싶었지만 그 얼굴, 그 흐르는 땀에 사로잡혀 꼼짝도 할 수가 없었습니다. 그렇게 그들은 선 채로 서로를 마주 보고 있었어요.

"그리틀리는 살해되었습니다."

마태는 자신의 목소리를 들었습니다. 아무 동정심도 섞이지 않은 듯한 무미건조한 목소리. 그 점에 스스로 화가 났습니다.

"그럴 리가 없습니다."

모저가 소곤거렸습니다.

"그런 악마는 있을 수 없다고요."

아울러 도끼를 쥔 그의 주먹이 부르르 떨렸습니다.

"분명 그런 악마는 있습니다, 모저 씨."

마태는 말했지요.

그 사내는 마태를 뚫어져라 바라보았습니다.

"우리 애한테 가보겠소."

그는 들릴락 말락 한 소리로 말했어요. 경감은 고개를 가로저었습니다.

"그러지 마십시오, 모저 씨. 내 말이 잔인하다는 것은 알고 있습니다만, 그리틀리에겐 안 가시는 편이 좋겠습니다."

모저는 경감 가까이로 바싹 다가섰습니다. 두 남자의 눈빛이 맞

닿을 정도로 가까이. 남자는 외쳤어요.

"어째서 그 편이 낫다는 건가요?"

경감은 잠자코 입을 다물고 있었습니다.

순간 모저는 금방이라도 내리칠 기세로 손에 쥔 도끼를 가늠했습니다. 하지만 곧 돌아서서 여전히 문 옆에 서 있는 아내에게로 달려 갔습니다. 아무런 미동도 없는 침묵 상태. 마태는 기다렸습니다. 그 순간의 한 장면도 놓치지 않고. 그리고 불현듯 영원히 이 장면을 잊 지 못하리라는 것을 깨달았지요. 모저가 아내를 움켜쥐었습니다. 들 릴락 말락 한 흐느낌이 갑작스레 모저를 뒤흔들었어요. 그는 얼굴을 아내의 어깨 깊숙이 묻고 있었고, 아내는 멍하니 허공을 응시하고 있 었지요.

"내일 저녁에는 따님을 보실 수 있습니다."

경감은 어쩔 줄 몰라 하며 약속했습니다.

"그땐 잠든 것 같은 모습일 겁니다."

그때 아내가 갑자기 입을 열었습니다.

"살인자가 누군가요?"

그녀는 놀랄 정도로 침착하고 냉담한 어조로 물었습니다.

"제가 꼭 찾아낼 겁니다, 모저 부인."

그러자 여인은 마태를 바라보았어요. 위협하듯 거만한 시선으로.

"약속하시겠습니까?"

"약속하지요, 모저 부인."

경감은 불현듯 그 장소를 뜨고 싶다는 간절한 기분에 사로잡혀 말했지요.

"당신 생명을 걸고?"

경감은 어안이 벙벙했습니다만 마침내는 "내 생명을 걸고"라고 답했습니다. 하긴 속셈은 그게 아니었지요. 여인은 명령조로 말했습니다.

"그럼 가보세요. 당신은 생명을 걸고 약속하신 겁니다."

마태는 무언가 위안이 될 말을 더 하고 싶었지만, 아무 생각도 나지 않았습니다.

"유감입니다."

그는 조그만 소리로 내뱉고 몸을 돌렸지요. 그리고 아까 왔던 길로 느릿느릿 다시 발걸음을 뗐습니다.

숲을 배경으로 한 메겐도르프 마을이 시야에 들어왔습니다. 그 위로 구름 한 점 없는 하늘. 두 꼬마가 길가에 웅크리고 있는 모습이 다시 눈에 띄었습니다. 그가 지친 걸음걸이로 아이들을 스쳐 지나자 아이들은 종종걸음으로 뒤따라왔습니다.

그때 갑자기 그의 등 뒤로 비명 소리가, 흡사 짐승 같은 외마디소리가 들렸습니다. 집 안에서 나온 소리였습니다. 그는 발길을 재촉했습니다. 그렇게 비명을 터뜨린 것이 남편 쪽인지 아내 쪽인지는 알 수가 없었습니다.

8

메겐도르프로 되돌아오자 그는 벌써 첫 번째 난관에 부딪혔습니다. 특별기동대 대형차가 마을로 들어와 경감을 기다리는 중이었지요. 범행 장소와 그 주변은 샅샅이 검색된 후 차단되었습니다. 사복 경관 세 명이 숨어서 대기 중이었고요. 그들은 행인을 지켜보는 임무를 맡았습니다. 그렇게 해서 혹시나 살인자에 관한 단서를 추적할 수 있을까 해서였지요.

구름은 걷혔지만 빗줄기는 수그러들 기세가 아니었습니다. 푄 바람이 여전히 마을과 숲 위를 덮고 찌뿌드드하게 몰아쳤습니다. 불쾌하게 짓누르는 무더위가 사람들의 신경을 곤두세웠고 참을 수 없는 지경으로 만들고 있었지요. 아직 낮인데도 벌써 가로등까지 켜져 있었고요.

농부들이 무리 지어 몰려왔습니다. 그들은 폰 군텐을 발견하고는 그를 범인으로 여겼던 겁니다. 행상들이란 항상 혐의를 받기 마련이거든요. 그들은 폰 군텐이 벌써 체포된 것이라 여기고 특별기동대 차를 에워쌌습니다.

행상은 차 안에 뻣뻣한 자세로 앉아 있는 경찰관들 틈에서 숨을 죽이고 떨며 웅크리고 있었습니다. 메겐도르프 부락민들은 점점 차 있는 데로 가까이 다가가 차창에 얼굴을 바싹 대었습니다. 경관들은 어찌할 바를 몰랐지요. 특별기동대 차 뒤쪽에 검사가 앉아 있었는데, 그도 갇힌 꼴이 되고 말았습니다. 뿐만 아니라 취리히에서 온 법의학 자의 차와 소녀의 주검을 태운 적십자가 그려진 흰색 구급차도 꼼짝 달싹할 수 없었습니다.

사내들은 위협적으로, 하지만 말없이 버티고 있었고, 아낙네들은 집 담벼락에 붙어 서 있었습니다. 아낙네들도 말이 없었어요. 아이들 은 마을 분수대 위로 기어 올라가 있었고요. 그 어떤 계획도 없는 억 눌린 분노가 농부들을 규합하고 있었습니다. 그들은 보복을, 정의를 원했던 겁니다.

마태는 특별기동대 차로 뚫고 들어가려 했지만 도저히 불가능했 습니다. 최상책은 마을 이장을 만나는 일이었지요. 그는 이장이 어 디 있는지 물었습니다. 하지만 아무도 대답을 안 했어요. 다만 숨죽 인 협박조 말들이 몇 마디 들려왔습니다. 경감은 궁리를 해보다가 레 스토랑으로 들어섰습니다. 그의 생각은 틀리지 않았어요. 이장은 '사 슴'에 앉아 있었습니다. 어딘가 건강해 보이지 않는 작달막하고 육중 한 사내였죠. 그는 연방 벨트리너*를 들이켜며 나지막한 창문을 통해 바깥을 엿보는 중이었습니다. 그가 물었습니다.

"제가 어떻게 하면 좋겠습니까, 경감님?"

---

* 이탈리아 존드리오 지방 계곡 이름으로, 여기서 생산되는 포도주를 말함

42

"저 사람들은 완고합니다. 그들은 경찰에 맡기는 것으로는 미덥지 못하다고 느끼고 있어요. 자기네 스스로 정의를 행사해야 한다고 생각하는 거죠."

이어서 그는 한숨을 내쉬었습니다.

"그리틀리는 착한 애였답니다. 우리 모두 그 애를 사랑했어요."

이장의 눈가에는 눈물이 고였습니다.

"저 행상한테는 죄가 없습니다."

마태가 말했어요.

"그렇다면 당신네들이 체포하지도 않았을 거 아닙니까?"

"그는 체포된 게 아닙니다. 증인으로 필요한 사람일 뿐입니다."

이장은 침울한 눈초리로 마태를 눈여겨보았습니다.

"당신네들은 그저 발뺌만 하려 드는군요. 우리가 뭘 해야 할지 알겠습니다."

"마을 책임자로서 이장님은 우선 우리가 무사히 철수할 수 있도록 배려해주셔야 합니다."

상대방은 싸구려로 보이는 붉은 포도주 잔을 비웠습니다. 아무 대꾸도 없이 마시기만 했어요.

"어떻게 하시겠소?"

마태는 불쾌한 투로 물었습니다. 이장은 고집스럽게 그대로 앉아 있었지요.

"저 행상은 목숨을 내놔야 할 겁니다."

이장은 웅얼거렸습니다.

경감은 사태를 분명히 파악했습니다.

"그럼 그에 앞서 격투가 벌어질 겁니다, 이장님."

"당신네들은 성범죄자 따위의 편을 들어 싸우겠다는 겁니까?"

"그에게 죄가 있건 없건 질서는 지켜져야 합니다."

이장은 분노에 차서 야트막한 레스토랑 안을 서성거렸습니다. 그리고 아무도 보이지 않자 몸소 술통에 가서 포도주를 따르고는 셔츠 위로 진한 줄무늬를 이루며 술이 줄줄 흘러내리도록 허겁지겁 마셨습니다.

바깥의 무리는 여전히 말없이 버티고 있었습니다. 하지만 운전사가 경찰차에 시동을 걸려고 하자 무리의 열(列)은 더욱 바싹 조여졌습니다.

그때 검사까지도 레스토랑으로 들어섰습니다. 가까스로 메겐도르프 주민들을 헤치고 나온 참이었어요. 그는 차림새가 엉망이 되었어요. 이장은 화들짝 놀랐습니다. 검사의 출현이 불안했던 겁니다. 평범한 보통 사람으로서 검사라는 직위를 대하는 게 편안히 느껴질 리 없겠지요.

"이장님."

검사가 입을 뗐습니다.

"메겐도르프 주민들이 린치를 가할 기세인 듯싶군요. 보아하니 경찰을 증원하는 수밖에 딴 도리가 없습니다. 그래야만 당신네들이 분별력을 되찾을 것 같습니다."

마태가 제안했습니다.

"마을 사람들과 다시 한번 얘기를 해봅시다."

검사는 오른손 집게손가락으로 이장의 가슴을 툭툭 치며 툴툴거렸습니다.

"당장 사람들 앞에서 우리가 얘기할 수 있게 조치하지 않으면 당신도 재미없을 줄 아시오."

밖에서는 교회 종이 요란하게 울리기 시작했습니다. 사방에서 메겐도르프 주민들이 점점 더 많이 몰려왔어요. 심지어 소방대까지 출동해서 경찰에 대응할 태세를 취했습니다. 여기저기서 날카롭게 욕지거리 몇 마디가 튀어나오기 시작했어요.

"허수아비! 멍청이!"

경찰들도 방어 태세를 갖추었습니다. 그들은 갈수록 술렁대는 무리의 공격에 대비하고 있었지요. 하지만 경찰들 역시 마을 사람들과 마찬가지로 어찌할 바를 몰랐습니다. 경찰의 일이란 게 조직의 일과 개인 활동이 맞물려 돌아가는 것이었는데, 지금 여기선 생면부지의 사태와 맞서게 된 셈이었으니까요. 하지만 농부 편도 다시 굳어지고 냉정해지는 태세였습니다.

검사가 이장과 마태를 대동하고 '사슴' 문을 나서 철제 난간이 달린 돌층계를 내려왔습니다. 이장이 입을 열었습니다.

"메겐도르프 주민 여러분, 부르크하르트 검사님 말씀에 귀를 기울여주십시오."

무리 가운데선 아무런 반발 기색도 보이지 않았습니다. 농부와 노동자들은 다시 아까처럼 침묵을 지키며 위협적인 부동자세로 버티고 서 있었습니다. 그들 머리 위로는 저녁노을이 뒤덮이기 시작한 하늘이 걸려 있었고 가로등들이 창백한 별빛처럼 광장을 비추며 흔들렸습니다.

메겐도르프 주민들은 그들이 살인자라 단정하고 있는 자를 폭력을 써서라도 넘겨받기로 결심한 터였지요. 경찰차들은 시커멓고 거대한 짐승처럼 인파 가운데 서 있었습니다. 차들은 거듭 빠져나오려고 시도했지요. 모터 소리가 윙윙거렸다가는 맥없이 다시 잦아들었습니다. 헛일이었어요. 그날 일어난 사건 때문에 벌어진 속수무책 상태에 만물이 무겁게 짓눌려 있었습니다. 마을의 어두운 박공지붕들이며 광장, 운집한 사람들, 마치 온 세상이 살인으로 중독된 것 같았습니다.

"여러분."

검사는 머뭇머뭇 조그만 소리로 입을 떼었습니다. 하지만 말소리는 똑똑히 들렸어요.

"메겐도르프 주민 여러분, 우리는 끔찍스런 범죄를 보고 충격을 받았습니다. 그리틀리 모저가 살해되었습니다. 누가 그런 끔찍한 범행을 저질렀는지 우리는 알 수 없습니다……."

검사는 말을 이을 수가 없었습니다.

"그놈을 내놓으시오!"

주먹이 올라가고 여기저기서 휘파람이 들려왔습니다. 마태는 꼼짝 않고 무리를 바라보고 있었지요. 검사가 명령했습니다.

"마태, 당장 전화하시오. 증원 경찰을 부르시오."

"폰 군텐이 살인자요!"

햇볕에 탄 얼굴에 깡마르고 휘청하게 키가 큰 농부가 외쳤습니다. 며칠째 면도도 안 한 얼굴이었어요. 밭에서 일하고 있었다는 농부였습니다.

"나는 그놈을 봤소. 그 골짜기엔 그놈 말곤 아무도 없었소!"

마태가 앞으로 나섰어요. 그는 소리쳤습니다.

"여러분! 나는 마태 경감이오. 우리는 그 행상을 넘겨드릴 용의가 있습니다!"

너무나 기습적인 발언에 좌중은 쥐 죽은 듯 조용해졌습니다.

"돈 거 아니오?"

흥분한 검사가 이를 악물고 경감에게 말했어요.

"옛날부터 우리나라에선 죄가 있으면 법정에서 판결을 했고, 또 죄가 없으면 사면했습니다."

마태는 말을 이었습니다.

"여러분은 지금 이 법정을 스스로 구성하기로 결심했어요. 과연 여러분에게 그럴 권리가 있는지 없는지 여기서 검토하진 않겠습니다. 여러분 스스로가 그 권리를 쟁취했습니다."

마태는 단호한 어조로 말했습니다. 농부들과 노동자들은 주의 깊게 귀를 기울였어요. 한마디 한마디가 그들에겐 중요했지요. 마태가 그들에게 진지하게 대해주니까 그들도 마태를 진지하게 대해준 것이었어요. 마태는 말을 이었습니다.

"그렇지만 한 가지, 다른 모든 법정에 대해서도 그렇듯 여러분에게 요구할 것이 있습니다. 바로 정의입니다. 분명한 사실은 여러분이 정의를 원하고 있다는 확신이 서야만 우리가 여러분께 저 행상을 내줄 수 있다는 겁니다."

"우리는 정의를 원합니다!"

누군가가 외쳤습니다.

"여러분의 법정이 공정한 법정이 되려면 한 가지 조건을 만족시켜야만 합니다. 그 조건은 이렇습니다. 바로 불의는 피해야 한다는 것. 이 조건에 여러분도 복종해야 합니다."

"수긍합니다!"

벽돌 공장 십장이 외쳤습니다.

"그러니까 여러분이 폰 군텐에게 살인죄를 씌운다면 그 정당성 여부부터 검토해야 합니다. 그가 어떻게 해서 그런 혐의를 받게 되었지요?"

"그 작자는 벌써 전과가 있단 말이오."

한 농부가 외쳤어요. 마태는 설명했습니다.

"그 점이 폰 군텐이 살인자일 수 있다는 혐의를 가중시키긴 하지요. 하지만 그것이 실제 살인을 했다는 증거가 될 수는 없습니다."

"그 녀석을 골짜기에서 보았어요."

더부룩한 수염에 얼굴이 햇볕에 그을린 아까 그 농부가 재차 외쳤습니다.

"이리 올라오십시오."

경감이 재촉했습니다. 농부는 망설였습니다.

"올라가라니까, 하이리."

누군가가 소리쳤습니다.

"비겁하게 굴지 말게."

농부가 마침내 자신 없는 태도로 연단에 올라섰습니다. 이장과 검사는 '사슴' 입구로 물러섰지요. 그래서 연단에는 마태와 농부만이 남게 되었습니다.

"나한테 뭘 물으시려는 겁니까?"

농부가 물었습니다.

"내 이름은 벤츠 하이리요."

메겐도르프 주민들은 꼼짝 않고 연단의 두 사람을 응시했지요. 경찰관들은 고무 곤봉을 다시 둘러멨습니다. 그들 역시 숨죽인 채 사건의 전말을 지켜보고 있었어요. 마을 어린이들은 반쯤 들린 소방차 사다리에 기어 올라가 있었고요.

"당신이 행상 폰 군텐 씨를 골짜기에서 목격했다고요, 벤츠 씨."

경감이 입을 뗐습니다.

"그 사람이 골짜기에 혼자 있었습니까?"

"혼자였습니다."

"벤츠 씨, 당신은 무슨 일을 하고 있었습니까?"

"나는 식구들이랑 감자를 심고 있었지요."

"언제부터 그 일을 하셨나요?"

"10시부터입니다. 또 식구들이랑 밭에서 점심도 먹었지요."

농부는 말했습니다.

"그럼 저 행상 말고는 아무도 보지 못했나요?"

"아무도. 맹세할 수 있습니다."

농부는 장담했지요.

"그건 말도 안 되는 소리야, 벤츠!"

한 일꾼이 소리쳤습니다.

"2시에 내가 자네 감자밭을 지나갔는걸!"

그 밖에도 두 명이 더 증언을 했습니다. 그들도 2시에 자전거를 타고 골짜기를 지나갔다는 것이었어요.

"나도 차를 타고 그 골짜기를 통과했어, 이 멍청이야!"

한 농부가 올려다보며 소리쳤습니다.

"그런데 자네는 미치광이처럼 일만 했단 말야, 이 구두쇠야. 자네 식구들은 허리가 휘도록 진이 빠지게 일을 할 수밖에 없잖아. 발가벗은 여자 몇백 명이 지나갔어도 자넨 고개도 들지 않았을걸."

좌중에서 웃음이 터졌지요.

"그러니까 그 골짜기를 지나친 사람은 행상 한 사람만이 아니로 군요."

마태는 재차 확인했습니다.

"그렇지만 계속 조사해봅시다. 숲과 나란히 시내로 통하는 도로가 하나 있지요. 이 도로를 지나쳐 간 사람 있습니까?"

"게르버 프리츠요."

누군가 외쳤습니다.

"제가 그 길로 갔습니다."

소방용 펌프 위에 앉아 있던 육중한 농부 하나가 마지못해 대답했어요.

"마차를 타고요."

"언제?"

"2시쯤입니다."

"이 도로는 범행 장소로 가는 숲길과 통합니다."

경감은 설명했습니다.

"게르버 씨, 거기서 무슨 인기척인가를 느끼셨습니까?"

"아니요."

농부는 퉁명스레 답했어요.

"아니면, 혹시 세워둔 자동차라도 목격했습니까?"

농부는 잠시 침묵하다가 자신 없는 말투로 답했습니다.

"그런 것 같군요."

"확실합니까?"

"뭔가 도로에 있긴 있었어요."

"혹시 빨간색 메르세데스 스포츠카였습니까?"

"그럴지도 모르지요."

"아니면 회색 폭스바겐이었나요?"

"그럴지도 모르고요."

"당신 대답은 불확실하기 짝이 없군요."

"사실 나는 마차에서 반쯤 잠들어 있었거든요."

농부는 시인했습니다.

"이런 땡볕에선 누구라도 그렇습니다."

"그럼 이참에 경고하겠습니다. 공공 도로에서는 주무시지 마십시오."

마태는 주의를 주었습니다.

"말들이 알아서 조심하니까요."

모두가 웃음보를 터뜨렸지요.

"여러분은 이제 스스로 심판하는 위치에 있을 경우 어떤 어려움이 있는지 알았을 겁니다."

마태는 자신 있게 말했습니다.

"이렇듯 범행은 완전히 외딴곳에서 저질러진 게 아닙니다. 밭에서 일하는 식구들과 불과 50미터 떨어진 곳에서 저질러졌지요. 식구들이 조금만 주의했더라면 불행을 미연에 방지할 수 있었을 겁니다. 그렇지만 그들은 무심했어요. 그런 범죄가 일어나리라곤 눈곱만큼도 예상치 못했으니까요. 그들은 죽은 소녀가 지나가는 것도, 그 길을 지나친 다른 이들도 보지 못했습니다. 다만 행상만이 그들 눈에 띄었던 것이지요. 게르버 씨도 마찬가지로 마차 위에서 멍하니 졸고 있었습니다. 그러니까 지금 필요한 정확하고 중요한 진술은 한마디도 얻은 게 없습니다. 사정이 이렇습니다. 그런데 이 정도를 갖고 행상을 체포해야 할까요? 여러분 스스로에게 물어보십시오. 끝으로 그가 경찰에 신고했다는 사실만으로도 실상 그에겐 유리한 겁니다. 여러분이 판결을 어떻게 내릴지는 나도 모르겠습니다만, 우리 경찰이 어떻게 수사를 펴나가는지에 대해서는 설명해드리지요."

경감은 잠시 말을 중단했습니다. 그는 다시금 메겐도르프 주민들과 단독으로 마주 섰습니다. 벤츠는 당황해서 군중 속으로 되돌아갔으니까요.

"모든 혐의자는 신분 고하를 막론하고 엄중하게 조사를 받을 겁니다. 또한 우리는 있을 수 있는 모든 단서를 추적할 겁니다. 뿐만 아니라 필요하다면 다른 지방의 경찰력도 동원할 겁니다. 보시다시피 여러분의 법정은 진실을 수사하기에는 별로 가진 도구가 없습니다. 반면에 우리는 거대한 기구를 써먹을 수 있습니다. 이제 어떻게 할지 여러분 스스로 결정하십시오."

잠시 침묵. 메겐도르프 주민들은 생각에 잠겼습니다.

"저 행상을 정말로 내주는 겁니까?"

십장이 물었어요.

"약속합니다. 여러분이 그의 신병 인수를 고집한다면."

마태가 응수했지요.

메겐도르프 주민들은 주저했습니다. 경감의 말에 감명을 받았던 것이지요. 검사는 신경을 곤두세우고 있었습니다. 일이 심각하게 여겨졌기 때문입니다. 그러던 그도 안도의 한숨을 내쉬었습니다.

"그자를 데려가시오."

한 농부가 외쳤던 겁니다.

메겐도르프 주민들은 묵묵히 길을 내주었습니다. 검사는 '후유' 하는 기분으로 브리사고를 한 대 피워 물었습니다.

"당신이 한 일은 일대 모험이었소, 마태. 당신이 약속을 지키지 않으면 안 되었을 상황을 상상해보시오."

"그렇게까지 되진 않으리라는 걸 나는 알고 있었습니다."

경감은 태연하게 대답했습니다.

"바라건대, 지키지 않으면 안 될 약속일랑 다시는 하지 마시오."

검사는 성냥불로 그의 브리사고에 다시 불을 붙였습니다. 이어서 그는 이장한테 인사를 하고 군중이 길을 내준 자동차 쪽으로 향했지요.

9

되돌아오는 길에 마태는 검사와는 동승하지 않았습니다. 행상이 탄 차에 올랐어요. 경찰들이 길을 내주었습니다. 큼직한 차 내부는 무더웠지요. 그런데도 여전히 차창을 내릴 엄두를 못 내고 있었습니다. 주민들은 길을 터주긴 했지만 그러면서도 그냥 그곳에 버티고 서 있었으니까요. 폰 군텐은 운전사 뒤에 웅크리고 앉아 있었습니다. 마태는 그의 곁에 자리 잡았어요.

"내겐 죄가 없습니다."

폰 군텐은 조그만 소리지만 힘주어 말했습니다.

"물론."

마태가 말했어요.

"아무도 내 말을 믿지 않아요."

폰 군텐이 소곤거렸습니다.

"경찰관들도 그래요."

경감은 고개를 절레절레 흔들었습니다.

"그건 다만 당신 상상일 뿐이오."

행상은 안심하는 기색이 아니었어요.

"당신도 내 말을 믿지 않으십니다, 박사님."

차가 움직이기 시작했습니다. 경관들은 입을 다물고 앉아 있었어요. 바깥은 이제 깜깜해졌습니다. 사람들의 경직된 표정 위로 가로등이 금빛 조명을 던졌지요.

마태는 모두가 행상에 대해 품고 있는 불신을 스스로도 품고 있음을 느꼈습니다. 의심이 고개를 들었어요. 행상은 보기에도 딱했습니다.

"나는 당신을 믿어요, 폰 군텐" 하고 말하면서 그는 자신도 완전한 확신을 갖고 있지 못하다는 걸 막연히 느꼈지요.

"당신에게 죄가 없다는 것을 알고 있소."

시내의 집들이 보이기 시작했습니다. 경감은 말했습니다.

"수사국장한테 출두해야 할 거요, 폰 군텐. 당신은 가장 중요한 우리 증인이니까."

"알겠습니다."

행상은 우물거리 듯 말하고는 다시금 속삭였습니다.

"당신도 나를 믿지 않으시는군요."

"말도 안 되는 소리."

행상은 고집했어요.

"나는 그걸 알고 있습니다."

그는 들릴 듯 말 듯한 작은 소리로 말하고는 붉고 푸른 네온 광고들을 멍하니 응시했습니다. 고른 속력으로 달리는 차 안으로 네온 빛이 으스스하게 별빛처럼 새어 들어오고 있었지요.

10

이것이 내가 8시 반 특급열차로 베른에서 돌아왔을 때 카제르넨 가에서 보고받은 사건 내용이었습니다. 그것은 세 번째로 발생한 비슷한 유의 어린이 살해 사건이었어요. 2년 전엔 슈비츠주에서, 또 5년 전에도 장크트갈렌주에서 비슷한 또래의 소녀가 면도칼로 살해된 사건이 일어났는데, 범인은 오리무중이었지요.

나는 행상을 출두시켰습니다. 그는 마흔여덟 살 된 사내로 땅딸막하고 건강치 못한 모습이었어요. 아마 보통 땐 수다스럽고 무례하게 거동했을 테지만 지금은 겁을 먹고 있었습니다.

그의 진술은 얼핏 보기에는 명백했어요. 숲가에 누워 신발을 벗고는 행상 바구니를 풀밭에 놓았다는 겁니다. 그는 메겐도르프를 방문하여 솔이며 멜빵, 면도날, 구두끈 같은 상품들을 거기에 풀어놓을 작정이었답니다. 그런데 도중에 우체부를 만나, 베크밀러는 휴가 중이고 리젠이 대리 역을 맡고 있다는 소리를 들었다는 겁니다. 그래서 망설이다가 풀밭에 드러누웠답니다. 우리네 젊은 경찰들은 대개 발작적인 '유능(有能)' 병에 걸려 있다나요. 자기는 경찰관 생리를 알고 있다고 말하더군요.

그는 그렇게 졸고 있었답니다. 숲 그늘에 묻힌 작은 골짜기는 도로로 이어져 있었고요. 별로 멀지 않은 밭에서는 한 농부의 식구들이 일하는데, 개 한 마리가 밭 주변을 맴돌고 있었답니다. 그는 페렌 마을의 '베렌' 레스토랑에서 점심을 포식한 참이었지요. 베른식 정식과 트반산 포도주. 자기는 성찬을 즐길뿐더러 그럴 만한 여유도 있다더군요. 면도도 않고 아무렇게나 남루한 행색으로 여기저기 돌아 다니니까 보기에는 그렇지 않지만, 실은 돈도 꽤 벌었고 저축도 있는 행상 중 하나라는 거였어요. 게다가 마침 맥주도 많이 마셨대요. 또 풀밭에 진을 치고 나서 린트 초콜릿까지 두 상자나 먹었고요. 그래서 폭풍이 다가오고 돌풍이 부는데도 깜빡 잠이 들었답니다.

그렇지만 얼마 지나지 않았을 때의 일이었습니다. 외마디소리가 그를 깨웠답니다. 어린 소녀의 날카로운 비명이었지요. 그래서 잠결에 몽롱하게 골짜기를 쳐다봤을 때는 밭에서 일하던 농부 식구들도 의아한 기색으로 한순간 귀를 기울이는 듯했다는 겁니다. 곧이어 농부들은 다시 구부린 자세로 돌아갔고 개는 밭을 맴돌고 있었답니다. 무슨 새소리일 거야 하는 생각이 후딱 그의 머리를 스쳐 지나갔대요. 모르긴 해도 올빼미 새끼 소리일 거야. 어쨌든 그렇게 단정하고 나니 안심이 되더랍니다.

그는 계속해서 잠결을 헤매었답니다. 그러다가 졸지에 사방이 쥐 죽은 듯 조용해진 것을 느끼고선, 하늘이 벌써 어두워졌다는 걸 깨달았지요. 그래서 부랴부랴 신발을 끼고 행상 바구니를 둘러맸지요. 불쾌하고 꺼림칙한 기분으로. 왜냐하면 아까 그 알 수 없는 새소리가 새삼 생각났기 때문이라나요. 그래서 차라리 리젠을 상대하는 일을 집어치우기로, 즉 메겐도르프로 가지 않기로 작정했답니다. 그곳은 언제나 돈벌이도 안 되는 구석이라며.

그리고 시내로 돌아갈 셈으로 기차역으로 가는 지름길로 숲길을 택했답니다. 그때 그는 살해된 소녀의 시체를 보게 된 것이지요. 곧이어 그는 메겐도르프의 '사슴'으로 달려가 마태한테 알렸답니다. 농부들한테는 아무 말도 안 했고요. 의심을 살까봐 겁이 났다는 겁니다.

이상이 그의 진술 내용이었지요. 나는 그를 데려가라고 하면서도 아직은 풀어주지 말라고 지시했습니다. 아마도 정식 절차라고는 할 수 없겠지요. 검사의 구류 처분이 떨어지지 않았으니까요. 하지만 우리에겐 번거로운 절차를 따를 만한 시간이 없었습니다. 그의 진술은 실상 내게도 진실인 것처럼 여겨지긴 했지만 재심사를 할 필요가 있었습니다. 또 어쨌든 폰 군텐에겐 전과도 있었고요.

나는 언짢은 기분이었습니다. 이번 사건의 경우엔 아무래도 느낌이 좋지 않았어요. 어찌 됐든 만사가 어긋나게 진행되어버렸거든요. 어쩌다 그렇게 됐는진 알 수 없었지만, 아무튼 그렇다는 느낌이었습니다.

나는 내가 '브틱'이라고 부르던 내 사무실 옆 작은 끽연실로 퇴각했습니다. 그리고 지일교(橋) 근처 레스토랑에서 샤토-뇌프-뒤-파프*를 한 병 배달시켜 몇 잔 들이켰어요. 브틱 안은 언제나 난장판이었지요. 굳이 숨기고 싶지도 않습니다. 책들과 서류철들이 뒤죽박죽

---

* 프랑스 보르도산 고급 포도주

널려 있었어요. 그것도 물론 나대로의 원칙에서 나온 것이었지만, 말하자면 이처럼 질서 정연한 나라에서는 비록 숨어서나마 무질서의 작은 섬을 세우는 것이 누구에게나 의무라고 나는 생각하거든요.

잠시 뒤 나는 사진을 가져오도록 했습니다. 그건 참으로 끔찍스러운 모습이었어요. 이어서 지도를 검토해봤지요. 범행 장소는 그 이상 음흉스런 선택이 있을 수 없는 지점이었습니다.

살인자가 메겐도르프 쪽에서 왔는지 주변 마을에서 왔는지, 아니면 시내에서 왔는지, 또는 걸어서 왔는지 기차를 이용했는지 아무래도 이론상으로는 가늠할 수가 없었어요. 모든 가능성이 있었으니까요.

이윽고 마태가 왔습니다. 나는 그에게 말했습니다.

"미안하네. 자네가 여기서 근무하는 마지막 날에 이런 처참한 사건을 다루게 하다니."

"우리 직업인걸요, 국장님."

"이 살인 현장 사진을 보고 있노라니, 이놈의 직업을 집어던지고 싶어지는군."

나는 사진들을 다시 봉투에 밀어 넣었습니다.

격분에 못 이겨 나는 아마 감정을 철저히 자제하지 못했을 겁니다. 마태는 나의 가장 우수한 코미세르*였지요(보시다시피 나는 표준어가 아닌데도 이 정다운 칭호를 버리지 못하고 있답니다). 그가 떠난다는 것이 그 순간엔 못마땅하기 짝이 없었습니다. 그는 내 생각을 읽었던

---

* Kommissär, '경감'이라는 뜻이 있는 'Kommissar'의 스위스식 사투리

모양입니다.

"제 생각엔 이 사건을 헨치에게 위임하는 것이 최상책입니다."

나는 망설였습니다. 강간 살인 사건만 아니었더라도 그의 제안을 당장에 받아들였을 겁니다. 다른 범죄의 경우엔 좀 쉬워요. 범행 동기만 검토하면 되니까. 금전 문제인지, 질시 관계인지를. 그럼 곧 혐의자의 범위가 좁혀집니다. 그렇지만 강간 살인에서는 이 방법이 소용없지요. 이런 경우엔 그렇습니다. 누구라도 출장 또는 여행 중에 어떤 소녀나 소년을 발견할 수 있고, 그렇게 되면 차에서 내리는 겁니다. 증인도, 목격자도 없어요. 그러고 나서 저녁때면 그는 다시 집 안에 돌아와 앉아 있는 겁니다. 로잔에든 바젤에든 어디든지 말입니다. 그리고 우리는 아무런 단서도 잡지 못한 채 멍청하게 있을 수밖에 없는 겁니다. 그렇다고 헨치를 과소평가했던 건 아닙니다. 그는 유능한 관리였지요. 그렇지만 경험이 충분하지 못한 것으로 여기고들 있었지요.

내 우려에 동의하지 않고 마태는 다음과 같이 덧붙였습니다.

"헨치는 3년 동안 제 밑에서 일해왔지요. 그는 저한테서 직무 수행 방법을 배웠습니다. 저로서는 그 사람보다 더 훌륭한 후계자를 추천할 수 없습니다. 그는 제 방식대로 맡은 바 임무를 처리해낼 겁니다. 뿐만 아니라 내일까지는 저도 같이 참여하겠습니다."

나는 헨치를 불러 트로일러 경사와 함께 살인 사건 전담반을 구성하도록 지시했습니다. 그는 기뻐했습니다. 그것은 그가 첫 번째로 맡은 '독자적 사건'이었으니까요.

"마태한테 감사하게."

나는 퉁명스레 던지고는 반원들 분위기를 물었습니다. 우리는 허우적대고 있었거든요. 아무 단서도, 성과도 없었으니까요. 그러니 반원들이 우리 불안을 눈치채지 않도록 하는 것이 중요했습니다.

"반원들은 벌써 살인자를 잡은 것으로 확신하고 있습니다."

헨치가 말했어요.

"그 행상?"

"그의 혐의를 완전히 배제할 수는 없습니다. 폰 군텐은 결국 성범죄를 저지른 전과가 있으니까요."

"열네 살짜리 여자아이*한테였지."

마태가 이의를 제기했습니다.

"그건 좀 다른 문제요."

"그자를 연속 심문할까 합니다."

헨치가 제의했어요.

"그건 아직 두고 봅시다."

나는 단정 지어 말했습니다.

"그 사람이 이 살인 사건과 관계있다고 생각하지는 않아요. 그는 단지 호감을 주는 타입이 못 될 뿐이지. 그러니 쉽게 혐의를 받는 거요. 그렇지만 이건 주관적 이유일 뿐 수사상 근거는 못 되지요. 우리 그런 근거에 쉽사리 굴복하지 맙시다."

그러고 나서 나는 그들과 작별했습니다. 하지만 좀처럼 기분이 나아지지는 않았습니다.

---

* 독일 법률상 열네 살 이하 어린이와의 성행위는 금지되어 있음

11

우리는 동원할 수 있는 모든 인력을 투입했습니다. 그날 밤중으로, 그리고 다음 날까지. 핏자국이 있는 자동차가 확인되는지 차고마다 조회했고 나중엔 세탁소들도 조사했지요. 그러고는 과거에 특정 법조항과 접한 적이 있는 모든 전과자의 알리바이도 조사했습니다.

메겐도르프에서는 우리 요원들이 경찰견이며 심지어는 광맥 탐색기까지 동원해 살인 현장이 있는 숲속으로 진출했지요. 그들은 단서를 찾아 덤불 속을 샅샅이 훑었습니다. 특히 살인 무기를 찾겠다는 희망을 가지고서요. 제곱미터 단위로 나눠 조직적으로 수색을 벌이고, 골짜기로도 내려가고, 시냇물 밑바닥도 뒤졌습니다. 발견된 물건들이 수집되었지요. 그렇게 페렌 마을에 이르는 숲을 이 잡듯이 훑었습니다.

나 역시 메겐도르프에서 수사에 참여했습니다. 다른 때 같으면 그런 일은 없었어요. 마태도 불안한 기색이었습니다. 뭔 바람조차 불지 않는, 날아갈 듯이 쾌적한 봄날이었지요. 하지만 우리 기분은 침울했습니다. 헨치가 '사슴'에서 농부와 공장 직공들을 심문하는 동안 우리는 학교를 찾아보기로 했습니다.

우리는 지름길을 골라 과실나무들이 서 있는 초원을 가로질러 걸었습니다. 학교 건물에서 노랫소리가 들려왔어요.

"나의 손을 잡고 인도해주소서."

학교 건물 앞 운동장은 텅 비어 있었습니다. 나는 합창 소리가 새어 나오는 교실 문을 노크했어요. 그리고 우린 교실 안으로 들어섰습니다.

노래를 부른 것은 남녀 꼬마들이었습니다. 여섯 살에서 여덟 살 정도 되는 어린이들. 하급반 세 학년에 속한 애들이었지요. 여선생은 지휘를 하다가 손을 내리고 우리를 의심스런 눈빛으로 바라보았습니다. 어린이들은 노래를 그쳤고요.

"크룸 선생이십니까?"

"네?"

"그리틀리 모저의 담임이신가요?"

"무슨 일로 그러시죠?"

크룸은 침울해 보이는 커다란 눈을 가진 마흔 살가량 된 말라깽이 여자였습니다. 나는 먼저 자기소개를 한 후에 아이들에게 말을 걸었습니다.

"안녕, 얘들아!"

어린이들은 호기심 어린 눈망울로 나를 보았어요.

"안녕하세요!"

아이들이 입을 모아 말했습니다.

"너희들이 부르는 노래, 참 듣기 좋더구나."

"우리는 그리틀리의 장례식을 위해 합창 연습을 하는 중입니다."

여선생이 설명했어요. 모래 상자 안에는 로빈슨의 섬이 만들어져 있고, 벽마다 아이들 그림이 걸려 있었습니다.

"대체 어떤 아이였나요, 그리틀리는?"

나는 머뭇머뭇 물었습니다.

"우리 모두는 그 애를 사랑했지요."

여선생이 말했어요.

"그 애의 지능은 어땠지요?"

"환상적이었습니다."

나는 다시 망설였습니다.

"아이들한테 몇 가지 물어볼 말이 있는데요."

"그러시죠."

나는 아이들 앞으로 나섰습니다. 여자애들은 대부분 땋은 가랑머리에 알록달록한 앞치마를 입고 있었지요.

"너희들도 그리틀리 모저한테 일어난 일을 들었을 거다."

나는 입을 뗐습니다.

"나는 경찰에서 왔단다. 수사국장이지. 군대로 말하면 대대장 같은 거란다. 그러니까 그리틀리를 죽인 사람을 찾는 것이 내 임무란다. 지금부터 너희들이 아이가 아닌 어른이라 치고 얘기하겠다. 우리가 찾고 있는 사람은 환자란다. 그런 짓을 하는 남자들은 모조리 환자인 거야. 그리고 그런 환자들은 어린이들을 해치려고 눈에 띄지 않는 장소로 유인한단다. 숲속이든 지하실이든 어떤 숨겨진 장소라도 좋아.

64

그런데 이런 일이 무척 자주 벌어지고 있어. 한 해 동안 우리 주(州)에서만도 2백 건 이상이 발생하고 있단다. 게다가 더러는 그런 자들이 아이들을 죽을 정도로까지 심하게 해치는 경우도 생긴단다. 그리틀리가 당했던 것처럼 말이다.

그러니까 우리는 그런 남자들을 가둬야 한단다. 자유롭게 내버려두기에는 너무나 위험한 인물들이거든. 이제 너희들은, 그리틀리의 경우처럼 불행한 일이 벌어지기 전에 왜 그런 사람들을 미리 가두지 못하느냐고 우리한테 묻고 싶겠지. 그건 그들을 알아볼 수 있는 표시가 아무것도 없기 때문이란다. 그들은 속으로 병들어 있어서 겉으로는 드러나지 않거든."

어린이들은 숨을 죽이고 귀를 기울였어요.

"너희들이 나를 도와줘야겠다."

나는 말을 이었어요.

"우리는 그리틀리 모저를 죽인 남자를 찾아내야만 한단다. 안 그러면 그 사람이 또다시 다른 소녀를 죽일 테니."

이제 나는 아이들 한복판으로 들어섰습니다.

"웬 낯선 남자가 말을 걸어왔노라는 얘길 그리틀리가 들려준 적이 없었니?"

어린이들은 침묵했습니다.

"최근에 그리틀리한테서 특별히 눈에 띈 점은 없었니?"

어린이들은 아무것도 몰랐지요.

"그리틀리가 전에는 없었던 물건을 최근에 가지고 있지 않았니?"

어린이들은 대답이 없었습니다.

"누가 그리틀리랑 제일 친했니?"

"저요."

한 소녀가 조그만 소리로 말했어요.

갈색 머리칼에 갈색 눈을 가진 꼬맹이 아가씨였지요.

"네 이름은 뭐지?"

"우르줄라 페엘만입니다."

"그러니까 네가 그리틀리와 제일 친했던 친구로구나, 우르줄라."

"우리는 짝꿍이었어요."

목소리가 어쩌나 작은지 몸을 구부리지 않을 수 없었습니다.

"그럼 네 눈에도 별나게 띈 점이 없었니?"

"없었어요."

"그리틀리가 누굴 만난 적도 없고?"

"누군가를 만났어요."

소녀는 대답했습니다.

"대체 누구를?"

"사람은 아니에요."

그 대답을 듣고 나는 어리둥절했습니다.

"그게 무슨 말이지, 우르줄라?"

"그리틀리는 거인을 만났어요."

소녀는 기어드는 소리로 말했습니다.

"거인을?"

"네."

"그럼 그 애가 아주 키 큰 남자를 만났단 말이니?"

"아뇨, 우리 아빠도 키가 크지만 거인은 아닌걸요."

"그 사람이 얼마나 컸기에?"

"산만큼요. 그리고 아주 까만 모습이었대요."

"그렇다면 그 거인이라는 사람이 그리틀리한테 뭘 선물한 적은 없었니?"

"있어요."

"그게 대체 뭐지?"

"작은 솔방울이었어요."

"솔방울이라고? 그게 무슨 뜻이지, 우르줄라?"

나는 어리둥절해서 물었어요.

"그 어마어마한 거인은 작은 솔방울을 잔뜩 달고 있었거든요."

소녀는 장담했습니다.

"그건 말도 안 되는 소리야, 우르줄라."

나는 반박을 했지요.

"거인이 솔방울을 달고 있을 리가 없는걸!"

"바로 솔방울 거인이었거든요."

소녀는 우겼어요. 나는 여선생의 교탁으로 되돌아와 말했습니다.

"선생님 말씀이 옳군요. 그리틀리는 정말 환상적인 아이였던 모양입니다, 크룸 선생."

"시적(詩的) 재능을 가진 아이였지요."

여선생은 대답한 후 슬픈 눈빛으로 어딘가를 막연히 바라보았습니다.

"이제 합창 연습을 계속해야겠습니다. 내일이 장례식인데 아직 연습이 부족해요."

여선생이 첫 소절을 리드했습니다.

"나의 손을 잡아 인도해주소서."

어린이들은 다시 노래를 부르기 시작했습니다.

12

우리가 헨치와 교대를 한 그곳 '사슴'에서 메겐도르프 주민을 심문한 결과에도 새로운 것은 없었습니다. 그래서 저녁 무렵 우리는 아침에 출발했을 때와 마찬가지로 아무 소득 없이 취리히로 돌아오는 차 안에 앉았지요. 한마디 말도 없이.

그때까지 나는 줄곧 줄담배를 피워대고 있었고 또 그 지방에서 나는 붉은 포도주도 마신 참이었어요. 거 좀 신통찮은 포도주 아시잖습니까.

마태도 차 뒷좌석 내 곁에 침울하게 앉아 있었습니다. 그러다가 뢰머호프 광장* 쪽으로 내려갈 때가 되어서야 비로소 우린 입을 열기 시작했어요.

"제 생각엔 살인자가 메겐도르프 사람 같지는 않습니다. 필시 장크트갈렌주와 슈비츠주에서 발생한 살인 사건 범인과 동일인일 겁니다. 같은 식으로 살해했거든요. 범인은 취리히에서 왔을 공산이 큽

---

* 취리히 시내에 있는 광장

니다."

나는 대답했습니다.

"그럴지도 모르지."

마태가 말했습니다.

"아마 그는 자기 차를 모는 사람일 겁니다. 어쩌면 여행객일 수도 있고요. 농부 게르버가 숲에 세워둔 자동차를 봤다고 하지 않았습니까?"

"게르버라는 자를 오늘 내가 직접 심문했다네."

나는 설명했습니다.

"그 친구, 뭘 눈치채기에는 애당초 너무 깊은 잠에 빠져 있었다고 고백하더군."

우리는 다시금 입을 다물었어요.

"풀리지 않은 사건의 와중에 국장님을 두고 떠나야 하는 게 죄송스럽습니다."

그는 다시금 자신 없는 목소리로 입을 뗐습니다.

"하지만 저로선 요르단 정부와 한 약속을 지켜야겠습니다."

"내일 비행기를 탈 작정인가?"

"오후 3시입니다. 아텐을 경유해서."

"자네가 부럽네, 마태."

그건 진심이었습니다.

"나도 여기 취리히보다는 아라비아인들 틈에서 경찰 우두머리로 일하고 싶군."

이어서 나는, 그가 몇 년째 묵고 있는 우르반 호텔에 그를 내려주고는 '크로넨할레'로 갔습니다. 그리고 미로** 그림 아래 앉아 식사를 했지요. 내 지정석입니다. 나는 항상 그곳에 앉아 서비스용 왜건에서 덜어 먹곤 했습니다.

---

* 레스토랑 이름
** Joan Miró(1893~1983), 스페인 초현실주의 화가

13

하지만 10시가 다 된 시각에 나는 다시 한번 카제르넨가로 갔습니다. 그리고 마태가 쓰던 사무실을 지나치다가 복도에서 헨치를 만났지요. 그는 벌써 점심때 메겐도르프를 떠났거든요. 나로서도 그 점이 의아했어요. 하지만 일단 사건을 맡긴 이상 헐뜯고 간섭하지 않는다는 것이 내 원칙이었습니다.

헨치는 베른 출신으로 명예욕이 강한 사내였지요. 하지만 동료들 사이에선 인기도 있었습니다. 호팅거* 가문 여자와 결혼했고, 사회주의당에서 자유당으로 당적을 바꿨으며, 마침 탄탄대로 출세 가도를 달리고 있었어요. 덧붙이면 현재 그는 독립당 소속이랍니다.

"그놈이 여전히 자백하려 들지 않습니다."

그가 말했습니다.

"누가?"

어리둥절해진 나는 우뚝 서며 물었습니다.

---

* Johaim Heinrich Hottinger(1620~1667), 취리히 태생 신교 신학자로 그의 저술《교회사》는 오늘날에도 필독서로 읽히고 있으며, 취리히 시내에는 그의 이름을 딴 거리가 있음

"누가 자백하지 않는다는 거지?"

"폰 군텐 말입니다."

말문이 막혔습니다.

"연속 심문인가?"

"거의 오후 내내."

헨치의 말이었습니다.

"부득이할 경우 오늘 밤에도 철야 심문을 할 겁니다. 지금은 트로일러가 상대하고 있어요. 저는 잠깐 바람이나 쐬려고 빠져나온 참입니다."

"어쨌든 나도 참관해보겠네."

나는 호기심을 보이며 대답하고는 마태가 쓰던 사무실로 들어섰지요.

14

행상은 등받이 없는 사무실 의자에 앉아 있고, 트로일러는 마태의 낡은 책상 곁에 의자를 끌어다 놓고 책상에 왼팔을 괴고 앉아 있었습니다. 게다가 다리를 포개고 고개를 왼손에 기댄 자세였어요. 그는 궐련을 피우고 있었습니다. 펠러가 기록 중이었고요. 헨치와 나는 문 근처에 선 채로 있었는데 행상 눈에는 띄지 않았습니다. 그는 우리에게 등을 보이고 있었으니까요.

"나는 절대로 그런 짓을 하지 않았습니다, 경관님."

행상은 우물거렸어요.

"나도 그랬다고는 말하지 않았어. 단지 당신이 그랬을 가능성도 있다는 말이지."

트로일러가 대꾸했습니다.

"내 말이 옳은지 그른지는 차차 밝혀지겠지. 우리 처음부터 다시 시작하자고. 그러니까 당신은 숲가에 느긋하게 누워 있었다고?"

"그렇습니다, 경관님."

"그리고 잠들었다고?"

"맞습니다, 경관님."

"왜? 당신은 애초에 메겐도르프로 가려고 했잖아."

"피곤해서였죠."

"그럼 우체부한테 메겐도르프의 경관에 대해서는 왜 물어봤나?"

"알고 싶어서였습니다."

"뭘 알고 싶었지?"

"내 행상허가권을 갱신하지 않았거든요. 그래서 메겐도르프 경찰 상황이 어떤지 알고 싶었습니다."

"그래, 그곳 경찰 상황이 어땠는데?"

"메겐도로프에는 대리 역이 와 있다는 것을 알아냈습니다. 그래서 겁이 났지요, 경관님."

"나 역시 대리 역이야."

경관은 무뚝뚝하게 설명했습니다.

"내 앞에서도 겁이 나나?"

"나고말고요."

"그런 이유로 마을에 들어가려 하지 않았다?"

"그렇습니다."

"제법 그럴싸한 얘기가 되겠군."

트로일러는 인정한다는 투로 말했습니다.

"하지만 진실이라는 장점만을 담은 또 다른 얘기가 있을 텐데."

"저는 오로지 진실만을 말했습니다, 경관님."

"우체부한테서 알아내고 싶었던 건 그것보단 근처에 경찰이 있는가 없는가 하는 것 아니었나?"

행상은 트로일러를 미심쩍은 눈으로 바라보았습니다.

"그게 무슨 뜻이시죠?"

트로일러는 느긋하게 대답했습니다.

"자, 당신은 무엇보다도 로트켈러 골짜기에 경찰이 없다는 점을 우체부한테서 확인받고 싶었겠지. 왜냐하면 그 소녀를 기다리고 있었으니까."

행상은 기가 막힌 듯 트로일러를 뚫어지게 바라보았습니다. 그러고는 절망적으로 외쳤어요.

"나는 그 여자애를 알지도 못했습니다, 경관님. 또 설사 알았다 해도 나는 그런 짓을 할 수 없었을 겁니다. 실상 그 골짜기에는 나 혼자 있었던 게 아니거든요. 농부의 가족들이 밭에서 일하고 있었단 말입니다. 나는 살인자가 아니에요. 제발 내 말을 믿어주십시오!"

"당신 말을 믿지."

트로일러는 그를 달랬습니다.

"그렇지만 당신 진술을 검토해보지 않을 수 없어. 그 점은 인정해야 하네. 당신은 휴식하고 난 후 취리히로 되돌아가기 위해 숲으로 들어갔다고 말하지 않았나?"

"폭우가 쏟아졌거든요."

행상은 설명했습니다.

"그래서 지름길로 가려 했던 겁니다, 경관님."

"그러다가 시체를 보게 됐다고?"

"그렇습죠."

"시체는 건드리지도 않은 채?"

"맞습니다, 경관님."

트로일러는 입을 다물었습니다. 얼굴이 보이진 않았지만 나는 행상의 불안감을 느낄 수 있었습니다. 가엾다는 생각이 들었어요. 그렇지만 나도 점점 더 그의 범행을 확신하게 되었습니다. 이젠 꼭 범인을 찾아내야 한다는 간절한 바람이 그런 확신을 가져온 유일한 이유였는지도 모르지요.

"우리는 당신 옷을 벗기고 다른 옷을 주었지, 폰 군텐. 왜 그랬는지 아는가?"

트로일러가 물었습니다.

"모릅니다."

"벤지딘 실험을 하기 위해서였어. 벤지딘 실험이 뭔지 아나?"

"모릅니다."

폰 군텐은 어찌할 바를 모르며 대답했습니다.

"핏자국을 확인해보는 화학 실험이야."

트로일러는 유들유들 심술궂게 설명했습니다.

"우리는 당신 윗도리에서 핏자국을 확인했어, 폰 군텐. 그건 그 소녀의 피란 말야."

"그, 그, 그건…… 시체에 걸려 비트적거렸기 때문입니다."

폰 군텐은 신음하듯 말했습니다.

"정말 끔찍했어요."

그는 두 손으로 얼굴을 감쌌습니다.

"그럼 당신은 단지 겁이 나서 그 사실을 숨겼다는 건가?"

"맞습니다. 난 두려웠어요."

"그래 놓고 이제 와서 새삼스레 우리더러 당신을 믿으라는 말을 하는 건가?"

"나는 살인자가 아닙니다, 경관님."

행상은 절망적으로 애원했습니다.

"내 말을 믿어주십시오. 마태 박사님을 불러주십시오. 그분은 내가 진실을 말한다는 걸 아십니다. 부탁입니다."

"마태 박사는 이제 이 사건과 상관없어. 그분은 내일 요르단으로 떠나신단 말야."

"요르단이라고요?"

폰 군텐은 중얼거렸습니다.

"그런 줄 몰랐습니다."

그는 바닥을 응시하며 입을 다물고 있었습니다. 사무실 안은 쥐 죽은 듯 조용했지요. 다만 시계의 째깍거리는 소리, 길에서 자동차 소리만이 이따금 들려왔어요.

이제 헨치가 넘겨받았습니다. 그는 먼저 창문을 닫은 후에 친절하고 상냥스런 태도로 마태의 책상 뒤로 가서 앉았습니다. 하지만 책상 스탠드만은 행상한테 불빛이 비치도록 돌려놓았지요.

"흥분하지 마시오, 폰 군텐 씨."

경위는 정중하게 입을 열었습니다.

"우리에겐 당신을 괴롭힐 의사가 조금도 없습니다. 다만 진실을 밝혀내자고 애쓰는 것뿐이지요. 그 때문에 당신을 심문하지 않을 수 없는 겁니다. 당신은 제일 중요한 증인이니까요. 도와주셔야겠습니다."

"잘 알았습니다."

행상은 대답하면서 다시금 용기를 얻는 기색이었어요.

헨치는 파이프에 담배를 채워 넣었습니다.

"무슨 담배를 피우시오, 폰 군텐?"

"퀼런을 피웁니다."

"폰 군텐 씨에게 퀼런을 한 대 주게, 트로일러."

행상은 고개를 가로저었습니다. 그는 바닥을 내려다보고 있었습니다. 불빛이 그를 눈부시게 했습니다.

"불빛이 성가신가요?"

헨치는 친절하게 물었습니다.

"빛이 곧장 눈에 비쳐서 말입니다."

헨치는 스탠드 갓을 다른 방향으로 돌려놓았습니다.

"좀 괜찮으시오?"

"좀 낫군요."

폰 군텐은 조그만 소리로 대답했습니다. 감사의 마음이 담긴 목소리였지요.

"폰 군텐 씨, 당신이 팔고 있는 물건들이 대체 어떤 거요? 청소용 걸레들?"

헨치가 입을 열었습니다.

"네, 청소용 걸레도 팝니다."

행상은 머뭇거리며 말했습니다. 질문의 속셈이 뭔지 알 수가 없었던 거죠.

"그리고 또?"

"구두끈, 칫솔, 치약, 비누, 면도 크림······."

"면도날도?"

"그것도 팝니다."

"상표는?"

"질레트입니다."

"그게 전부요, 폰 군텐?"

"대강 그 정도인 것 같습니다, 경위님."

"좋아요. 하지만 내 생각엔 몇 가지 빼먹은 것 같군."

헨치는 말하면서 파이프를 만지작거렸습니다.

"이놈이 잘 빨아들이지를 못하는군."

그는 슬쩍 지나가는 투로 말을 이었습니다.

"당신이 파는 물건들의 나머지 품목을 마음 놓고 말해보시오, 폰 군텐. 우린 이미 당신 바구니를 샅샅이 조사해봤으니까."

행상은 침묵했습니다.

"자?"

"부엌칼도 있습죠, 경위님."

행상은 기어드는 소리로 처량하게 말했습니다. 그의 목덜미에서 땀방울이 반짝였어요. 헨치는 태연하고 느긋한 태도로 연달아 담배 연기를 내뿜었습니다. 호의에 가득 찬 친절한 젊은이 같은 모습이었지요.

"그리고 또, 폰 군텐. 부엌칼 말고 뭐가 있었소?"

"면도칼입니다."

"그걸 시인하는 데 왜 망설이시오?"

행상은 침묵했습니다. 헨치는 겉으로 보기에는 무심코 스탠드를 만지려는 듯 손을 뻗었습니다. 하지만 폰 군텐이 몸을 움츠리자 다시 손을 치웠습니다.

트로일러 경사는 꼼짝 않고 행상을 응시하고 있었지요. 연달아 줄담배를 피우면서. 게다가 헨치의 파이프 담배 연기까지 가세해 방 안 공기는 질식할 정도였습니다. 나는 창문을 열고 싶은 생각이 굴뚝 같았어요. 하지만 창문을 닫아놓는 것은 수사 원칙 가운데 하나였습니다.

"그 소녀는 면도칼로 살해되었소."

헨치는 신중하면서도 무심한 어투로 단언했습니다. 잠시 침묵이 흘렀습니다. 행상은 맥없이 무너진 자세로 의자에 앉아 있었습니다.

"이것 보시오, 폰 군텐 씨."

헨치는 등을 기대고 앉으며 말을 이었습니다.

"우리 사나이 대 사나이로 얘기해봅시다. 공연히 시치미를 뗄 필요가 없소. 당신이 살인했다는 걸 나는 알고 있소. 또한 나를 비롯한 우리 모두가 경악하고 있는 것과 똑같이, 스스로의 범행에 대해 당신 자신도 놀라고 있다는 것까지 알고 있소. 어쩌다 보니 일이 그렇게 된 거요. 당신은 느닷없이 짐승처럼 돌변해 자신의 의지와는 무관하게 막무가내로 소녀를 덮치고 그 애를 죽이게 된 거요. 자신을 능가하는 알지 못할 힘 때문에. 그리고 정신을 차리고 나서야 당신은 혼비백산하도록 놀란 것이오, 폰 군텐 씨. 당신은 자수하려고 메겐도르프로 한달음에 달려갔지요. 하지만 막상 그러고 보니 용기가 없어졌어요, 자백할 용기가. 이 용기를 되살려내시오, 폰 군텐. 우리가 당신을 도와주겠소."

헨치는 입을 다물었습니다. 행상은 사무실 의자에 앉은 채 약간 비틀거렸습니다. 당장 쓰러질 것처럼 보였습니다.

"나는 당신 편이오, 폰 군텐."

헨치는 행상을 달랬습니다.

"이 기회를 이용하시오."

"난 피곤합니다."

행상은 신음하듯 되뇌었습니다.

"우리 모두가 그렇소."

헨치는 대답했습니다.

"트로일러 경사, 우리한테 커피 좀 가져다주게. 그리고 조금 후에 맥주도. 손님인 폰 군텐 씨 몫까지. 우리 시경은 이렇게 공정하다오."

"내겐 죄가 없습니다, 경감님."

행상은 쉰 목소리로 애원했습니다.

"내겐 죄가 없습니다."

그때 전화벨이 울렸어요. 헨치가 수화기를 들고 귀를 기울이더니 전화를 끊으며 싱긋 웃었습니다.

"자, 말해보시오, 폰 군텐. 어제 점심으로 무엇을 드셨소?"

그는 느긋한 말투로 물었습니다.

"베른식 정식을 먹었습니다."

"좋아요, 그 밖에는?"

"후식으론 치즈를 먹었습니다."

"에멘탈이오, 그라이에르처요?"

"틸지터와 고르곤졸라입니다."

대답하면서 폰 군텐은 이마에서 눈으로 흘러내리는 땀을 닦았습니다.

"행상들 식사는 훌륭하군."

헨치가 대답했습니다.

"그리고 그 밖에는 아무것도 안 먹었소?"

"아무것도."

"좀 더 깊이 생각해보시오."

헨치가 경고하는 투로 말했습니다.

"초콜릿입니다."

폰 군텐은 마침내 생각을 해냈습니다.

"그것 보시오, 더 있지 않소."

헨치는 격려하듯 그를 향해 고개를 끄덕였습니다.

"어디서 먹었소?"

"숲가에서입니다."

행상은 피곤한 기색으로 미심쩍은 듯 헨치를 바라보았지요. 경위는 책상 스탠드를 껐습니다. 이제는 천장에 달린 등만이 연기로 가득 찬 방 안을 희미하게 비추고 있었습니다.

"지금 막 법의학연구소의 보고를 받았소, 폰 군텐."

헨치는 유감스럽다는 듯이 설명했습니다.

"소녀의 부검이 끝났소. 위장에서 초콜릿이 검출되었다오."

이렇게 되자 나 또한 행상의 범행에 대해 의심치 않게 되었지요. 이제 자백은 시간 문제일 뿐. 나는 헨치에게 고개를 끄덕여 보이고 그 방을 나왔습니다.

15

내 예상은 틀리지 않았습니다. 다음 날, 토요일이었습니다. 헨치가 7시에 전화를 걸어왔습니다. 행상이 자백했다는 보고였지요. 8시에 나는 사무실로 나갔습니다. 헨치는 여전히 마테가 쓰던 사무실에 있었습니다. 그는 열린 창밖을 내다보다가 피곤한 기색으로 고개를 돌려 내게 인사를 했습니다. 방바닥엔 맥주병과 재떨이들이 어지럽게 널려 있었어요. 그 밖엔 아무도 없었습니다.

"구체적인 자백은 받아냈는가?"

나는 물었습니다.

"이제부터 구체적인 진술을 할 겁니다."

헨치가 대답했습니다.

"중요한 건, 그가 성범죄를 자백했다는 사실입니다."

"하자 없는 심문이 진행됐길 바라네."

나는 퉁명스럽게 말했지요. 스무 시간 이상이나 심문이 계속되었거든요. 물론 허용되어 있지 않은 일이지요. 하지만 경찰이라고 해서 항상 규정에 맞춰서 일할 수만은 없는 법이죠.

"그 밖에 금지된 방법을 사용한 건 전혀 없습니다, 국장님."

헨치가 덧붙였습니다.

나는 '브틱'으로 들어가 행상을 소환했습니다. 그는 몸을 제대로 가누지도 못하고 호송해온 경찰관에 기대어 서 있었습니다. 그런데 앉으라고 권해도 앉지를 않더군요.

"폰 군텐."

나는 무심코 친절한 어조로 말했습니다.

"듣자 하니 꼬마 그리틀리 모저를 살해했다고 자백했다더군."

"내가 그 소녀를 죽였습니다."

행상은 들릴락 말락 한 조그만 소리로 대답하고서는 고개를 떨구었습니다.

"제발 날 내버려두십시오."

"이제 가서 주무시오, 폰 군텐. 우리 나중에 얘기를 계속합시다."

그는 끌려 나갔지요. 그러다가 문에서 마태와 부딪쳤습니다. 행상은 멈춰 섰습니다. 숨을 헐떡였어요. 그러고는 무언가 말을 하려는 듯 입을 벌리다가 그냥 다물었습니다. 그는 마태를 뚫어져라 쳐다보기만 했고, 마태는 황망히 길을 비켜주었습니다.

"어서 가자고."

경찰관은 폰 군텐을 끌고 나갔어요.

마태는 '브틱' 안으로 들어서서 방문을 닫았습니다. 나는 바이아노스에 불을 붙이며 물었습니다.

"자, 마태, 어떻게 생각하는가?"

"저 가엾은 친구, 스무 시간 이상 심문을 받은 겁니까?"

"헨치는 이 같은 방법을 자네에게서 전수받은 거라네. 자네 역시 심문 과정에서는 그렇게 가혹했지."

나는 응수했습니다.

"헨치로서는 어쨌든 단독으로 맡은 첫 번째 사건을 유능하게 해낸 셈이 아닐까?"

마태는 아무 대답도 하지 않았습니다.

나는 크림커피 두 잔과 세모 모양 빵을 시켰습니다. 우리는 둘 다 양심의 가책을 느끼고 있었지요. 뜨거운 커피도 기분이 나아지게 해주진 못했어요.

"내 느낌에는⋯⋯."

마태가 한참 만에 단언했습니다.

"폰 군텐은 자백을 번복할 것 같군요."

"그럴 수도 있겠지."

나는 침울하게 응수했습니다.

"그렇게 되면 그를 처음부터 다시 설득해야겠지."

"국장님께선 그가 범인이라고 보십니까?"

그가 물었습니다. 나는 되물었습니다.

"자넨 아닌가?"

마태는 망설였습니다.

"아뇨. 근본적으로는 저도 그렇게 보고 있습니다."

확신 없는 대답이었습니다.

창문으로는 아침이 밀려왔습니다. 불투명한 은빛 날씨. 지일 제방에서 거리의 소음이 새어 들어왔어요. 병영에서는 병사들이 행군해

나왔습니다.

그때 헨치가 나타났습니다. 노크도 없이 들어섰던 겁니다.

"폰 군텐이 목을 매고 자살했습니다"

그의 보고였습니다.

16

구치소는 넓은 복도 끝에 있었습니다. 우리는 황급히 달려갔지요.
두 경찰관이 행상한테 매달려 분주했습니다. 그는 바닥에 누워 있었
어요. 셔츠를 찢어 젖혀놓았는데 털로 덮인 가슴은 이미 움직이질 않
았어요. 창가에는 아직도 허리끈이 대롱거리고 있었고.

"소용없는 짓이야."

경찰관 중 한 명이 말했습니다.

"이 사람은 죽었어."

나는 꺼진 바이아노스에 다시 불을 붙였고 헨치는 궐련을 꺼내
들었습니다.

"이로써 그리틀리 모저 사건은 종결된 셈이군……."

나는 단언하고는 끝도 없이 길게 느껴지는 복도를 터덜터덜 지나
내 사무실로 돌아왔습니다.

"마태, 자네의 요르단 여행이 즐겁길 바라네."

17

하지만 오후 2시쯤 펠러가 그를 비행장으로 태워다 주려고 마지막으로 우르반 호텔로 경찰차를 몰고 갔을 때, 차에다 짐까지 싣고 난 참인데도 마태는 아직 시간이 있으니 메겐도르프에 들렀다 가자고 했다는 겁니다. 펠러는 그의 요구대로 숲을 통과해 달렸습니다.

그들이 마을 광장에 다다랐을 때는 이미 장례 행렬이 다가오고 있었습니다. 말없이 길디긴 인파의 행렬이었죠. 장례식에 참석하려고 주변 마을과 도시에서까지 많은 사람들이 몰려왔던 겁니다.

신문들이 벌써 앞다투어 폰 군텐의 죽음에 관해 보도했습니다. 사람들은 모두 안도의 한숨을 내쉬었고, 이렇게 해서 정의가 승리를 거둔 셈이었습니다.

마태는 차에서 내려 펠러와 함께 교회 건너편 아이들 틈에 섰습니다. 쌍두마차에 안치된 관은 흰 장미꽃으로 뒤덮여 있었습니다. 관 뒤로는 여선생과 남선생, 목사에 이어 둘씩 짝지은 마을 어린이들이 화환을 하나씩 나누어 들고 뒤따랐습니다. 하얀 옷을 입은 소녀들이었어요. 이어서 까만 옷을 입은 그리틀리 모저 양친의 모습이 눈에 들어왔습니다. 부인이 멈춰 서서 경감을 마주 보았습니다. 무표정한 얼굴, 텅 빈 눈빛.

"당신은 약속을 지키셨더군요."

여인은 나지막하지만 경감이 똑똑히 알아들을 수 있는 분명한 어조로 말했습니다.

"감사합니다."

이어서 부인은 걸음을 계속했습니다. 갑작스레 늙어버린 초라한 남편 곁에 꼿꼿하고 당당하게 서서.

경감은 장례 행렬이 지나가도록 끝까지 지키고 서 있었습니다. 이장, 정부 대표, 농부들, 노동자들, 아낙네들, 딸들, 한결같이 제일 좋은 예복 차림이었지요. 오후 햇볕을 받으며 만물이 침묵하고 있었습니다. 구경꾼들도 꼼짝하지 않고 있었고요. 단지 멀리서 울려 퍼지는 교회 종소리, 마을길에서 들려오는 수많은 사람들의 발걸음 소리와 마차 바퀴 구르는 소리만이 정적을 깨뜨리고 있었습니다.

"클로텐*으로 갑시다."

마태가 말하자 그들은 다시 경찰차에 올랐습니다.

---

* 취리히주에 있는 마을로 스위스항공주식회사의 본거지이며 국제공항이 있음

18

펠러와 작별한 그는 여권 검사대를 통과한 후에 대기소에서《노이에 취리히 차이퉁》을 샀습니다. 그리틀리 모저 살인범으로 지목된 폰 군텐의 사진이 실려 있었어요. 아울러 영예로운 초빙에 관한 설명과 함께 경감 자신의 사진도 나와 있었습니다. 출세 정점에 이른 남성의 모습으로.

하지만 레인코트를 팔에 걸치고 공항 활주로로 들어서는 순간, 그는 공항 건물 테라스에 꽉 찬 어린이들을 보았습니다. 공항을 방문한 학생들이었지요. 알록달록한 여름 옷차림을 한 소년 소녀들이 작은 깃발과 손수건을 흔드는 모습. 거대한 은빛 비행기들이 이륙하고 착륙하는 광경을 보고 감탄하며 내지르는 환호성. 경감은 어안이 벙벙해 멈춰 섰다가 대기 중인 스위스 에어기(機)를 향해 걸음을 뗐습니다. 그가 비행기에 이르렀을 땐 다른 승객들은 이미 탑승하고 있었어요. 여행객들을 비행기로 안내하던 스튜어디스가 마태의 탑승권을 받으려고 손을 내밀었습니다. 그러나 경감은 다시 돌아서서, 출발 준비 중인 비행기를 향해 부러운 듯 즐겁게 손을 흔드는 어린이들 무리를 바라보았습니다.

"아가씨."

그는 말했습니다.

"나는 떠나지 않습니다."

그러고는 공항 건물로 되돌아와 수많은 어린이들이 서 있는 테라스 밑을 통과해 출구로 향했습니다.

19

나는 일요일 아침에야 마태를 맞았습니다. 하지만 '브틱'에서가 아니라 이른바 관청답게 지일 제방이 훤히 내려다보이는 사무실에 서였지요. 벽에는 구블러, 모르겐탈러, 훈치커 등 취리히 저명 화가들의 그림이 붙어 있었어요.

나는 화가 나 있었습니다. 이미 성가신 일들이 한바탕 벌어진 후였거든요. 정부 측에선 한사코 프랑스어로만 말하려 하는 한 고위층이 전화를 걸어왔고, 요르단 대사관 측에서도 항의를 해왔어요. 또 정부 참사관은 나로서도 알 바 없는 진상 해명을 요구해왔고요. 실상 지난날 내 부하한테 벌어졌던 일의 내막을 나도 알지 못하고 있었으니까요. 나는 말했습니다.

"앉으시게, 마태 경감."

깍듯한 내 태도가 그에게 약간 서글픈 기분이 들게 했던 모양입니다. 우리는 마주하고 앉았습니다. 그런데도 나는 담배를 피우지 않았고, 또 그럴 기색도 보이지 않았습니다. 그런 내 태도가 그를 불안하게 했겠지요.

"스위스 연방은" 하고 나는 말을 이었습니다.

"한 경찰 전문가를 요르단에 파견하기로 협정했고, 이어서 마태 박사 자네가 요르단과 계약을 체결했더랬지. 이제 자네가 떠나지 않음으로써 이 계약들은 깨져버렸네. 법을 아는 우리 사이에 더 자세한 설명은 필요없겠지."

"그럴 필요는 없습니다."

마태는 말했습니다.

"그러니 부탁인데, 이제라도 서둘러 요르단으로 떠나주게."

나는 제안했습니다.

"저는 떠나지 않습니다."

마태는 대꾸했습니다.

"무엇 때문에?"

"꼬마 그리틀리 모저 살인범이 아직 잡히지 않았습니다."

"자네는 그 행상한테 죄가 없다고 여기는가?"

"그렇습니다."

"어쨌든 자백을 했는걸."

"그는 제정신이 아니었을 겁니다. 장시간의 심문, 절망, 버림받았다는 느낌 등으로. 게다가 그렇게 된 데는 제 책임도 없지 않습니다."

그는 나직이 말을 이었습니다.

"행상은 제게 도움을 청했는데 저는 그를 돕지 않았어요. 요르단으로 떠날 참으로요."

상황은 참 야릇했습니다. 바로 전날까지만 해도 우린 서로 스스럼없이 대하는 사이였는데, 이젠 둘 다 예복 차림으로 깍듯이 격식을 차리고 딱딱하게 마주 앉아 있었어요.

"제게 다시 한번 그 사건을 맡겨주시기를 부탁합니다, 국장님."

마태는 말했습니다.

"그럴 수는 없네."

나는 대답했습니다.

"결단코, 자넨 이제 우리 식구가 아니라네, 마태 박사."

경감은 깜짝 놀라 나를 뚫어지게 바라보았습니다.

"제가 해고되었나요?"

"요르단 지위를 위임받는 것으로 자네의 이곳 경찰 직위는 해제된 거라네."

나는 냉정하게 설명했습니다.

"스스로 계약을 깬 것은 자네 문제지. 하지만 우리가 자네를 다시 기용한다면 그건 자네 처사를 인정한다는 의미가 될 거야. 그럴 수는 없다는 걸 이해하겠는가."

"아, 그렇군요."

마태는 대답했습니다.

"알겠습니다."

"유감스럽게도 이 점은 어찌할 도리가 없다네."

나는 단호히 말했어요.

우리는 입을 다물고 있었어요.

"메겐도르프를 거쳐 공항으로 가는 길에 어린이들이 있었습니다."

마태는 나직이 말했습니다.

"그게 무슨 뜻인가?"

"장례 행렬이 어린이 천지였어요."

"그건 어차피 당연한 일이지."

"또 공항에도 어린이들이 있었어요. 온통 어린 학생들이."

"그래서?"

나는 어리둥절해서 마태를 뜯어보았습니다.

"만약 내 생각이 옳고 그리틀리 모저 살인범이 아직 살아 있다고 가정한다면, 다른 어린이들이 위험에 처해지는 게 아닐까요?"

마태가 물었습니다.

"그렇고말고."

나는 차분히 대답했습니다. 마태는 열을 내어 말을 이었습니다.

"만약 이런 위험이 존재한다면…… 새로운 범행을 막고 어린이를 보호하는 것이 경찰의 임무입니다."

"그런 이유로 자네가 떠나지 않았단 말인가?"

나는 느릿느릿 물었습니다.

"어린이들을 보호하겠다는 이유로?"

"그런 이유로!"

마태는 단호하게 대답했습니다.

나는 한동안 입을 다물고 있었습니다. 그제야 사건이 한층 명백해지고 마태의 심경을 이해할 수 있을 것 같았습니다. 그래서 말했지요.

"어린이들이 위험에 처할 가능성을 감수할 도리밖에 없다네. 마태 자네의 추측이 옳다고 쳐도 우리가 기대할 수 있는 건, 진짜 살인범이 언제고 종적을 드러내든가 최악의 경우 다음 범행 때 우리에게 필요한 흔적을 남기는 정도겠지. 내 말이 냉소적으로 들릴지도 모르겠네만 그건 아닐세. 다만 끔찍스러울 뿐이지.

경찰력에는 한계가 있고, 또 그럴 수밖에 없다네. 실제로 세상에 선 무슨 일이든 가능하다네. 아무리 개연성이 희박한 일이더라도 말일세. 하지만 우리는 확률이 큰 것을 출발점으로 할 수밖에 없다네. 우리는 폰 군텐이 어김없는 범인이라고는 말할 수 없지. 근본적으로 는 결코 그렇게 단정할 수가 없어. 그렇긴 해도 개연성으로 볼 때 그를 범인으로 볼 수 있겠지. 우리가 미지의 범인을 날조해내지 않는 한 그 행상은 문제의 과녁에 들어오는 유일한 인물이었던 거야.

그는 이미 성범죄를 저지른 전과가 있고, 면도칼과 초콜릿을 소지 하고 있었으며, 옷에는 핏자국을 묻히고 있었어. 나아가 두 건의 비 슷한 살인 사건이 일어났던 슈비츠주와 장크트갈렌주에서도 행상 노릇을 했지. 뿐만 아니라 자백까지 해놓고 자살한 거야. 그러니 그 의 범죄 사실을 의심한다는 건 순전히 딜레탕티슴일 뿐이야. 상식적 으로 볼 때 폰 군텐은 살인자인 거야. 상식이 틀릴 수 있다는 것, 우리 가 결국 인간적이라는 것, 이것이 우리가 부담해야 할 모험이지. 우 리는 이런 의무를 짊어질 수밖에 없다네.

또한 유감스럽게도 그리틀리 모저 살인 사건만이 우리가 매달려 야 할 유일한 범죄 사건은 아니야. 조금 전에 특별기동대가 슐리이 렌*으로 출동했어. 게다가 간밤에는 강도 사건이 네 건이나 터졌어. 순전히 기술적인 면만 보더라도 우리로선 도저히 재수사를 벌이는 사치를 누릴 수가 없어. 우린 가능한 일만 할 수 있을 뿐이고, 또 그

---

* 취리히 근교의 작은 마을

렇게 해왔지.

어린이들은 항상 위험에 처해 있어. 해마다 2백 건 이상의 성범죄가 발생하고 있어, 단지 우리 구역에서만도. 우리로서는 부모들을 계몽하고 아이들에게 경계심을 심어줄 수는 있겠지. 그리고 그 일을 힘껏 해왔네. 하지만 범죄의 씨를 말릴 수 있을 정도로 우리 경찰망을 조일 수는 없어.

범죄는 늘상 벌어지고 있어. 그 이유는 경찰력이 부족해서가 아니라 애당초 경찰관이라는 것이 있기 때문이야. 우리 존재가 필요치 않다면 범죄라는 것도 없겠지. 이 점을 주시해야만 하네. 우리는 맡은 바 임무를 다해야 하네. 그 점에서 마태 자네 말이 옳아. 하지만 우리의 첫 번째 의무는 바로 우리의 한계 속에 머무는 일이야. 그렇지 않으면 우리는 경찰 국가를 수립하게 되고 말 걸세."

그리고 나는 입을 다물었습니다. 바깥에서는 교회 종이 울리기 시작했어요. 나는 예의 바르게 결론을 내렸습니다.

"자네 개인의 처지가 난처해진 것은 이해하네. 자넨 두 마리 토끼를 쫓다가 한 마리도 못 잡는 격이 되고 말았군."

"감사합니다, 국장님."

마태는 말했어요.

"저는 무엇보다 그리틀리 모저 사건에 열중할 생각입니다. 개인으로서요."

"이 사건은 포기하는 편이 나을 걸세."

나는 충고했습니다.

"그럴 생각은 없습니다."

마태의 대답이었습니다.

나는 못마땅한 기분을 드러내지는 않았어요.

"그렇다면 다시는 그 일로 우리한테 부담을 주지 말라고 부탁해도 될까?"

나는 일어서면서 물었습니다.

"그러길 원하신다면……."

이어서 우리는 악수도 하지 않고 작별을 했지요.

20

한때 자신이 썼던 사무실을 지나쳐 텅 빈 경찰국 건물을 떠난다는 것이 마태에겐 괴로운 일이었을 겁니다. 그의 방문 문패는 벌써 바뀌었고, 일요일에도 출근해 서성대던 펠러는 그와 부딪치자 당황했어요. 인사도 하는 둥 마는 둥 뭐라고 혼잣말을 중얼거렸지요. 마태는 자신이 무슨 유령처럼 느껴졌을 겁니다. 하지만 무엇보다 불편한 것은 경찰차를 이용할 수 없게 된 상황이었습니다. 그는 되도록 빨리 메겐도르프로 되돌아갈 결심을 했었는데, 이젠 그 계획을 전처럼 즉각 실행할 수 없었으니까요. 그곳으로 가는 길은 별로 멀지는 않았지만 번거로웠습니다.

그는 8번 전차를 타고 가서 연달아 버스로 갈아타야 했습니다. 전차에는 아내랑 처갓집으로 가던 트로일러도 타고 있었습니다. 그는 경감을 얼떨떨하게 바라보긴 했지만 아무것도 묻지 않았습니다. 아무튼 마태는 아는 이들을 숱하게 만났습니다. ETH*의 교수와 화가

---

* Die Eidgensosische Technische Hochschule의 약자. 취리히 시에 있는 연방공과대학으로 1855년 G.젬퍼(G. Semper)가 설립함

등등. 그는 떠나지 못한 사정에 대해 실로 막연하게 설명하곤 했지요. 번번이 곤혹스러운 상황이었어요. '승진'과 긴 해외여행에 대해 이미 축하를 받은 처지였으니까요. 그는 스스로가 무슨 도깨비처럼, 되살아난 유령처럼 여겨졌습니다.

메겐도르프에서는 교회 예배 시간이 끝나 있었습니다. 농부들은 일요일이라 예복 차림으로 마을 광장에 서 있거나 무리 지어 '사슴'으로 향했습니다.

엊그제보다는 서늘한 날씨였습니다. 거대한 구름 덩어리가 서쪽에서 이동해오고 있었어요. 임 모스바하에서는 어느새 아이들이 축구를 하며 놀고 있었습니다. 바로 며칠 전 이 마을 근처에서 범죄 사건이 터졌다고는 상상할 수조차 없었습니다. 어디를 보나 쾌적한 분위기였어요. 어디선가 〈성문 앞 우물 곁에〉라는 노랫소리가 들려왔습니다. 육중한 지붕에 돌담이 둘러쳐진 한 커다란 농가 앞에서 어린이들이 숨바꼭질을 하고 있었습니다. 한 소년이 큰 소리로 외치며 열까지 헤아렸고 나머지 아이들은 도망을 쳤어요. 마태는 아이들을 바라보았습니다.

"아저씨."

숨죽인 목소리가 그의 곁에서 들렸습니다. 그가 돌아보니 장작더미랑 정원 울타리 사이에 푸른 치마를 입은 꼬맹이 아가씨가 서 있었습니다. 갈색 눈에 갈색 머리칼. 우르줄라 페엘만이었어요.

"왜 그러니?"

경감은 물었습니다.

"내 앞에 서 계세요."

소녀는 소곤거렸어요.

"나를 가려주세요."

경감은 소녀 앞에 서서 "우르줄라" 하고 불렀습니다.

"그렇게 큰 소리로 말하지 마세요."

소녀가 소곤거렸습니다.

"그랬다간 아저씨가 누군가와 이야기를 주고받는 소리가 들릴 거예요."

"우르줄라."

이번엔 경감도 숨죽여 말했습니다.

"거인 이야기를 나는 믿지 않는단다."

"뭘 믿지 않으신다고요?"

"그리틀리 모저가 거인을 만났다는 얘기 말이다. 산처럼 큰 거인 말야."

"그렇지만 그런 거인이 있는걸요."

"너도 그런 거인을 본 적 있니?"

"아뇨. 하지만 그리틀리는 봤어요. 아니, 지금은 소리 내지 마세요."

주근깨투성이 붉은 머리 소년이 집에서부터 이쪽으로 소리 죽여 다가왔습니다. 술래였지요. 소년은 경감 앞에 우뚝 서더니 곧 농가 다른 편으로 살금살금 가버렸습니다. 소녀가 숨죽여 쿡쿡 웃었어요.

"들키지 않았어."

"그리틀리가 너한테 동화를 들려준 거야."

경감은 소곤거렸습니다.

"아녜요."

소녀는 항의했어요.

"거인이 주일마다 그리틀리를 기다렸다가 솔방울을 주었는걸요."

"대체 어디서?"

"로트켈러 골짜기에서요."

우르줄라는 대답했습니다.

"그리고 그 애는 그 거인을 그림으로 그렸어요. 그러니까 거인은 있는 거예요. 또 솔방울도요."

마태는 어안이 벙벙해졌습니다.

"그 애가 거인을 그렸다고?"

"그 그림이 교실에 걸려 있는걸요."

소녀는 말했습니다.

"앞으로 비켜서세요."

그러던 소녀는 어느 틈엔가 장작더미와 마태 사이를 비집고 빠져나가 농가로 달려가더니 문설주에 다다랐습니다. 그 문설주를 쳐야만 했거든요. 그렇게 소녀는 집 뒤에서 허겁지겁 달려 나온 소년 앞에 환호성을 지르며 섰습니다.

21

월요일 아침에 받은 보고들은 괴상하고 나를 불안하게 만드는 것들이었습니다.

처음에는 메겐도르프 이장이 전화를 걸어 불평을 늘어놓았습니다. 마태가 학교에 잠입해 살해된 그리틀리 모저가 그린 그림을 떼어갔다는 것이었어요. 주 경찰 측에서는 자기 마을에서 계속 냄새를 맡고 다니는 작태를 다시는 용납할 수 없다나요. 그 끔찍스런 일을 겪은 마을 사람들한테는 안정이 필요하다고요. 그러고는 사뭇 무례하다고 여겨질 만큼 단호하게 통고했습니다. 만약 마태가 다시 한번 마을에 나타나면 집 지키는 개를 동원해 쫓아버리겠다고 말입니다.

이어서 헨치가 호소해왔습니다. 난처하게도 '크로넨할레'에서 마태와 논쟁을 벌였다는 내용이었어요. 그의 전직 상관은 레제르브 뒤 파트롱*을 1리터나 들이켜고 나서 연달아 코냑을 주문하더니, 자기를 무고한 범인을 사형시킨 자라고 불렀다는 얘기였습니다. 호팅거

---

* 식당용으로 제조된 특별 포도주

104

가문인 그의 아내는 무척 언짢은 기분이 되었다고요.

그뿐만이 아니었습니다. 아침 보고가 있은 후 펠러에게서 들은 내용은, 하필이면 시경 측에서 어떤 자가 펠러한테 들려준 얘기였습니다. 즉 마태가 온갖 바에 얼굴을 나타내고 있고 지금은 '렉스' 호텔에 투숙하고 있다는 것이었어요. 뿐만 아니라 이젠 담배까지 피운다는 얘기도 들렸습니다. '파리지엔느'*를. 그는 하룻밤 새에 성격이 바뀐 듯 딴사람이 되어버린 거였어요. 아무래도 그가 얼마 안 가 신경쇠약으로 무너질 것 같은 예감이 들어 나는 정신과 의사에게 전화를 걸었습니다. 우리를 위해 자주 감정서를 작성해주던 의사였지요.

의사의 대답은 예상 밖이었습니다. 바로 그날 오후 날짜로 마태가 진찰 신청을 해놓았다는 거였어요. 그 말을 듣고 나는 의사에게 그간의 사건에 대해 정보를 주었지요.

나는 곧 요르단 대사관에 서신을 보내 마태가 병석에 있다고 알리고 휴가를 신청했습니다. 경감은 두 달 뒤에 암만에 갈 수 있다고 말이지요.

---

* 담배 이름

22

그 사립 병원은 시(市)에서 멀리 떨어진 뢰텐 마을 근처에 있었습니다. 마태는 기차를 타고 가서도 꽤 먼 길을 걸어가야 했지요. 우편차를 기다리기에는 너무 조급한 마음이었습니다. 그런데 걷기 시작한 지 얼마 되지 않아 우편차가 그를 추월해버렸고, 그는 약간 분한 마음으로 차 꽁무니를 바라보았습니다.

그는 작은 촌락을 지나고 있었습니다. 길가에선 어린이들이 놀고, 밭에선 농부들이 일하고 있었습니다. 하늘엔 은빛 구름이 덮여 있었지요. 다시 쌀쌀해진 날씨였어요. 다행히 영하로 떨어지진 않았지만 0도를 육박하는 기온이었습니다. 마태는 언덕을 따라 걷다가 평원을 넘어 뢰텐 마을로 접어들었고 점점 더 요양소와 가까워지고 있었습니다.

맨 먼저 그의 눈에 띈 것은 높은 굴뚝이 우뚝 솟은 노란색 건물이었습니다. 마치 음산한 공장 지대로 다가가는 느낌이었어요. 하지만 이내 풍경은 한결 정겨워졌습니다. 본관은 여전히 너도밤나무와 포플러들로 가려져 있었지만 히말라야삼나무와 우람한 웰링토니아°도

눈에 띄었습니다.

그는 넓은 뜰로 들어섰습니다. 갈림길이 나왔어요. 마태는 '관리부'라는 팻말을 따라갔습니다.

나무들 사이로 조그만 호수가 어른거렸습니다. 하지만 그건 엷게 퍼진 안개였는지도 모르지요. 쥐 죽은 듯한 정적. 마태에겐 자갈길을 밟는 자신의 발걸음 소리만이 들려왔습니다. 잠시 후 갈퀴질하는 소리가 들려왔어요. 한 젊은이가 자갈길을 고르고 있었습니다. 젊은이의 동작은 느리면서도 한결같았어요. 마태는 망설이며 멈춰 섰습니다. 어느 쪽으로 가야 할지 알 수가 없었던 거죠. 새로운 팻말은 눈에 띄지 않았습니다.

"관리국이 어디 있는지요?"

그는 젊은이에게 말을 건넸습니다. 젊은이는 묵묵부답이었어요. 기계처럼 규칙적으로 갈퀴질만 계속할 뿐. 마치 아무도 얘기를 걸어오지 않았다는 듯이, 그곳에 아무도 없다는 듯이, 그의 얼굴은 무표정했습니다. 게다가 그의 얌전한 동작도 분명히 그의 억센 체력과는 어울리지 않는 것이었어요. 경감은 문득 위험한 상황이 닥칠 것 같은 예감에 사로잡혔습니다. 그 젊은이가 느닷없이 갈퀴를 들어 내리칠 것만 같았거든요.

그는 그토록 불안감을 느꼈기에 머뭇머뭇 걸음을 떼어놓았습니다. 그러다 어느 마당으로 들어섰습니다. 그러자 곧 더 넓은 두 번째 마당이 나왔습니다. 마당 양편으로는 수도원에서처럼 주랑(柱廊)이

---

* 미국 삼목으로 맘모스 나무라고도 불리는 침엽수

뻗어 있었어요. 하지만 마당은 곧 별장처럼 보이는 건물로 막혀버렸습니다. 이곳에서도 인적은 찾아볼 수 없었습니다. 다만 어디선가 애원하듯 울부짖는 고성(高聲)이 새어 나왔어요. 외마디를 끊임없이 반복하는 비명 소리였지요.

마태는 다시금 머뭇머뭇 멈춰 섰습니다. 뭐라고 설명할 길 없는 야릇한 서글픔이 그를 휩싸고 있었습니다. 일찍이 이토록 무력감을 느낀 적이 없었어요. 그러다가 그는 깊게 금이 가고 팬 흔적투성이인 낡은 현관문 앞에서 손잡이를 돌렸습니다. 문은 꼼짝도 하지 않았어요. 오로지 비명 소리만이 들려왔습니다. 끝도 없이 이어지는 비명 소리만이.

그는 몽유병 환자처럼 주랑 사이를 걸었습니다. 큼지막한 석재 꽃병들에 붉은 튤립이, 더러는 노란 튤립이 꽂혀 있었습니다. 그때 발걸음 소리가 들려왔어요. 키가 크고 홀쭉한 노신사가 위엄 있는 태도로 마당을 건너오고 있었습니다. 의아하다는 듯 흠칫 놀란 표정으로……. 간호사 한 사람이 그를 부축하고 있었습니다.

"안녕하십니까?"

경감은 말을 건넸습니다.

"로허 박사님을 만나 뵙고 싶은데요."

"진찰 예약은 하셨나요?"

간호사가 물었습니다.

"물론입니다."

"큰 홀로 들어가 계십시오."

이렇게 말한 간호사는 날개문을 가리켰어요.

"누가 올 겁니다."

그러고는 몽롱한 상태의 노신사를 부축하고 걸음을 재촉해 방문 하나를 연 후 함께 사라졌습니다. 비명 소리는 여전히 어디에선가 들려오고 있었습니다.

마태는 홀 안으로 들어섰습니다. 고가구와 안락의자들, 그리고 거창한 소파 하나가 놓여 있는 큼직한 방이었어요. 소파 위로는 묵직한 금빛 액자에 웬 남자의 초상화가 걸려 있었습니다. 병원 설립자의 초상화였을 테지요. 그 밖에도 열대지방, 아마도 브라질로 보이는 지방을 그린 풍경화들이 벽에 걸려 있었고요. 마태는 리우데자네이루의 배후 지역 풍경임을 알아보았습니다.

그는 날개문 쪽으로 갔습니다. 문은 테라스로 통했습니다. 돌난간 위로 커다란 선인장들이 솟아 있었어요. 하지만 뜰 풍경을 바라볼 수는 없었습니다. 그만큼 안개가 짙게 끼어 있었지요. 무슨 기념비인지 묘석인지가 서 있는 활 모양의 널찍한 공터가 왠지 아득하게 느껴졌고, 또 은백양나무 한 그루가 위협적으로 유령처럼 서 있었습니다.

경감은 초조해졌습니다. 그래서 담배를 한 대 피워 물었지요. 늦게 배운 이 열정은 그의 마음을 가라앉혀주었습니다. 그는 방 안으로 되돌아와 소파로 갔습니다. 소파 앞에는 낡은 책들이 얹힌 골동품 원탁이 놓여 있었어요. 귀스타브 보니에(Gustav Bonnier), 《프랑스·스위스·벨기에의 완벽한 식물도감》. 그는 책들을 뒤적였습니다. 세심하게 그려진 꽃과 풀 그림들, 분명 퍽이나 아름답고 마음을 안정시켜주는 것들이었지요. 하지만 경감은 그 그림을 어떻게 이해해야 할지 알 수가 없었습니다. 그는 담배를 또 한 대 피워 물었어요. 마침내 간

호사가 들어왔습니다. 테 없는 안경을 쓴 작달막하고 다부진 여자였
어요.

"마태 선생이십니까?"

"맞습니다."

간호사는 마태 주변을 둘러보았어요.

"짐은 갖고 오시지 않았나요?"

마태는 고개를 가로저은 후 돌연 그 질문에 대해 어리둥절해졌습
니다.

"나는 교수님께 단순히 몇 가지 질문을 하고 싶을 뿐입니다."

"자, 가실까요?"

간호사는 경감을 작은 문으로 안내했습니다.

23

그가 들어선 곳은 사뭇 초라해 보이는 작은 방이었습니다. 놀랍게도 의사 선생을 연상케 하는 것은 아무것도 없었어요. 벽에는 대기실에 있는 것과 비슷한 그림들, 게다가 테 없는 안경에 수염을 기른 심각한 표정의 남자 사진들. 마치 괴물 같은 상판대기들이었어요. 분명 선임 의사들이었을 테지요. 책상과 의자들에는 책이 잔뜩 얹혀 있었고 낡은 가죽 의자 하나만이 비어 있었습니다.

의사는 흰 가운 차림으로 병력을 적은 서류철을 앞에 놓고 앉아 있었습니다. 새처럼 자그맣고 깡마른 체구, 간호사나 벽에 붙은 털보들과 마찬가지로 그 역시 테 없는 안경을 쓰고 있었습니다. 여기서는 무테 안경 착용이 무슨 필수 요건인 것 같았어요. 어쩌면 승려들의 삭발처럼 무슨 비밀 종단의 휘장이나 표시일지도. 아무튼 경감으로선 알 도리가 없었지요.

간호사가 물러갔습니다. 로허는 자리에서 일어나 마태를 맞았습니다.

"반갑습니다."

그는 약간 당황하는 기색으로 말했어요.

"편안히 자리 잡으십시오. 모든 게 낡아빠졌어요. 자선 병원이다 보니 재정이 빠듯하지요."

마태는 가죽 의자에 앉았습니다. 의사가 책상 위 스탠드를 켰어요. 그만큼 방 안이 어두웠거든요. 마태가 물었습니다.

"담배 좀 피워도 되겠습니까?"

로허는 잠시 침묵했습니다. 그는 "그러시지요"라고 답하고는 먼지 묻은 안경알 너머로 마태를 주의 깊게 관찰했습니다.

"하지만 전에는 담배를 안 피우셨지요?"

"피운 적이 없지요."

의사는 종이 한 장을 꺼내 뭔가를 끄적이기 시작했어요. 무슨 소견을 기록하는 게 분명했어요. 마태는 기다렸습니다.

"선생은 1903년 11월 11일에 태어나셨죠?"

의사는 기록하면서 물었습니다.

"그렇습니다."

"아직도 우르반 호텔에 묵으시나요?"

"지금은 렉스에 있습니다."

"그래요, 지금은 렉스에. 바인베르크가(街)에 있는. 그러니까 늘상 호텔에서 사시는군요, 마태 선생?"

"그게 이상합니까?"

의사는 종이에서 눈을 뗐습니다.

"이것 보세요. 선생은 이제 30년째 취리히에 살고 계시는군요. 이곳에서 다른 사람들은 가정을 꾸리고 후손을 낳고 앞날을 번영시킬 준비를 합니다. 대체 선생에게도 사생활이라는 게 있습니까? 이런 질문을 드려 죄송합니다."

"알 만합니다."

마태는 대답했습니다. 그리고 갑자기 모든 진상을 깨달았습니다. 짐을 갖고 오지 않았냐던 간호사의 물음까지도.

"국장님께서 보고하신 모양이로군요."

의사는 펜대를 슬그머니 옆으로 밀어놓았습니다.

"무슨 말씀이시죠, 선생?"

"당신은 나를 진찰하라는 부탁을 받으신 겁니다."

마태는 단언하고는 담뱃불을 껐습니다.

"주 경찰 측에서 보면 내가 결코 정상으로는 보이지 않는다는 이유로."

두 남자는 입을 다물었습니다. 바깥 창 앞에는 안개가 침침하게 서려 있어 형체 없는 어스름한 기운이 책이며 서류 더미로 꽉 찬 작은 방 안에 잿빛으로 스며들었습니다. 게다가 음침한 냉기하며 또 무슨 약 냄새인가와 뒤섞인 곰팡내 나는 공기.

마태는 몸을 일으켜 문께로 가서 방문을 열었습니다. 문밖에는 흰 가운 차림 남자 둘이 팔짱을 끼고 서 있었어요. 마태는 다시 문을 닫았습니다.

"두 명의 감시인이로군요. 내가 말썽을 일으킬 경우에 대비해서."

로허는 안절부절못했습니다.

"내 얘기 좀 들으십시오, 마태 선생! 의사로서 말하리다."

"좋으실 대로 하십시오."

마태는 대답한 후 자리에 앉았습니다.

"내가 전해 들은 바로는……."

로허는 말을 계속하면서 다시 펜대를 잡았습니다.

"최근 들어 당신은 정상이라고는 할 수 없는 여러 가지 행동을 해 왔다는 겁니다. 그러니 간단히 터놓고 얘기하지요. 선생 직업은 힘겨운 일입니다. 그 분야에서 접하는 사람들을 냉혹하게 다루지 않을 수 없지요. 그러니 의사로서 속속들이 까발려 말하는 내 태도를 용서하셔야 합니다. 이 직업 역시 나 자신을 냉혹하게, 또 의심을 잘하도록 만들었으니까요.

당신의 행동을 고려해볼 때, 요르단행(行) 같은 다시없는 기회를 돌연 던져버린 태도는 아무래도 이상합니다. 게다가 이미 색출해낸 살인자를 추적하겠다는 고정관념. 또 느닷없이 담배를 피우기로 작정한 일이라든가, 마찬가지로 유별난 음주벽, 혼자서 레제르브를 1리터나 마신 뒤 코냑을 더블로 넉 잔씩 들이켜는 등. 맙소사, 이런 행동은 터무니없이 돌연한 성격 변이이며 질병의 초기 증세란 말입니다.

어쨌든 철저한 검진을 받아보는 것이 선생께 이로운 일입니다. 의학적인 면에서나 심리학적인 면에서 정상적 심상(心傷)을 얻기 위해서 말이지요. 그래서 말인데, 며칠 동안이나마 뢰텐에 머무시라고 권하고 싶습니다."

의사는 입을 다물고는 종이를 앞에 놓고 다시금 뭔가 긁적대기 시작했습니다.

"종종 열이 나십니까?"

"아닙니다."

"말을 더듬는 일은?"

"없었습니다."

"목소리는?"

"이건 쓸데없는 일입니다."

"땀이 솟는 일은?"

"……"

마태는 고개를 절레절레 흔들었어요. 어두컴컴한 주변과 의사의 수다스런 말이 더는 참을 수 없게 했습니다. 그는 더듬더듬 담배를 찾았습니다. 그리고 한참 만에 담배를 손에 쥐었고, 떨리는 손으로 의사가 건네주는 불이 붙은 성냥을 받아 들었습니다. 격분을 못 이겨 서였지요.

너무나 어이없는 상황이었어요. 이렇게 되리라 예상했다면 다른 의사를 택하는 편이 나았으리라는 생각이 들었습니다. 그렇지만 그는 이 의사를 좋아했어요. 카제르넨가 경찰들도 전문 분야의 권위자로서보다는 흔히 호감 때문에 이 의사와 관계를 맺어왔거든요. 괴짜인 데다 환상에 빠져 있다는 이유로 다른 의사들은 그를 얕잡아보았습니다. 하지만 마태는 오히려 그런 면 때문에 이 의사를 신뢰했습니다.

"흥분하셨군."

의사는 단언했습니다. 사뭇 만족스런 기색이었습니다.

"간호사를 부를까요? 지금이라도 선생 방으로……"

"그럴 생각 없습니다. 혹시 코냑이 있나요?"

"안정제를 드리지요."

의사는 몸을 일으키며 제의했습니다.

"안정제는 필요 없습니다. 저에겐 코냑이 필요해요."

경감은 거칠게 응수했습니다.

의사가 숨겨진 초인종을 눌렀는지 간병인이 들어섰습니다.

"내 사택에 가서 코냑 한 병과 잔 두 개를 가져다주시오."

의사는 지시를 한 후 손을 비볐습니다. 추웠던 모양이에요.

"빨리 가져오시오."

간병인이 사라졌습니다.

"진정하세요, 마태 선생."

의사는 설명했어요.

"내 소견으로는 선생의 결단이 시급히 요구됩니다. 안 그랬다간 정신적으로나 육체적으로 무섭게 무너질 게 뻔히 보여요. 그렇게 되는 건 피해야겠지요? 조금만 과감한 조치를 취하면 그런 일은 피할 수 있습니다."

마태는 그 말에는 대꾸하지 않았습니다. 의사도 입을 다물었습니다. 다만 전화벨이 한 번 울려 침묵을 깼지요. 로허는 수화기를 들고 말했습니다.

"지금은 면담할 수 없습니다."

창밖은 이제 다소 어두워져 있었습니다. 그렇게 그날 저녁엔 느닷없이 밤이 내렸어요.

"불을 켤까요?"

의사는 뭐라도 말을 할 양으로 입을 뗐습니다.

"아닙니다."

마태는 다시금 평정을 찾았습니다. 간병인이 코냑을 가져오자 그는 손수 따라서 단숨에 비우고는 다시 잔을 채웠습니다.

"로허 박사님, 사나이니 인간이니 빨리 가져오라느니 따위 허튼 짓은 집어치우시죠. 박사님은 의사이십니다. 직업상 박사님께서도 해결할 수 없었던 케이스가 더러 있었겠지요?"

의사는 놀란 기색으로 마태를 마주 보았습니다. 그 같은 질문 앞에서 그는 당황했어요. 불안했고 어찌해야 할 바를 몰랐어요.

"직업상 대부분의 케이스들은 해결할 수가 없습니다."

의사는 한참 만에 진지하게 대답했습니다. 하지만 동시에 환자한테 이런 대답을 해서는 안 된다는 것을 깨달았습니다. 어쨌든 그는 마태를 환자로 보고 있었으니까요.

"박사님 직업의 경우 그러리라 여겼습니다."

마태는 아이로니컬한 투로 대답했어요. 그 어투가 의사의 기분을 조금 서글프게 만들었습니다.

"단지 그런 걸 물어보려고 여기까지 오셨나요?"

"그렇기도 합니다."

"대체 선생께 무슨 일이 생긴 겁니까? 어쨌거나 선생은 우리 가운데서 가장 분별력 있는 사람 아니었나요?"

의사는 열띤 말투로 물었습니다.

"저도 모르겠습니다."

마태는 자신 없는 투로 대답했어요.

"살해된 소녀 말입니다."

"그리틀리 모저?"

"그 소녀 생각이 머릿속을 떠나지 않습니다."

"그래서 편안치가 않나요?"

마태는 물었어요.

"박사님께도 자식이 있습니까?"

"하긴 나도 결혼하지 않은 몸이라오."

의사는 새삼스레 당황한 목소리로 조그맣게 대답했어요.

"그렇군요."

마태는 침울하게 입을 다물었습니다. 그리고 잠시 후 설명했어요.

"이것 보시오, 로허 박사님. 나는 이른바 정상적인 인물인 내 후계자 헨치처럼 외면하지도 않고 똑똑히 눈여겨보았습니다. 난도질당한 시체가 나뭇잎에 가려진 채 누워 있었지요. 얼굴만이 온전했어요. 어린이의 얼굴이었죠. 나는 눈을 부릅뜨고 보았어요. 수풀엔 또 빨간 치마랑 비스킷도 널려 있었습니다. 그렇지만 가공할 것은 그런 게 아니었어요."

마태는 다시금 입을 다물었습니다. 공포에 사로잡힌 듯이……. 그는 결코 자신에 관해 입을 떼는 법이 없는 인물이었지만 이젠 그럴 수밖에 없었어요. 왜냐하면 우스꽝스런 안경을 쓴 작은 새 같은 이 의사가 그에겐 필요했으니까요. 의사만이 그를 도와 앞으로 나아가게 할 수 있었으니, 그에게 속마음을 털어놓을 수밖에 없었던 겁니다.

"조금 전 박사님께선 내가 아직도 호텔에 살고 있는 것을 이상하게 여기셨지요."

이윽고 그는 말을 이었습니다.

"그건 당연한 일입니다. 나는 이 세상과 맞서고 싶지 않았던 겁니

118

다. 노련한 대가(大家)처럼 세상을 극복하려 했지, 세상과 맞붙어 괴로워하는 걸 원치 않았어요. 세상에 맞서 우월한 위치에 머물고 싶었지요. 숙련공처럼, 당황하는 법 없이 세상을 지배하려 했던 겁니다.

나는 끝까지 참고 그 소녀의 시체를 정시(正視)했습니다. 그런데 막상 그 애의 부모를 마주하자 견딜 수가 없어졌어요. 임 모스바하에 있는 그 저주스런 집에서 당장 도망쳐 나오고 싶었어요. 단지 그 부모들의 고통을 더 오래 마주하지 않을 셈으로, 내 목숨을 걸고 살인자를 찾아내겠노라 무작정 약속했던 겁니다. 아무튼 나는 요르단으로 떠날 예정이었으니 그 약속을 지킬 수 없으리라는 점엔 개의치 않고 말입니다.

그리고 이내 내 마음속에선 길들어버린 무관심이 고개를 들었지요, 로허 박사님. 그건 실로 전율하게 하는 일이었어요. 나는 그 행상을 위해 한마디 변호도 하지 않았습니다. 만사를 흘러가는 대로 내버려두었어요. 나는 다시금 예전의 비인간적 존재로, 니더도르프*가(街)에서 날 칭하는 대로 꼴찌 마태로 되돌아갔지요. 나는 편안함 속으로 다시 살짝 도망쳤습니다. 우월감으로, 틀에 박힌 판 속으로, 비인간성으로 도망친 겁니다. 그러다가 마침내 공항에서 아이들을 보게 되었던 거죠."

의사는 메모지를 치워버렸습니다.

"그리고 되돌아왔어요. 그 후의 일은 박사님도 잘 아시지요?"

"그래서요?"

의사가 물었어요.

"이곳을 찾아왔습니다. 왜냐하면 나는 그 행상의 범죄 사실을 믿지 않고 있고, 또 내가 한 약속을 지켜야 하니까요."

의사는 일어나 창가로 갔습니다. 간병인이 나타났습니다. 그 뒤로 또 한 명이 뒤따랐습니다. 의사가 말했습니다.

"병동으로 되돌아가게. 자네들은 필요 없네."

마태는 코냑을 따르고는 소리 내어 웃었습니다.

"훌륭한 맛입니다, 이 레미 마르틴은."

의사는 창가에 그대로 서서 멍하니 창밖을 내다보고 있었어요.

"내가 뭘 도와드려야겠습니까?"

의사는 속절없이 물었습니다.

"저는 이제 수사관이 아닙니다."

그러고는 마태 쪽으로 몸을 돌려 물었어요.

"선생이 행상의 결백을 믿는 근거는 무엇이지요?"

"이겁니다."

마태는 종이 한 장을 책상에 놓고 조심스레 펼쳤습니다. 어린이가 그린 그림이었어요. 오른쪽 하단에 서툰 글씨로 '그리틀리 모저'라고 쓰여 있고 색연필로 그려진 한 남자의 모습. 남자는 거인이었습니다. 주변에 괴상한 풀줄기처럼 늘어선 전나무들보다도 훨씬 키가 컸습니다. 흔히 어린애들 솜씨가 그렇듯이 점, 점, 콤마, 가로 긋기를 동그라미로 에워싼 얼굴, 까만 모자에 까만 옷차림. 그리고 다섯 가닥의 획으로 이뤄진 원판 모양 오른손에서는 별처럼 작은 가시가 돋은 방울 몇 개가 어린 소녀 위로 떨어지고 있었습니다. 전나무보다 한결 작은 키의 소녀. 또 그림 꼭대기 쪽으로는 애당초 하늘이 있어야 할 자리에 까만 자동차가 한 대, 그 곁으로 기묘한 뿔들이 달린 괴상한 짐승이 한 마리 그려져 있었습니다.

"이건 그리틀리 모저가 그린 것입니다."

마태가 설명했습니다.

"교실에서 떼어 온 겁니다."

"대체 이건 뭘 그린 겁니까?"

의사는 어쩔 줄 몰라 하며 그림을 바라보았습니다.

"솔방울 거인을 그린 거죠."

"그게 무슨 뜻이지요?"

"그리틀리는 숲에서 한 거인이 자기한테 작은 솔방울을 선사했노라는 얘기를 했습니다. 이 그림은 거인과의 만남을 나타내고 있지요."

"말도 안 되는 소리요, 마태 선생."

의사는 못마땅한 투로 대꾸했습니다.

"이건 그저 환상에서 나온 작품에 지나지 않습니다. 여기에 무슨 희망을 갖다 붙이지는 마십시오."

"그럴지도 모르지요. 하지만 그렇다고 보기에는 자동차에 대한 관찰이 너무나 훌륭합니다. 나로서는 이것이 낡은 미국제 자동차라고까지 말할 수 있을 정도예요. 또 거인의 모습도 생생하게 그려져 있고요."

"거인이란 존재하지도 않아요."

의사는 참을성 없이 끼어들었습니다.

"나한테 동화를 늘어놓지는 마십시오."

"키가 크고 몸집이 큰 남자라면 작은 소녀한텐 거인처럼 보일 수도 있지요."

의사는 어리둥절한 듯 마태를 찬찬히 뜯어보았습니다.

"당신은 키 큰 남자가 살인범이라고 여기는 겁니까?"

"이건 물론 막연한 추측에 불과합니다만……."

수사관은 슬쩍 대답을 회피했습니다.

"이 추측이 맞는다면, 살인자는 낡은 미국제 검정 승용차를 타고 다닐 겁니다."

로허는 안경을 이마로 밀어 올리고는 그림을 집어 유심히 관찰했습니다.

"그럼 나더러 어쩌라는 겁니까?"

그는 자신 없는 투로 물었고 마태는 설명했습니다.

"살인범에 관해 제가 가진 것이 이 그림뿐이라고 전제한다면 이거야말로 제가 추적해야 할 유일한 단서일 겁니다. 하지만 이 경우에 저는 뢴트겐 사진 앞에선 문외한과 다를 바 없습니다. 그림을 해석할 줄은 모르니까요."

의사는 고개를 절레절레 흔들었습니다.

"이 그림만 보고서는 살인자에 관해 아무것도 알아낼 수 없을 겁니다."

의사는 그림을 다시 책상에 올려놓았습니다.

"가능한 것은, 이 그림을 그린 소녀에 관해 뭔가를 짐작할 수 있다는 것 정도죠. 그리틀리는 영리하고 쾌활하며 명랑한 아이였을 겁니다. 어린애들은 눈에 보이는 것뿐 아니라 보면서 느끼는 것까지 그리거든요. 환상과 현실이 뒤섞이지요. 따라서 이 그림에서도 몇 가지는 리얼합니다. 키 큰 남자와 자동차와 소녀. 그 밖의 것은 괴이하게 보이지요. 솔방울과 커다란 뿔이 달린 짐승 등 온통 수수께끼예요. 그리고 그 답으로 말할 것 같으면 그리틀리가 안고 무덤으로 가버린 겁니다."

"나는 단순한 의사일 뿐 죽은 자를 불러내는 마법사가 아닙니다. 이 그림일랑 다시 챙겨 넣으십시오. 그걸 붙들고 더 왈가왈부한다는 건 쓸데없는 짓입니다."

"박사님은 단지 그럴 엄두를 못 내고 있을 뿐입니다."

"맹목적인 시간 낭비를 싫어하는 거죠."

"박사님이 시간 낭비라고 부른다는 게 어쩌면 구태의연한 방식일지도 모르지요."

마태는 차근차근 설명했습니다.

"박사님은 학자이시니, 작업상 가정(假定)이 뭔지 아실 겁니다. 이 그림을 근거로 살인자를 찾아낼 수 있다는 내 가정을 액면 그대로 고찰해보십시오. 내 허구에 가담해 거기서 무엇이 결과가 되어 나오는지 검토해봅시다."

로허는 잠시 생각에 잠겨 마태를 마주 보다가는 다시금 그림을 눈여겨보았습니다.

"그럼 그 행상의 모습은 어땠나요?"

의사는 물었습니다.

"보잘것없었어요."

"영리했나요?"

"멍청하진 않았지만 게을렀지요."

"성범죄로 판결을 받은 전과가 있었습니까?"

"열네 살짜리를 상대로 그런 일이 있었지요."

"다른 여자들과의 관계는?"

"그거야, 행상이니까요. 허랑방탕한 생활을 하며 이곳저곳 돌아다녔지요."

마태가 대답했습니다.

로허는 그제야 흥미를 드러냈습니다. 뭔가가 들어맞지를 않았거든요.

"딱하게 됐군요. 그 난봉꾼이 자백을 하고 목매어 죽어버린 것은……."

그는 툴툴거렸습니다.

"그러지만 않았더라도 그 사람은 어느 모로 보나 강간 살인범으로는 생각되지 않았을 겁니다. 아무튼 그럼 이제 당시 가정한 바를 따라가봅시다. 그림에 그려진 솔방울 거인은 겉모습으로 보기에는 얼마든지 강간 살인범으로 생각할 수 있습니다. 키가 크고 몸집도 우람해 보이지요. 어린이를 상대로 이런 식의 범죄를 저지르는 사람들은 대체로 단순하고 미개합니다. 우리 의사들이 쓰는 표현으로는 저능에다 박약한 인물이지요. 건장하고, 폭행 성향을 지니고 있으며, 여자들에 대해서는 열등감이나 성교 불능증을 갖고 있습니다."

그는 말을 중단했습니다. 뭔가 발견해낸 듯했어요.

"이상하군요."

"뭐가요?"

"그럼 아래쪽 날짜 말입니다."

"그래서요?"

"살인이 있기 일주일도 더 전입니다. 마태 선생, 선생의 가정이 맞는다면 그리틀리 모저는 범행 이전에 살인자를 만난 적이 있다는 겁니다. 그 애가 이 만남을 동화 형태로 돌려 표현한 것은 괄목할 만하군요."

"어린애들 방식이죠."

로허는 고개를 가로저으며 말했습니다.

"어린애들도 근거 없는 짓은 결코 안 합니다. 그렇다면 이 키 큰 검정 옷 사내는 그들의 비밀스런 만남에 대해 발설하지 못하도록 그리틀리한테 금지시켰을 공산이 큽니다. 그래서 가엾은 어린것은 그의 명령에 복종하느라 사실 대신에 동화를 하나 만들어냈을 겁니다. 그렇게 하지 않았다면 누구든 의혹을 품었을 테고, 그럼 그 애는 참변을 면할 수도 있었을 텐데 말이죠. 이런 경우가 사실이라면 실로 끔찍스럽기 짝이 없는 이야기군요. 그 소녀는 강간을 당했던가요?"

로허는 불쑥 물었습니다.

"아닙니다."

의사가 다시 물었습니다.

"몇 해 전 장크트갈렌과 슈비츠주에서 살해된 소녀들의 경우에도 비슷한 일이 벌어졌지 않습니까?"

"바로 그겁니다."

"역시 면도칼로?"

"역시……."

이젠 의사까지도 손수 코냑을 따랐습니다.

"이 경우는 강간 살인이라기보다는 일종의 보복 행위입니다."

로허는 입을 뗐습니다.

"범인들은 살인을 통해 여자들한테 복수하려고 했던 겁니다. 행상이었든 그리틀리의 솔방울 거인이었든 간에 말이죠."

"그렇지만 미성년인 소녀는 여자로 볼 수 없지 않습니까?"

로허는 그런 말에 수그러들지 않고 설명했어요.

"그래도 병적인 인간에게는 여자의 대리품이 될 수 있지요. 이런 유의 살인자는 성인 여자에게는 감히 어쩌지 못하기 때문에 어린 소녀를 상대하는 거지요. 여자를 죽이는 대신 어린 소녀를 죽이는 겁니다. 또한 그렇기 때문에 번번이 비슷한 유형의 소녀를 유인하는 거죠.

자세히 검토해보면 희생자들은 모두 닮은 데가 있을 겁니다. 저능아로 태어났든 병에 걸려 그렇게 되었든 간에 문제의 가해자가 단순하고 미개한 인물이라는 점을 잊지 마십시오. 그런 인물들은 충동을 제어할 줄 모르거든요. 일시적 충동에 맞설 저항력이 비정상적으로 약한 거죠. 그들에겐 활용되는 힘이 어이없을 정도로 미약해요. 약간 변질된 신진대사와 얼마간 퇴화된 세포들. 그러고 보면 그런 인간은 바로 동물이나 다름없어지는 겁니다."

"그렇다면 그의 보복 근거는 대체 뭘까요?"

의사는 잠시 생각에 잠긴 후에 설명했습니다.

"아마도 성적(性的) 갈등이겠지요. 필시 그런 남자는 여자에게 억압을 받거나 착취당한 적이 있을 겁니다. 아내는 부자였지만 자신은 가난했을 수도 있고요. 아니면 아내가 자기보다 훨씬 사회적 지위가 높다든가."

"그 모든 게 죽은 행상한테는 해당되지 않아요."

마태는 단언했습니다. 의사는 어깨를 으쓱했어요.

"그렇다면 그에게 해당되는 다른 무언가가 있을 수 있겠지요. 남녀 간에는 온갖 황당한 일이 가능하니까요."

"또 다른 살인을 일으킬 위험이 계속 존재하는 겁니까?"

마태가 물었습니다.

"만약 범인이 행상이 아닐 경우에 말입니다."

"장크트갈렌주에서 살인 사건이 일어난 게 언제였습니까?"

"5년 전입니다."

"슈비츠주의 살인은?"

"2년 전이죠."

"사건이 일어나는 주기가 점차 짧아지고 있군요."

의사는 확언했습니다.

"이건 병세가 악화되고 있는 거라고 해석할 수도 있을 겁니다. 욕정에 대한 저항력이 갈수록 약화되는 게 분명해요. 환자는 기회만 잡으면 필시 몇 달 뒤에, 아니 몇 주 뒤에라도 또 살인을 저지를지 모르지요."

"그 기간 동안 그의 행동은 어떨까요?"

"처음에 환자는 해방감 같은 것을 느낄 겁니다."

의사는 약간 주저하면서 말했습니다.

"하지만 얼마 안 가 새로운 증오심이 쌓이고 복수욕이 고개를 들 겁니다. 그는 우선 어린이들 근처에 머물겠지요. 학교 앞이라든가,

아니면 대중이 모이는 광장 같은 곳에. 그다음엔 차츰차츰 다시 자동차를 몰고 돌아다니며 새로운 희생자를 찾을 겁니다. 그리고 마땅한 소녀를 찾아내면 다시 접근해서 친해지고 또다시 그런 일이 벌어지겠지요."

로허는 입을 다물었습니다.

마태는 그림을 집어 들고 차곡차곡 접어서 윗도리 호주머니에 밀어 넣고는 창밖을 응시했습니다. 창에는 이제 밤이 깃들어 있었어요.

"솔방울 거인을 찾을 수 있도록 저에게 행운을 빌어주십시오, 로허 박사님."

마태가 말했습니다. 의사는 당황해서 그를 쳐다보다가 불현듯 사태를 파악했습니다.

"당신에게 솔방울 거인은 단순한 작업상 가정 그 이상의 존재로군요, 마태 선생?"

마태는 그 말을 시인했어요.

"솔방울 거인은 제겐 실재하는 인물입니다. 그가 살인자라는 점을 추호도 의심치 않아요."

자기가 지금껏 한 말은 한낱 추리에 불과하며, 학문적 가치라고는 없는 순전한 사유 속 유희일 뿐이라고 의사는 설명했습니다. 마태의 의도를 꿰뚫어보지 못하고 속아 넘어간 자신에게 화가 났어요.

"나는 몇천 가지 가능성 중에서 단 한 가지 가능성을 시사했을 뿐입니다. 똑같은 방식으로 우리는 어느 누구라도 살인자가 될 수 있다는 걸 증명할 수 있을 겁니다. 왜 아니겠어요. 결국 아무리 말도 안 되는 난센스라도 생각으로야 얼마든지 가능할 테고 어떤 식으로든 논리적으로 입증할 수도 있어요. 그 점은 마태 선생도 너무나 잘 알고 있지 않습니까. 난 그저 호의에서 선생의 픽션에 가담했을 뿐이에요. 그러니 마태 선생도 가설을 제거한 현실을 직시하고 행상의 범죄를 명백히 입증해주는 여러 가지 요인에 순응할 줄 아는 인물이리라 생각합니다. 이 어린애의 그림은 순전히 환상의 산물입니다. 아니면 아예 살인자가 아닌, 도저히 살인자일 수 없는 어떤 사람과의 만남을 그린 것일지도 모릅니다."

"그 점은 제게 맡겨주십시오."

마태는 코냑을 마저 비우면서 대답했습니다.

"박사님 설명에 어느 정도 확률을 인정할지에 대해서는."

의사는 아무런 대답도 하지 못했습니다. 다시금 낡은 책상 뒤쪽 책 더미와 서류철에 파묻혀 앉아 있는 그의 모습은 이미 오래전 후락해버린 병원의 초라한 원장, 절실하게 돈이 필요한 궁한 남자, 속절없이 직무에 종사하는 사내의 모습이었습니다.

"마태 선생."

이윽고 면담을 매듭짓는 그의 지친 음성이 쓸쓸하게 울렸습니다.

"선생은 불가능한 일을 시도하는 겁니다. 공연히 비장한 투로 얘기하고 싶진 않아요. 누구든 자신이 뜻하는 바를 갖고 있지요. 명예욕이라든가 긍지 같은 것을…… . 우리는 그런 것들을 쉽게 포기하진 않습니다. 그 점은 나도 이해합니다. 나 자신도 그러니까요.

하지만 지금 온갖 개연성으로 볼 때 존재하지도 않는 살인자를, 또 설혹 존재한다 해도 선생으로서는 도저히 찾아내지 못할 살인자를 찾으려 든다면, 그건 아무래도 묵과할 수 없는 심각한 문제입니다. 왜냐하면 단지 우연 덕분에 살인을 범하지 않는 살인자들도 너무나 많으니까요. 광기를 그 방식으로 택한다는 것까지는 용기 있는 일일 수 있겠지요. 그 점은 얼마든 인정하겠어요. 하긴 오늘날엔 독단적인 몸짓이 외경의 염(念)을 일으키는 경우가 많으니까요. 하지만 이런 방식으로 목표에 이르지 못하게 될 경우, 선생께 광기만이 남게 되지 않을까 걱정스럽습니다."

"안녕히 계십시오, 로허 박사님."

마태가 말했습니다.

24

나는 로허에게서 이 담화에 관한 보고서를 받았습니다. 늘상 그렇듯 동판에 새긴 것같이 작고 가느다란 그의 독일어 글씨는 판독하기가 어려웠어요. 나는 헨치를 불렀습니다. 헨치 역시 그 기록을 한참 동안 뜯어보지 않을 수 없었지요. 그는 이 의사가 근거 없는 가설들에 관해 말하고 있다고 하더군요. 나는 그렇게 확신할 수가 없었습니다. 의사는 자신의 용단에 대해 겁을 먹고 있는 것처럼 보였어요.

어쨌든 내겐 의혹감이 슬며시 고개를 들었습니다. 결국 우리는 행상에게서 재검토를 할 만한 구체적인 자백도 받아내지 못했고, 단지 일반적 자백을 얻어냈을 뿐이니까요. 게다가 살인에 쓴 무기도 아직 발견하지 못했거든요. 행상 바구니에 들어 있던 면도칼 중 어떤 것에서도 핏자국은 발견되지 않았어요. 이런 점이 새삼스럽게 내게 생각할 계기를 만들어주었습니다. 그렇다고 해서 결과적으로 폰 군텐의 범죄 사실이 가벼워지는 것은 아니었지요. 혐의 동기들은 여전히 무거웠으니까요. 그런데도 나는 불안한 마음이었습니다.

또한 마태의 행동도 애초에 인정했던 것보다 한결 큰 공감을 불러일으켰습니다. 나는 검사의 격분에도 아랑곳하지 않고 메겐도르프의 숲을 재차 수색하라고 지시하기에 이르렀지요. 그런데도 우리는 결국 이렇다 할 성과 없이 우두커니 서 있을 수밖에 없었습니다. 살인 도구는 발견되지 않았어요. 헨치 생각대로 그건 골짜기에 떨어져버린 게 분명했어요.

헨치는 고약한 향내가 나는 궐련을 담뱃갑에서 꺼냈습니다.

"자, 우리가 이 사건에서 할 수 있는 일은 정말 더는 없습니다. 마태가 제정신이 아니든가 우리가 돌았든가 둘 중 하나겠지요. 이제 판가름을 내야 합니다."

나는 가져오라고 지시했던 사진들을 손가락으로 가리켰습니다. 살해된 세 소녀는 닮은 모습이었어요.

"이 점은 아무래도 솔방울 거인을 시사한단 말이야."

"어째서요?"

헨치는 냉담하게 물었습니다.

"이 소녀들은 바로 행상이 좋아하는 타입과 일치하는 겁니다."

이어서 그는 웃었어요.

"마태가 시도하고 있는 일은 불가사의하기 그지없습니다. 저라면 그 편에 서고 싶진 않아요."

"그 사람을 과소평가하지 말게."

나는 나무라듯 말했습니다.

"그는 어떤 일에도 유능하니까."

"그럼 존재하지도 않는 살인범을 마태가 찾아낼 거라는 말씀이십니까, 국장님?"

"그럴지도 모르지."

나는 대답하며 사진 석 장을 다시 서류철에 넣었습니다.

"내가 아는 유일한 사실은 마태가 포기하지 않을 거란 것뿐이네."

내 말은 옳았습니다. 첫 번째 소식은 경찰국장한테서 들려왔습니다. 회의 한 건이 끝나고 나서였지요. 우리는 또 무슨 권한 다툼에 관한 문제를 처리해야만 했어요. 헤어지는 마당에 이 쟁의에 패배한 사내가 마태에 관한 얘기를 꺼냈습니다. 아마 나를 격분시키려고 그랬을 겁니다. 마태가 자주 동물원에 모습을 보였다는 것과 에셔-뷔스 광장*에 있는 한 차고에서 중고 '내시'**를 구입했다는 거였어요.

그리고 얼마 안 가서 나는 또 다른 소식을 들었습니다. 이번 건은 나를 심히 당혹하게 했어요. 토요일 '크로넨할레'에서였지요. 지금도 분명히 기억합니다. 내 주위에는 취리히에서 내로라하는 명성과 입맛을 지닌 인사들이 모조리 모여 있었어요. 그 사이로 부산스러운 여급들. 서비스용 왜건은 김을 내고 있었고, 거리에선 자동차 굴러가는 소리가 새어 들어왔습니다. 나는 미로 그림 밑 내 좌석에 앉아 별 생각 없이 막 나온 완자 수프를 먹고 있었지요. 그때 큰 석유회사 대표가 말을 걸면서 서슴없이 내 식탁으로 와 앉았어요. 약간 취한 그는 제멋대로 굴면서 마르크*** 한 잔을 주문했고 나의 전 경감께선 이제 직업을 바꾸어 그라우뷘덴주 쿠어시 근처에서 주유소를 인수했노라고 웃으면서 말하는 것이었습니다. 워낙 채산이 맞지 않아 회사에서

---

* 취리히 시내 서북쪽 공업 구역에 있는 광장
** 자동차 이름
*** 독한 포도주의 일종

도 포기하려던 주유소였다나요.

나는 처음엔 이 소식을 믿으려 하지 않았습니다. 그건 아무래도 앞뒤가 맞지 않는 얘기로, 어처구니없는 소리로 여겨졌거든요.

석유회사 대표는 완강하게 사실을 고집했습니다. 그리고 마태가 새로운 직업 분야에서도 능력을 과시하고 있노라 칭찬까지 했어요. 주유소는 성업 중이라나요.

"마태한테는 손님이 많아요. 물론 다른 형태긴 했지만 과거에 그가 상대했던 인물들이 대부분의 고객이지요. 꼴찌 마태가 주유소 사장으로 새 출발을 했다는 소문이 퍼진 모양이에요. 그래서 지난날 고객이었던 사람들이 자동차를 몰고 사방에서 질주하여 몰려드는 겁니다. 케케묵은 털털이 차에서부터 최고급 메르세데스에 이르기까지 온갖 차량이 등장했어요. 마태의 주유소는 동부 스위스 전 지역에서 지하계 인물들에겐 일종의 순례지가 되었답니다.

벤진 매상고는 급등했어요. 바로 얼마 전 회사에서는 그에게 또 하나의 슈퍼용 저유 탱크를 설치해주었습니다. 또 그가 지금 살고 있는 낡은 집을 헐고 현대식 건물을 지어주겠다는 제안까지 했고요. 그는 이 제안을 사양했고 조수를 채용하는 것조차 거절했습니다. 그래서 자동차와 오토바이들이 장사진을 이룰 때가 자주 있는데도 아무도 성급하게 구는 사람이 없답니다. 주 경찰국 경감을 지낸 인물의 서비스를 받는다는 게 분명 대단한 영광이긴 한 모양이지요."

나는 대답할 말을 잃었습니다. 석유회사 대표는 작별을 고했어요. 서비스용 왜건이 김을 내며 다가왔을 땐 나는 전혀 식욕이 나질 않아 음식을 건드리는 둥 마는 둥 하고는 맥주를 주문했습니다.

좀 더 지난 후에 습관대로 헨치가 호팅거 가문 출신 아내와 함께 왔습니다. 표결 결과가 자기 뜻대로 나오지 않아 침울한 표정이었어요. 그는 내가 전하는 새로운 소식에 귀를 기울였습니다. 그러고는 이젠 마태가 급기야 돌아버린 모양이라고, 자기가 늘상 그렇게 예언하지 않았느냐고 말했어요. 그러더니 갑자기 기분이 좋아져서 스테이크를 2인분이나 먹어치웠고, 호팅거 가문 출신 그의 아내는 쉴 새 없이 극장에 대해 떠들었어요. 극장에 아는 사람이 몇 있다나요.

그러고 나서 며칠 후 전화벨이 울렸습니다. 회의 도중이었어요. 물론 이번에도 시경 측과의 회의였지요. 전화를 건 사람은 어느 고아원 원장이었습니다. 올드미스인 원장은 흥분해서 마태가 자기를 방문했던 일의 자초지종을 들려주었습니다. 필시 진지하다는 인상을 풍길 요량이었겠지만 그는 엄숙한 검정색 양복을 아래위로 빼입고 나타나서, 그 원장 표현대로라면 그곳에 수용 중인 특정 소녀를 자기한테 넘겨줄 수 없겠느냐고 물었다는 겁니다. 유독 그 아이라야 한다는 거였죠. 어린애를 하나 갖는 게 늘상 소원이었는데, 이젠 혼자 그라우뷘덴에서 주유소를 경영하게 되었으니 마침내 애를 기를 만한 형편이 되었다고 말했답니다. 당연한 얘기지만 원장은 고아원 규약을 제시하면서 예의 바르게 그의 무리한 청을 거절했다고 했습니다. 그렇지만 그녀는 지난날 나의 부하였던 사람에게서 너무나 기기묘묘한 인상을 받았기 때문에 내게 사실을 알려주는 것이 자신의 의무라고 느꼈다는 것입니다. 그리고 원장은 전화를 끊었습니다.

물론 이 얘기의 내용 역시 알 수 없는 것이었습니다. 나는 얼떨결에 바이아노스를 꺼내 물었어요.

하지만 마태의 행동이 카제르넨가의 우리에게 있을 수 없는 불가사의한 일로 여겨진 것은 엉뚱한 다른 사건 수사를 통해서였습니다. 그 바로 전에 우리는 꽤 수상쩍은 한 인물을 소환했었지요. 공식적으로는 미장원을 경영하면서 비공식적으로 뚜쟁이 노릇을 하는 인물이었어요. 그의 미장원은 수많은 시인들이 기렸던 호수 건너 어느 마을에 있는 웅장한 별장에 아주 아늑한 분위기로 차려져 있었지요. 어쨌거나 그곳으로 가는 택시나 자동차 때문에 그쪽 도로는 꽤나 붐볐습니다.

심문을 시작하자마자 그는 큰소리를 쳤습니다. 만면에 희색을 띠고 자신이 가진 새로운 정보를 들먹이며 우리한테 호통을 쳤어요. 마태가 주유소에서 헬러랑 동거한다는 소식이었지요. 나는 당장 쿠어시에 전화를 걸었고 그곳에 상주하는 파출소에도 전화를 해봤습니다. 틀림없는 사실이었어요. 나는 입을 다물고 있었습니다. 그 소식은 내 말문을 막아버렸어요. 미용사께서는 내 책상 앞에 앉아 의기양양하게 껌을 쩍쩍 씹어대고 있었지요. 나는 승복할 수밖에 없었고 될 대로 되라는 기분으로 그 해묵은 범죄자를 풀어주라고 지시했습니다. 그놈이 우리를 갖고 놀았던 것이지요.

그 사건은 충격과 파문을 일으켰습니다. 나는 당황했고, 헨치는 격분을 터뜨렸으며, 검사는 혐오감을 드러냈습니다. 또 참사관도 이 소식을 접하자 치욕적인 일이라고 일갈했어요.

헬러라는 여자는 한때 카제르넨가에 살던 우리 단골 용의자였답니다. 그녀의 한 동료가 살해되었습니다. 그래요, 역시 시내에 소문난 여자였지요. 우리는 헬러를 의심했어요. 우리에게 진술한 것 이상으로 그녀가 사건 내용을 잘 알고 있다고 생각했습니다. 그녀는 즉각 취리히주에서 추방되었습니다. 하긴 직업만 제쳐놓고 본다면 그녀에게 아무런 혐의 증거가 나오지 않았음에도 말이지요.

그렇긴 해도 관할 부서 안에는 항상 편견을 가진 사람들이 있게 마련입니다. 나는 이 일에 개입하기로 하고 그곳으로 떠날 작정을 했습니다. 마태의 그런 행동이 그리틀리 모저와 상관있으리라는 느낌이 막연히 들었지만, 어떤 방식인지는 파악할 수가 없었어요. 그렇게 알 수 없는 상태가 나를 화나고 불안하게 만들었어요. 또 범죄 수사상의 호기심도 작용했지요. 질서의 사나이로서 나는 이 사건을 둘러싸고 벌어지는 일의 진상을 알고 싶었던 겁니다.

25

나는 길을 떠났습니다. 내 차를 몰고 혼자서. 이번에도 일요일이었습니다. 지금 돌이켜보니 이 이야기에서는 도대체 많은 중요한 일들이 일요일에 벌어졌다는 생각이 드는군요. 가는 곳마다 교회 종이 울려 온 땅이 핑핑 울리는 것 같았습니다. 게다가 슈비츠주의 어디쯤에선가 나는 어떤 행렬 속에 얽혀들게 되었습니다. 도로에는 자동차들이 열 지어 섰고 라디오에선 연달아 설교가 흘러나왔습니다. 그리고 조금 지난 후엔 마을마다 사격장에서 쉭쉭 총알이 날며 '따당 따당' 포환 터지는 소리가 요란했습니다. 아무런 의미도 없는 아수라장같은 왁자지껄함 속에서 만물이 진동하고 있었습니다. 동부 스위스 전체가 몽땅 요동치고 있는 것 같은 판국이었지요. 어디에선가 자동차 경주가 벌어지고 있었는데 거기에 서부 스위스에서 이동해온 자동차 한 떼가 합세했습니다. 한 식구 단위로 온 일가친척이 차를 타고 대이동 중이었어요.

그래서 마침내 선생도 아까 보았던 문제의 주유소에 이르렀을 때는, 그 온갖 시끌벅적한 하나님의 평화 놀음 때문에 녹초가 된 상태였습니다. 나는 주변을 돌아보았습니다. 당시 주유소는 지금처럼 그렇게 후줄근한 인상은 아니었어요. 오히려 정다운 느낌을 주었지요. 구석구석 정결한 데다 창가에는 제라늄 화분이 놓여 있었습니다. 또 술집 같은 것도 생기지 않았고요. 한눈에 보기에도 견실하고 소시민적인 분위기였습니다. 또 도로변을 따라 여기저기 어린이의 존재를 알려주는 물건들이 널려 있었습니다. 그네, 벤치 위에 놓은 커다란 인형의 집, 인형을 싣는 차, 목마 등.

마태 자신은 마침 한 손님에게 서비스를 하던 중이었습니다. 내가 오펠에서 내리자 그 손님은 서둘러 폭스바겐을 몰고 떠나갔어요. 마태 곁엔 일고여덟쯤 된 한 소녀가 인형을 안고 서 있었습니다. 가랑머리로 땋은 금발에다 빨간 치마를 입은 소녀였지요. 소녀는 낯익어 보였어요. 하지만 이유는 알 수 없었습니다. 그 애는 헬러와는 도무지 닮지 않았으니까요.

"저건 공산주의자 마이어잖아."

나는 멀어져가는 폭스바겐을 가리키며 말했습니다.

"1년 전에야 석방되었지."

"벤진을 넣으시려고요?"

마태는 무관심한 어투로 물었습니다. 푸른 작업복 차림이었어요.

"슈퍼로."

마태는 탱크를 채우고 차창을 닦았습니다.

"14마르크 30페니히입니다."

나는 그에게 15마르크를 주었습니다.

"그냥 두게."

그가 거스름돈을 내주려 할 때 내 입에서 흘러나온 말이었습니다. 하지만 곧 나는 얼굴을 붉혔습니다.

"용서하게, 마태. 무심코 튀어나온 말이야."

"괜찮습니다."

마태는 아무렇지도 않다는 듯이 돈을 챙겨 넣었어요.

"그런 데는 길이 들어 있는걸요."

나는 당황했습니다. 그래서 새삼스레 소녀를 뜯어보며 "귀여운 꼬마로군" 하고 말했어요.

마태는 내 차 문을 열었습니다.

"즐거운 여행 되시길 빕니다."

"원, 참."

나는 툴툴거렸습니다.

"본래는 자네와 얘기를 좀 나누고 싶었다네. 마태, 이 모든 일이 대체 뭔가?"

"그리틀리 모저 사건을 가지고 국장님을 성가시게 하는 일은 없을 거라고 약속했지요. 마찬가지로 국장님 역시 저를 성가시게 하진 마십시오."

그는 대답한 후 내게서 등을 돌렸습니다.

"마태."

나도 응수했지요.

"어린애 같은 짓거리는 제발 집어치우게."

그는 침묵을 지켰습니다. 그때 '쉭쉭' 총알 나는 소리와 '따당' 하는 폭음이 들리기 시작했어요. 그 근처에 사격장이 있었던 모양이지요. 11시가 가까워오는 시간이었습니다. 나는 그가 알파 로메오*에 주유하는 모습을 바라보았습니다.

"저 친구도 3년 반 동안 감방에 있었지."

나는 멀어지는 자동차를 바라보며 말했습니다.

"안으로 들어가면 안 되겠나? 사격 소리가 신경을 돋우는군. 참을 수가 없어."

그는 나를 집 안으로 안내했습니다. 복도에서 우리는 마침 창고에서 감자를 들고 나오던 헬러와 부딪쳤습니다. 여전히 아름다운 모습이었어요. 수사 경찰 신분으로 나는 약간 당황했습니다. 양심의 가책 같은 것이었지요. 그녀는 우리에게 뭔가를 묻는 듯한 눈빛을 던졌고, 한순간 약간 불안한 기색이었어요. 하지만 곧 상냥하게 인사를 하며 호감이 밴 표정을 보였습니다.

"쟤는 헬러의 아이인가?"

여자가 부엌으로 사라지자 나는 물었습니다.

마태는 고개를 끄덕였어요.

"대체 어디서 헬러를 찾아냈는가?"

나는 물었습니다.

"이 근처에서요. 벽돌 공장에서 일하고 있더군요."

"그런데 왜 여기서 살고 있지?"

"음, 그건……."

마태는 대답했어요.

---

* 자동차 이름

"제게도 어차피 살림을 돌봐줄 사람이 필요했으니까요."

나는 고개를 절레절레 흔들었습니다.

"우리끼리만 얘기하고 싶네만."

"안네마리, 부엌으로 가렴."

소녀는 방 안에서 나갔습니다.

방 안은 초라하지만 깔끔했어요. 우리는 창가 탁자 앞에 앉았습니다. 바깥에선 요란한 폭음이 들려왔어요. 축포 소리가 연달아 들려왔지요.

"마테, 이 모든 게 어떻게 된 일인가?"

"아주 간단한 일입니다, 국장님."

지난날 내 휘하 경감이었던 마테가 대답했습니다.

"나는 낚시질을 하는 중입니다."

"그게 무슨 뜻인가?"

"수사 얘기지요, 국장님."

나는 언짢은 기분으로 바이아노스에 불을 붙였습니다.

"나도 풋내기는 아니지만 정말 영문을 모르겠군."

"제게도 시가 한 대 주시겠습니까?"

"여기 있네."

나는 시가 케이스를 내밀었습니다.

마테는 버찌 브랜디를 내놓았습니다. 우리는 양지바른 곳에 앉아 있었어요. 창은 반쯤 열려 있었는데 온화한 6월 날씨였고, 제라늄 저편 바깥쪽에서 사격 소리가 들려왔습니다. 점심때가 가까워지고 있었기에 한결 뜸해지긴 했지만 그래도 이따금 자동차가 와서 멈췄고 헬러가 손님들께 기름을 넣어주었습니다.

"로허가 나와 나눈 담화 내용을 국장님께 보고했더군요."

마태는 조심스럽게 바이아노스에 불을 붙이고 나서 입을 열었습니다.

"그건 우리한테 아무런 진척도 가져다주지 못했네."

"그렇지만 저에겐 상당한 진척을 가져다주었습니다."

"어느 정도나?"

"그 어린애 그림은 사실과 일치합니다."

"음, 그렇다면 솔방울이 뭘 의미한단 말인가?"

"그건 저도 아직 모릅니다. 하지만 괴상한 뿔이 달린 짐승이 무엇을 의미하는지는 알아냈습니다."

"……?"

"그건 산양(山羊)입니다."

마태는 느긋하게 말하고 시가를 빨아들여 방 안에 연기를 내뿜었습니다.

"그래서 자네가 동물원에 갔었군?"

"며칠 동안. 저는 또 아이들에게 산양을 그리게 해봤습니다. 애들 그림은 그리틀리 모저가 그린 짐승과 비슷했어요."

"산양은 그라우뷘덴 문장(紋章)에 있는 짐승이지. 이 지역 문장 말일세."

마태는 고개를 끄덕였어요.

"자동차 번호판에 그려진 문장이 유난스레 그리틀리의 눈에 띄었던 겁니다."

해답은 간단했습니다.

"그건 우리도 쉽게 생각해낼 수 있었던 건데."

나는 중얼거렸습니다. 마태는 자신이 피우는 시가를, 점점 늘어나는 재 부분과 가벼운 연기를 유심히 바라보고 있었습니다.

"우리가 범한 실수는……."

그는 차분히 말했습니다.

"즉 국장님과 헨치와 내가 범한 실수는, 살인자가 취리히 출신이었을 거라는 가정이었지요. 사실상 그는 그라우뷘덴 출신입니다. 나는 다른 범행 장소들도 모두 추적해보았습니다. 그 장소들 역시 모두 그라우뷘덴에서 취리히 사이에 있습니다."

나는 그 문제에 대해 숙고해보았습니다.

"마태, 그 점은 일리가 있는 것 같군."

결국 나도 시인하지 않을 수 없었습니다.

"그 밖에도 또 있습니다."

"뭔가?"

"어린 어부들을 만났지요."

"어린 어부들이라?"

"네, 정확히 말하면 낚시질하는 소년들을."

나는 어리둥절해서 그를 바라보았습니다.

"이것 보십시오."

그는 털어놓았습니다.

"제가 발견해낸 대목을 좇아 나는 당장에 그라우뷘덴주로 갔습니다. 논리의 흐름이 그랬죠. 하지만 그런 계획적 행동이 무모한 짓임을 곧 알게 되었어요. 키가 크다는 것과 낡은 미국제 차를 몰고 다니는 사실 말고는 생면부지인 인물을 이 지역에서 찾아내기란 사막에서 모래알을 세는 것과 같은 일이었습니다. 7천 제곱킬로미터가 넘는 지역에 13만 명도 넘는 사람들이 수없이 많은 골짜기에 흩어져 살고 있는 판이니……. 이건 불가능한 작업이죠.

어느 쌀쌀한 날 나는 엥가딘* 산지 인** 강가에 맥을 놓고 앉아 강변에서 부산을 떠는 소년들을 구경하게 되었습니다. 그러다 막 고개를 돌리려는 참에 그 소년들 편에서도 나를 주목하고 있음을 깨달았어요. 아이들은 흠칫 놀란 기색으로 당황스러워하며 옹기종기 서 있었어요. 그 가운데 한 소년은 손수 만든 낚싯대를 갖고 있었고요.

'낚시질을 계속 하렴' 하고 나는 말했지요. 소년들은 미심쩍은 눈빛으로 나를 빤히 쳐다보았어요. '경찰에서 오셨나요?' 하고 빨간머리에 주근깨투성이인 열두 살쯤 되어 보이는 소년이 물었습니다. '그래 보이니?' 하고 나는 대꾸했어요. '아뇨, 잘 모르겠어요'라며 소년은 고개를 저었습니다.

그러고 나서 나는 아이들이 미끼를 물속에 던지는 모습을 바라보았습니다. 사내 녀석 다섯이 모두 낚시질에 열중해 있었어요.

얼마 후 주근깨투성이 녀석이 '한 놈도 물지 않는걸' 하고 체념조로 말하면서 강변을 올라와 내게 다가왔어요. '혹시 담배 가지고 계세요?'라고 녀석이 묻는 거 아니겠어요. '어린 녀석이 잘하는 짓이구나'라고 나는 말했어요. '아저씨 인상을 보니 담배 한 개비쯤은 주실

---

* 알프스 동남쪽 산지로 그라우뷘덴주에 속해 있음
** 강 이름

것 같아서요'라고 소년이 둘러댔습니다. 나는 '그렇담 그래야겠구나'라고 대꾸하며 파리지엔느 케이스를 내밀었습니다. 주근깨는 '고마워요. 불은 내게 있어요'라고 말했어요. 그러고는 코로 연기를 내뿜었어요. '낚시질로 한바탕 허탕을 치고 난 다음엔 담배가 기분을 풀어주거든요'라고 녀석은 거드름을 피워댔습니다.

나는 '봐라, 네 친구들은 너보다 훨씬 끈기 있는 것 같구나. 아직도 낚시질을 계속하고 있지 않니. 이내 뭔가 낚을 거다'라고 말했어요. 소년은 '그렇게 안 될걸요. 기껏해야 살기*나 한 마리 잡을까' 하고 주장했어요. 나는 '너는 에속스**라도 낚고 싶은 모양이구나' 하고 녀석을 놀렸습니다.

'송어를 잡으려고요. 하지만 그건 일종의 자본 문제예요' 하는 녀석의 말에 '어째서?'라고 나는 의아해했어요. '어릴 적에 나는 맨손으로 송어를 잡았는걸' 하는 내 말에 소년은 업신여기는 태도로 고개를 가로저었어요. '그건 어린 놈들이었겠지요. 하지만 큼지막한 도둑을 맨손으로 잡으려 해보세요. 송어는 에속스나 마찬가지로 육식 고기죠. 그런데 잡기는 더 어려워요. 게다가 허가를 받아야 하거든요. 그러려면 돈이 들어요'라고 소년은 덧붙였습니다. '그렇구나, 결국 너희들은 자본 없이 일을 벌이는 거로구나' 하면서 나는 웃었어요.

'불리한 점은요, 바로 우리는 적절한 목에는 접근하지 못한다는 거예요'라고 소년은 설명했습니다. '적절한 목이라는 게 무슨 뜻이지?'라고 나는 물었습니다. '아저씬 보아하니 낚시엔 문외한이로군요'라

---

* 은백색 바탕에 배 쪽에 갈색 반점이 있는 살기과 민물고기
** 날카로운 이빨을 가진 탐식성 민물고기

며 소년은 큰소리를 쳤습니다. '그건 그래' 하고 나는 대꾸했어요.

우리는 둘 다 강둑에 앉았습니다. '아저씨는 아마 사람들이 무작정 낚싯대를 물속에다 던진다고 생각하겠지요?'라고 녀석은 말했습니다. 나는 약간 어리둥절해서, 그렇게 여기는 게 뭐가 잘못이냐고 물었어요. 주근깨 녀석은 '초보자들은 으레 그렇게 생각하지요'라고 대꾸하며 다시금 코로 연기를 내뿜었어요. '낚시질을 하려면 무엇보다 두 가지를 잘 알고 있어야 해요. 즉 목과 미끼 말이에요.'

나는 소년의 말에 귀를 기울였습니다. '아저씨가 송어를, 이를테면 대어(大魚)를 낚으려 한다고 생각해보세요'라고 녀석은 말을 이었어요. '그럼 맨 먼저 그 물고기가 가장 잘 꼬이는 장소를 생각하셔야 해요. 물론 그놈이 물결로부터 보호를 받을 수 있는 목이어야 한답니다. 그러면서도 큰 물결이 이는 곳이어야 해요. 왜냐하면 그런 곳이어야 더 많은 물고기들이 지나가니까요. 그러니까 강 하류에 있는 큰 바위 뒤가 좋겠죠. 더 좋은 곳은 강 하류 다리 기둥 뒤랍니다. 물론 유감스럽게도 그런 목은 허가받은 낚시꾼들이 차지하고 있지만요.' 나는 '물결이 꺾이는 곳이어야겠구나'라고 말했어요. '알아들으셨군요' 하고 소년은 뻐기듯 고개를 끄덕였습니다.

'그럼 미끼는?' 하고 나는 물었어요. '그건 아저씨가 육식 고기를 잡으려 하는지 아니면 채식성인 살기나 뱀장어를 잡으려 하는지에 달렸어요'라는 소년의 대답이었어요. '예컨대 뱀장어라면 버찌 한 알로 낚으실 수 있어요. 하지만 송어나 농어 같은 육식 고기를 잡으려면 살아 있는 것을 미끼로 해야 해요. 모기든 벌레든 작은 물고기든 간에.'

'살아 있는 미끼로 말이지……' 나는 '옛다' 하며 소년에게 파리지엔느 케이스를 통째로 주었어요. '그만한 값을 네가 해주었구나. 이제 내 물고기를 어떻게 잡을지 알게 됐거든. 먼저 목을 찾은 후에 미끼를 찾아봐야겠다.'

생각에 잠겨 있던 나는 일어섰습니다."

마테는 입을 다물었습니다. 나는 한동안 아무 말도 없이 술을 마시며 축포 소리 요란한 창밖의 아름다운 초여름 풍경을 멍하니 바라보았습니다. 그러고는 꺼진 시가에 다시 불을 붙였어요.

"마테."

이윽고 나는 입을 뗐습니다.

"자네가 지금껏 한 낚시 이야기가 무슨 뜻인지 알겠네. 이 주유소가 유리한 목이고 이 도로가 강줄기라는 말이군?"

마테는 눈썹 하나 까딱하지 않는 표정이었습니다.

"그라우뷘덴에서 취리히로 가려는 사람은, 높은 알프스 산지의 길로 우회하지 않으려면 이 주유소를 이용할 수밖에 없지요."

그는 냉담하게 대답했습니다.

"그리고 저 계집아이가 미끼로군."

말을 하면서 나는 흠칫 놀랐습니다.

"안네마리라는 이름입니다."

"저 애가 누구를 닮았는지 이제야 알겠네."

나는 확언했습니다.

"살해된 그리틀리 모저를 닮았군."

우리는 다시금 입을 다물었습니다. 바깥 날씨는 한결 더워졌고 산등성이들이 안개에 묻혀 어른거렸습니다. 여전히 계속되는 총성. 분명 사격 대회라도 벌어지는 모양이었어요.

"이건 터무니없는, 미친 짓이 아닐까?"

한참 만에 나는 주저하며 말을 꺼냈습니다.

"그럴지도 모르지요."

나는 염려스러워서 물었습니다.

"자네는 살인범이 이곳을 지나치다가 안네마리를 보고 자네가 쳐 놓은 덫에 걸려들 때까지 여기서 마냥 기다리겠다는 건가?"

"살인범은 **기필코** 이곳을 지나갈 겁니다."

나는 생각에 잠겨 있다가 말했습니다.

"좋아. 자네 말이 옳다고 치세. 그런 살인범이 존재한다고 가정하세. 그럴 수도 있다는 사실을 배제하진 말자고. 우리네 직업에선 뭐든 가능하니까. 그렇긴 해도 자네 방법이 너무 지나치다고 생각하지는 않나?"

"이 밖에 다른 방법이 없습니다."

단정적으로 말한 그는 창밖으로 담배꽁초를 던졌습니다.

"저는 살인범에 관해 아무것도 모릅니다. 저로서는 그를 찾을 수 있는 방법이 없어요. 그러니 다음번 희생자를 찾을 수밖에 없었습니다. 소녀 말이지요. 그리고 그 애를 미끼로 내놓을 수밖에요."

"좋아. 하지만 그 방법은 낚시질 요령에서 따온 거라네. 그런데 이 두 가지 일이 완전히 일치하는 건 아니거든. 살아 있는 계집애를 낚시찌처럼 길가에다 묶어둘 순 없으니까. 그 앤 학교에도 가야 하고, 또 빌어먹을 이 국도에서 도망치고 싶어할 걸세."

"얼마 안 있으면 휴가철이 시작됩니다."

마태는 완강하게 대답했습니다. 나는 고개를 절레절레 흔들며 응수했어요.

"자네가 잘못된 고정관념에 빠져들고 있는 게 아닌가 염려스럽군. 어쩌면 아예 일어나지 않을 수도 있는 사건을 놓고 그 일이 일어날 때까지 여기 머물고 있을 수는 없지 않은가. 설사 온갖 확률로 보아 살인자가 이곳을 통과한다고 치세. 그렇다고 그가 닮은꼴에 매달려 자네 미끼를 덥석 물 것이라는 보장은 없어. 그러니 자네는 끝도 없이 기다리고 또 기다려야 할 걸세……"

"낚시질을 할 때도 우리는 기다려야만 합니다."

마태는 퉁명스레 대꾸했습니다.

나는 창밖을 내다보았습니다. 헬러가 오버홀츠* 사람의 차에 기름을 넣고 있었습니다. 통틀어 6년간 레겐스도르프** 에서 감옥살이를 했던 사람이죠.

"헬러는 자네가 여기 머무는 이유를 알고 있나, 마태?"

"모릅니다. 그저 살림을 돌볼 사람이 필요하다고만 설명했지요."

아무래도 내 기분은 석연치가 않았습니다. 실로 마태는 내게 경외심을 불러일으키기까지 했지요. 그가 택한 방법에는 유별나고 엄청난 구석이 있었어요. 갑작스레 감탄을 느끼며 나는 그가 부디 성공하기를 빌었습니다. 단지 저 고약한 헨치를 야코죽이기 위해서라도 말이지요. 그러면서도 내겐 그의 계획이 전혀 전망 없는 것으로 보였습

---

*   취리히주와 접한 상크트갈렌주 서단의 작은 마을
** 취리히 서북 교외에 있는 작은 마을로 1901년 이후 취리히주의 교도소 소재지

니다. 너무나 큰 모험이었지만 이길 확률은 너무 적었어요.

"마태."

나는 그의 분별력을 일깨우려는 시도를 했습니다.

"자네에겐 여전히 요르단에서 직위를 위임받을 수 있는 여지가 있네. 그렇지 않으면 베른 측에서는 샤프로트를 파견할 걸세."

"그를 보내라고 하시지요."

나는 여전히 포기하지 않았습니다.

"우리 측에 다시 들어올 생각은 없나?"

"없습니다."

"우리는 자네를 이전 조건대로 우선 내근을 보도록 조처하겠네."

"그럴 생각 없습니다."

"또 시경 쪽으로 전근을 갈 수도 있어. 단순히 경제적인 이유에서라도 한번 고려해볼 만할 텐데."

"지금 저는 주유소 주인 노릇으로 국가에 봉직할 때보다 한결 많은 돈을 벌고 있어요. 저기 손님이 오시는군요. 헬러 부인은 이제 돼지고기 구이를 요리하러 가야 합니다."

그는 일어서서 밖으로 나갔습니다. 그리고 연달아 다음번 손님에게 서비스를 했습니다. 멋진 레오*였어요. 그가 일을 마쳤을 때 나는 벌써 내 차에 앉아 있었습니다. 나는 작별 인사를 하며 말했어요.

"마태, 정말로 자네를 어찌해볼 도리가 없군."

"그렇게 됐습니다."

---

* 자동차 이름

그는 대답하면서 내게 도로가 비었다는 신호를 보냈습니다. 그의
곁엔 빨간 치마를 입은 소녀가 서 있었고 문에는 앞치마를 두른 헬러
가 서 있었습니다. 다시금 의혹에 찬 눈빛으로······.

그리고 나는 되돌아왔습니다.

26

그리고 그는 기다렸습니다. 가차없이 고집스럽고 열렬하게. 그는 고객들에게 서비스를 하며 맡은 바 일을 해나갔습니다. 벤진을 넣고 오일과 물을 채우고 차창을 닦으며, 끊임없이 똑같이 기계적인 일을 했어요. 어린애는 학교에서 돌아오면 그의 곁이나 인형의 집에 붙어 있었어요. 종종걸음을 치거나 깡충깡충 뛰면서, 놀라 감탄을 하거나 혼잣말을 되뇌면서. 아니면 그네를 타며 노래를 부르고 있었지요. 가랑머리를 휘날리면서 빨간 치마 차림으로.

그는 기다리고 기다렸습니다. 자동차들이 그가 있는 곳을 지나쳐 갔습니다. 온갖 색깔과 온갖 종류의 차들, 낡은 차와 새 차들이……

그는 기다렸습니다. 그라우뷘덴주 소속 차량들을 기록해놓고 번호에 따라 소유주를 찾아내어, 동사무소마다 전화로 그들에 관해 탐문했습니다.

헬러는 산 밑 마을에 있는 작은 공장에 일을 하러 다녔고 저녁때가 되어서야 집 뒤쪽 낮은 언덕을 넘어 돌아오곤 했지요. 장바구니와 빵이 가득 든 망태를 들고. 밤이면 종종 집 주위를 배회하는 무리가 있어 낮은 휘파람 소리가 났지만 그녀는 문을 열어주지 않았어요.

여름이 다가왔습니다. 뙤약볕이 내리쬐는 끝없이 길고 긴 날, 어른거리는 공기가 짓누르는 듯한 날씨, 그리고 때로는 엄청난 폭우. 그렇게 긴 휴가철이 시작되었습니다. 마태에게 기회가 다가왔던 거죠. 안네마리는 줄곧 그의 곁을 맴돌며 길가에 머물러 있었기에 그곳을 지나치는 사람 어느 누구의 눈에도 띄었습니다.

그는 기다리고 또 기다렸습니다. 소녀와 어울려 놀기도 하고 동화를 들려주기도 했어요. 《그림 동화》를 모조리, 그리고 안데르센과 《천일야화》를 모조리 들려주고 스스로 얘기를 지어내기도 했습니다. 소녀를 자기 곁 길가에 묶어두려고 혼신의 힘을 기울여 온갖 짓을 다 했습니다. 그로서는 반드시 그 애를 길가에 묶어두어야 할 필요가 있었으니까요. 옛날이야기와 동화 듣기를 즐겼던 소녀는 기쁘게 마태 곁에 머물렀습니다.

자동차를 타고 온 사람들은 이 한 쌍을 정겨운 아버지와 딸로 여기고 흐뭇한 눈길로 지켜보며 아이에게 초콜릿을 선물하거나 얘기를 나누었습니다. 그러면 마태는 몰래 그 광경을 엿보곤 했어요. 이 육중한 사내가 성범죄자일까? 그의 차는 그라우뷘덴에서 왔는데. 아니면 지금 저 아이랑 얘기를 나누고 있는 키 크고 마른 남자는? 오래전에 알아낸 바로는 디젠티스시*에 있는 초콜릿 상점 주인인데.

"오일은 이상 없습니까? 그렇게 하시지요. 반 리터 더 채웁니다. 23마르크 10페니히입니다. 즐거운 여행 되시길."

---

* 그라우뷘덴주 서남부에 있는 소도시

그는 기다리고 기다렸습니다. 안네마리는 아무 불만 없이 그를 따랐습니다. 그의 머릿속엔 오로지 한 가지 생각, 살인범 출현에 대한 생각만이 가득 차 있었고요. 그놈이 꼭 나타나리라는 믿음, 그 희망 외에는 아무 생각도 없었습니다. 온통 그 갈망, 그것의 실현뿐. 그는 상상했습니다. 그 녀석이 억세고 아둔한 몸짓으로, 다소 모자라고 추근거리는 태도로 살의를 품고 다가오는 모습을. 엄숙한 정장 차림으로 친절하게 싱긋 웃으며 주유소에 연방 나타나는 광경을. 그놈은 은퇴한 철도원 또는 퇴직한 세관원일 것 같았습니다. 그는 또 상상했습니다. 아이가 차츰차츰 꼬임에 빠져드는 과정을. 살금살금 웅크리고 주유소 뒤쪽 숲으로 그 둘의 뒤를 밟는 자신의 모습을. 그래서 결정적인 순간이 다가왔을 때 비호같이 달려들어 남자 대 남자로 처절한 육박전을 벌이고 드디어 결말과 해결을 보게 될 모습을. 결국 그놈이 만신창이가 되어 울부짖으며 자백을 하고 자기 앞에 완전히 뻗어서 누워 있는 장면을.

하지만 그는 곧 이 모든 일이 불가능하다는 것을 자인하지 않을 수 없었습니다. 문제는 아이를 너무나 공공연하게 감시하는 데 있었으니까요. 그래서 이 일에 끝장을 보려면 아이에게 더 많은 자유를 주어야겠다고 생각하게 되었습니다. 그는 안네마리를 도로변에 풀어놓고 몰래 뒤를 밟았어요. 그렇게 일터를 팽개쳐두는 바람에 주유소에서는 자동차들이 짜증을 내며 클랙슨을 울리곤 했습니다.

소녀는 반 시간 거리는 족히 되는 마을로 깡충거리며 뛰어갔습니다. 그리고 농가 근처나 숲가에서 딴 애들과 어울려 놀았지만 번번이 얼마 안 가 되돌아오곤 했어요. 혼자 있는 데 길들여진 소녀는 숫기가 없었거든요. 또 다른 아이들이 그 애를 꺼리기도 했습니다.

그 뒤 마태는 작전을 바꾸었습니다. 새로운 놀이, 새로운 이야기를 만들어내어 안네마리를 다시 자기에게로 끌어들였어요.

그렇게 그는 기다리고 기다렸습니다. 털끝만 한 동요도 없이, 절대 한눈을 팔지도 않고 한마디 설명도 없이. 실상 그가 아이에게 쏟는 비상한 관심이 진작부터 헬러의 눈에 띄었거든요. 그녀는 마태가 순전히 호의로 자기를 채용했다고는 절대 믿지 않았습니다. 그가 뭔가 꾀하고 있다는 것을 느꼈지만, 마태 곁에서 어쩌면 난생처음으로 의식주 걱정에서 놓여나게 되었기 때문에 더 깊이 따지고 들려 하지 않았어. 아마 모르긴 몰라도 그녀는 가난한 여자가 품을 수 있는 희망을 남몰래 품었는지 모르지요. 어쨌든 그녀는 시간이 감에 따라 마태가 자신의 딸에게 보여주는 관심이 진정한 애정에서 우러난 것이라 여기게 되었습니다. 물론 일찍이 그녀가 품어왔던 현실에 대한 회의와 불신감이 불쑥불쑥 고개를 들기도 했지만.

"마태 선생님."

언젠가 그녀는 말했습니다.

"저로서는 아무 상관 없는 일이긴 하지만, 주 경찰의 국장님께서 여기로 오시게 된 건 저 때문이었나요?"

"아니, 그건 아니오. 그럴 까닭이 뭐가 있겠소?"

"마을 사람들이 우리에 관해 떠들어대거든요."

"그건 신경 쓸 필요 없어요."

"마태 선생님."

그녀는 다시 입을 뗐습니다.

"선생님이 여기 계시는 건 안네마리하고 상관있는 일인가요?"

"말도 안 되는 소리."

그는 소리 내어 웃었어요.

"나는 그저 그 애를 사랑할 뿐이오. 정말이오, 헬러 부인."

그녀는 대답했습니다.

"선생님께선 저와 안네마리한테 너무 잘해주세요. 왜 그러시는지 저로선 궁금하기 짝이 없지만."

그러고 나서 긴 휴가철은 지나갔습니다.

가을이 다가왔고, 자연은 마치 거대한 돋보기로 들여다보고 있는 것처럼 울긋불긋 선명한 색채를 뿜냈습니다.

마태는 너무나 큰 기회를 놓친 것 같은 기분에 사로잡혔습니다. 그런데도 그의 기다림은 계속되었습니다. 처참한 기분으로 끈질기게. 아이는 걸어서 학교에 갔고, 점심때나 저녁때면 대체로 마태가 차를 몰고 가서 아이를 태우고 왔습니다. 그의 계획은 갈수록 무의미하고 불가능해졌고 이길 기회는 갈수록 줄어들고 있었지요. 자신도 그 점을 뼈저리게 느끼고 있었습니다. 그놈의 살인범이 벌써 몇 번이나 주유소를 거쳐 지나갔을까를 그는 곰곰이 생각했습니다. 어쩌면 매일같이, 적어도 일주일에 한 번씩은. 그런데도 지금껏 아무 일도 벌어지지 않았고 그는 여전히 암중모색 중이었어요. 여지껏 눈곱만 한 실마리도 잡지 못한 것이지요. 하다못해 한 가닥 혐의의 흔적조차도.

오고 가는 도중에 때로 소녀와 잡담을 나누곤 하는 운전자들도 하나같이 무해무탈하고 무심해 보여서 도무지 속을 꿰뚫어볼 수가 없었습니다. 저들 중에 누가 찾고 있는 범인일까? 도대체 저들 중에 범인이 섞여 있기라도 한 걸까? 어쩌면 그의 성공을 막는 유일한 요인은, 그의 옛 직업이 너무 많이 알려져 있는 탓일 수도 있었습니다. 하지만 그건 그가 피할 도리도 없고 예측하지도 못했던 요인이었지요.

그렇지만 그는 멈추지 않았고, 기다리고 또 기다렸습니다. 되돌아갈 수는 없는 일이었지요. 비록 기다림으로 녹초가 되고, 때로는 짐을 챙겨 떠나고 싶은, 도망치듯 요르단으로든 어디로든 가버리고 싶다는 생각이 굴뚝같았지만, 이제는 기다림만이 그에게 유일무이한 방법이었습니다. 때로는 돌아버리지나 않을까 스스로가 걱정스러울 지경이었지만 말입니다.

뒤이어 몇 시간이고 며칠이고 무관심하게 지내는 시기가 왔습니다. 냉담하고 시니컬하게 될 대로 되라는 기분으로 주유소 앞 벤치에 앉아 연방 술을 들이켜고 멍하니 앞을 응시하며 땅바닥에 담배꽁초들을 쌓아놓는 날들이었지요. 그러다가 마음을 다잡아 벌떡 일어나곤 했지만 그는 다시금 무관심한 상태로 한층 깊이 되돌아가고 마는 것이었습니다. 그렇게 어이없는 처절한 기다림 속에서 며칠이고 몇 주일이고 망연히 시간을 흘려보냈습니다. 낙심과 고통과 절망 속에서, 그러면서도 한편으로는 희망에 차서.

그러나 언젠가 한번 그는, 그렇게 면도도 않고 녹초가 되어 기름때로 더럽혀진 모습으로 앉아 있다가 소스라치듯 놀라 벌떡 일어섰습니다. 안네마리가 아직도 학교에서 돌아오지 않았다는 사실을 불현듯 의식했던 거죠.

그는 걸어서 길을 떠났습니다. 집 뒤로 먼지 나는 비포장도로로 완만한 오르막길이 나 있었습니다. 그 길은 얼마 후 내리막으로 이어지다가 황량한 벌판을 지나 숲을 가로지르고 있었습니다. 숲에 이르면 멀리서도 마을이 보였어요. 교회를 중심으로 낡은 집들이 웅크린 마을에서는 굴뚝마다 푸른 연기가 피어 오르고 있었지요. 여기서도 안네마리가 돌아오는 길을 내려다볼 수 있었습니다. 하지만 그 애의 자취는 어디서도 보이지 않았어요.

마태는 다시 숲 쪽으로 돌아섰습니다. 갑자기 정신이 번쩍 나게 하는 긴장감을 느끼면서……. 키 작은 전나무들, 덤불숲들, 바닥에 뒹구는 울긋불긋한 낙엽의 살랑거림, 하늘을 배경으로 중키의 전나무들이 뻗어 있는 저 뒤쪽 어디선가 들려오는 딱따구리 울음소리, 그곳 전나무들 사이로 햇살이 비스듬히 비쳐 들어오고 있었습니다. 마태는 오솔길을 버리고 가시나무와 잡초 사이를 비집고 나갔습니다. 나뭇가지들이 그의 얼굴을 때렸어요.

그러다가 숲속 빈터에 이르러 놀라운 마음으로 사방을 휘둘러 보았습니다. 지금껏 이 숲속에 그런 빈터가 있다는 것을 몰랐거든요. 숲 반대편으로부터 약간 큰 길이 이 빈터로 이어져 있었습니다. 마을의 쓰레기들을 이곳으로 날라 오는 통로 역할을 하는 길인 듯싶었어요. 숲 빈터에 산처럼 수북이 쌓여 있는 잿더미가 그걸 말해주고 있었지요. 잿더미 양 옆으로는 통조림 깡통이며 녹슨 철사들로 이뤄진 폐기물 더미가 빈터 한가운데를 졸졸 흐르는 시내 쪽으로 무너져 내려 있었습니다.

그제야 마태는 소녀를 찾아냈습니다. 그 아이는 은빛으로 흐르는 작은 시냇가에 앉아 있었어요. 인형이랑 책가방을 곁에 두고.

"안네마리."

마태는 소리쳐 불렀습니다.

"네, 곧 가요"라는 대답. 하지만 소녀는 그냥 그대로 앉아 있을 뿐이었어요.

마태는 조심조심 쓰레기 더미를 타고 넘어 마침내 아이 옆에 이르렀습니다.

"대체 여기서 뭘 하는 거니?"

"기다리는 거예요."

"대체 누구를?"

"요술쟁이를요."

소녀의 머릿속엔 온통 동화뿐이었어요. 그 애는 어떨 땐 요정을 기다리고 또 어떨 땐 요술쟁이를 기다렸어요. 그 대답은 마치 마태 자신의 기다림에 대한 조롱처럼 들렸습니다. 다시금 절망이 그를 덮쳐왔습니다. 자신의 행위가 아무 소용 없는 짓이라는 공허한 자각과, 그렇지만 자신은 기다려야만 한다는 통찰이. 왜냐하면 그에겐 이제 오로지 끝없이 기다리고 기다리는 것 말고는 달리 할 수 있는 일이 아무것도 없었으니까요.

"자, 가자."

그는 아무렇지도 않은 듯 아이의 손목을 잡고 숲을 지나 집으로 돌아왔습니다. 그러고는 다시금 벤치에 앉아 멍하니 앞을 바라보는 것이었어요.

어둠이 깃들고 밤이 내렸습니다. 그에겐 만사가 무관심해졌습니다. 그는 그렇게 앉아서 담배를 태우며 기다리고 기다렸습니다. 기계적으로 고집스럽고 완강하게. 다만 어쩌다가 스스로에게 암시를 걸

듯 부지불식간에 중얼거리면서…….

"오기만 해라, 오라고, 와, 오라고."

하얀 달빛을 받으면서도 꼼짝 않고. 그러고 나서 한순간 잠이 들었다가는 빳빳하게 얼어붙은 몸으로 새벽녘에야 깨어나 잠자리로 기어들었습니다.

하지만 다음 날엔 안네마리가 보통 때보다 약간 이른 시각에 학교에서 돌아왔습니다. 마침 마태가 안네마리를 데리러 가려고 벤치에서 일어서는데, 배낭을 등에 멘 아이가 나직이 노래를 흥얼거리며 양쪽 발을 번갈아 깡충깡충 뛰면서 다가왔습니다. 아이의 한쪽 손에 걸려 늘어진 인형의 작은 발이 땅바닥에 질질 끌리고 있었어요.

"숙제가 있니?"

마태가 물었습니다.

안네마리는 고개를 살랑살랑 흔들더니 〈마리아가 바위 위에 앉아 있네〉라는 노래를 계속 흥얼대며 집 안으로 들어갔습니다. 마태는 아이를 그냥 내버려두었어요. 새로운 동화를 들려주고 새로운 놀이로 그 애를 꼬드기기에는 너무나 지쳤고 절망에 빠져 있었거든요.

그때 헬러가 집으로 돌아와서 물었습니다.

"안네마리가 착하게 굴었나요?"

"어쨌든 학교에는 갔다 왔소."

헬러는 휘둥그레진 눈으로 바라보았습니다.

"학교에 갔었다고요? 학교는 오늘 쉬는 날이에요. 뭐 교사 회의가 있다나요."

마태는 신경이 곤두섰습니다. 지난 몇 주 동안의 실망이 한꺼번에 사라져버렸어요. 그의 희망이, 광기에 찬 기대감이 채워질 때가 가까이 왔다는 예감이 들었습니다. 그는 가까스로 자제를 했습니다. 헬러한테 더 캐묻지도 않았어요. 또 소녀를 다그치지도 않았습니다.

그러나 다음 날 오후 그는 차를 몰고 마을로 들어가 옆 골목에 차를 세워놓았습니다. 몰래 소녀를 관찰할 셈이었지요. 4시가 다 되어가는 시간이었습니다. 창문들마다 노랫소리가 새어나왔습니다. 이어서 왁자지껄하는 소리가 들리더니 학생들이 법석대며 쏟아져 나왔습니다. 싸움질하는 사내 녀석들, 여기저기 돌멩이들이 날아다녔어요. 팔짱을 낀 계집아이들도 나타났는데 그 가운데 안네마리는 없었어요.

여선생이 나왔습니다. 경계하는 기색으로 마태를 뚫어지게 훑어보면서 그녀는 안네마리가 학교에 오지 않았다는 얘기를 해주었습니다. 아픈 거나 아닌지? 그저께 오후에도 결석을 했는데 결석계도 아직 제출하지 않았다는 얘기였어요. 마태는 사실은 애가 아팠다고 대답하고 서둘러 작별 인사를 한 후 작정한 듯 숲속으로 차를 돌렸습니다.

그는 빈터를 향해 정신없이 달렸습니다. 그러나 거기선 아무것도 발견하지 못했어요. 기진맥진한 그는 숨을 몰아쉬었고 가시덤불에 긁혀 피를 흘리면서 차 있는 데로 되돌아와 주유소를 향해 달렸습니다. 하지만 채 그곳에 당도하기 전에 도로변을 따라 혼자서 깡충거리며 뛰어가는 소녀의 모습을 발견했습니다. 그는 차를 세웠어요.

"차에 타라, 안네마리."

그는 차 문을 열면서 다정하게 말했습니다.

마태는 소녀에게 손을 내밀었고, 꼬마는 차에 기어올랐어요. 마태는 흠칫했습니다. 꼬마의 작은 손이 끈적끈적했기 때문이었지요. 그래서 그는 자신의 손을 자세히 들여다보았습니다. 초콜릿 자국이 보였어요.

"이 초콜릿 누구한테 받았니?"

"어떤 여자애한테서요."

"학교에서?"

안네마리는 고개를 끄덕였습니다. 마태는 아무 대꾸도 안 했습니다. 그는 집 앞에 자동차를 세웠어요. 안네마리는 차에서 내려 주유소 옆 벤치에 앉았습니다. 마태는 눈에 띄지 않게 살며시 그 애를 엿보았어요. 아이는 뭔가를 입안에 밀어 넣고 우물거리고 있었어요. 그는 느릿느릿 소녀 쪽으로 다가갔습니다.

"이리 다오."

그는 살짝 움켜쥔 소녀의 작은 손을 살그머니 폈습니다. 거기에는 솔방울처럼 삐죽삐죽한 초콜릿 알이 덥석 베어 문 자국을 남긴 채 놓여 있었어요. 초콜릿 봉봉이었지요.

"이것 말곤 더 없니?"

마태가 물었습니다. 소녀는 고개를 가로저었습니다.

경감은 안네마리의 치마 호주머니를 뒤져 손수건을 꺼내 펼쳤습니다. 거기엔 초콜릿 봉봉 두 알이 더 놓여 있었습니다. 소녀는 입을 다물고 있었어요. 경감 역시 아무 말도 안 했습니다. 형언할 수 없는 기쁨이 그를 사로잡았습니다. 그는 벤치 위 아이 곁에 앉았습니다.

"안네마리!"

한참 만에 그가 물었습니다. 목소리가 떨려 나왔어요. 그러면서 그는 가시 돋친 초콜릿 두 알을 조심스럽게 쥐고 있었습니다.

"이걸 요술쟁이가 주었니?"

소녀는 잠자코 입을 다물고 있었습니다.

"요술쟁이가 너에게 둘 사이에 일어난 일을 얘기하지 말라고 그랬구나?"

마태가 물었지만 아무 대답이 없었어요.

"그럼 얘기할 필요 없단다."

마태는 다정하게 말했습니다.

"그는 좋은 요술쟁이일 거야. 내일 다시 그에게 가보도록 하렴."

소녀는 기쁨에 북받친 듯 갑자기 환한 얼굴을 하며 행복하게 마태를 힘껏 얼싸안고는 한달음에 자기 방으로 달려 올라갔습니다.

27

다음 날 아침 8시 내가 막 사무실에 도착했을 때였습니다. 마태가 초콜릿 봉봉을 책상 위에 놓았습니다. 그는 흥분한 나머지 인사도 하는 둥 마는 둥이었어요. 예전에 입던 양복 차림이었지만 넥타이도 매지 않고 면도도 하지 않은 모습으로요. 시가 케이스를 내밀자 그는 한 대 꺼내 입에 물었어요.

"이 초콜릿이 어쨌다는 건가?"

나는 갈피를 못 잡고 물었습니다.

"솔방울입니다."

나는 깜짝 놀라 그를 쳐다보고는 조그만 초콜릿 알을 이리저리 돌려 보았습니다.

"어째서?"

"아주 간단합니다."

그는 설명을 시작했습니다.

"살인범은 그리틀리 모저에게 초콜릿 봉봉을 주었고, 그 애는 그것으로 솔방울을 만들어낸 겁니다. 어린애의 그림에서 수수께끼가

풀린 거죠."

나는 웃었습니다.

"그걸 어떻게 증명해 보이겠다는 건가?"

"보십시오. 똑같은 일이 안네마리한테도 벌어졌단 말입니다."

마태는 자초지종을 들려주었습니다. 나는 당장에 확신을 갖게 되었습니다. 그래서 헨치와 펠러, 그리고 경사 넷을 불러 지시를 내리고 검사에게 보고했습니다. 그러고 나서 우리는 출발을 했습니다.

주유소는 텅 비어 있었어요. 헬러 부인은 아이를 학교에 데려다 준 후 곧장 공장으로 가버리고 없었어요.

"헬러는 무슨 일이 벌어졌는지 알고 있나?"

나는 물었습니다. 마태는 고개를 가로저었습니다.

"아무것도 모르고 있습니다."

우리는 숲속 빈터로 갔습니다. 그리고 그곳을 샅샅이 수색했지만 아무것도 발견하지 못했어요. 이어서 우리는 각기 일을 할당했습니다. 점심때가 가까운 시간이었어요. 미심쩍은 기색을 보이지 않으려고 마태는 주유소로 되돌아갔습니다.

마침 그날은 유리했습니다. 목요일이라 오후 수업이 없는 날이었거든요. 그리틀리 모저 역시 목요일에 살해되었다는 생각이 뇌리를 스치고 지나갔습니다.

쾌청한 가을날이었지요. 따갑고 건조한 날씨에 여기저기서 벌이며 말벌, 그 밖의 날벌레들이 윙윙대는 소리, 새들 울음소리, 아득히 들리는 도끼질의 울림.

2시. 마을의 종소리가 똑똑히 들려왔습니다. 그러고는 소녀가 나타났습니다. 소녀는 날렵하게 깡충깡충 뛰면서 내가 서 있는 맞은 편 덤불을 헤치고 나오더니 인형을 옆구리에 낀 채 작은 시내 쪽으로 달려가 앉았어요. 아이는 연방 숲 쪽을 바라보았습니다. 누군가를 기다리는 듯 눈을 반짝이며 바짝 긴장해서 주의를 기울이고 있었죠. 하지만 아이에게 우리 모습은 보이지 않았습니다. 우리는 나무 덤불 뒤쪽에 매복해 있었지요. 이어서 마태도 되돌아와 살금살금 내 곁의 나무둥치에 기대섰습니다. 나도 그렇게 하고 있었고요.

"내 생각엔 반 시간만 있으면 그놈이 올 겁니다."

마태는 소곤거렸습니다. 나도 고개를 끄덕였지요.

만사가 주도면밀하게 짜여 있었습니다. 숲으로 통하는 큰 도로 입구는 감시되고 있었고, 녹음기까지 현장에 설치되었어요. 또 우리 모두 권총으로 무장을 하고 있었고요.

아이는 시냇가에 미동도 않고 앉아 있었습니다. 감탄과 초조함을 드러내는 이상야릇한 기대감에 찬 모습으로. 쓰레기 더미를 배경으로 때로는 햇볕을 받으면서, 때로는 시커멓고 우람한 전나무 그림자에 묻히면서. 날벌레 윙윙대는 소리와 새들의 지저귐 외에는 아무 소리도 들리지 않았습니다.

다만 이따금 소녀가 가느다란 음성으로 혼자 노래를 불렀지요.

"마리아가 바위 위에 앉아 있네."

끊임없이 반복되는 똑같은 가사와 시구. 소녀가 앉아 있는 바위 언저리로는 녹슨 통조림통과 양철통, 철사들이 널려 있었습니다. 또 이따금 느닷없이 빈터 위로 바람이 휙 몰아쳐 올 뿐. 그래서 잎사귀들이 춤을 추며 살랑거리다가는 다시금 정적이 들어서는 것이었어요.

우리는 기다렸습니다. 우리에겐 오로지 가을을 맞아 매혹적으로 변신한 이 숲과 그 안 빈터에 앉아 있는 빨간 치마의 작은 소녀밖엔 이 세상에 아무것도 없었습니다.

우리는 결연히 살인범을 기다리고 있었지요. 정의와 청산(淸算), 처벌을 탐욕스럽게 노리면서.

반 시간은 이미 오래전에 흘러갔습니다. 실은 벌써 두 시간이 흘렀어요. 우리는 기다리고 기다렸습니다. 마태가 몇 주일, 몇 달 동안 기다려왔던 것처럼 이제 우리 스스로가 기다리는 것이었어요.

5시가 되었습니다. 그림자가 드리워지기 시작하더니 어스레한 빛이 내리고 숲이 퇴색했습니다. 빛나던 색채들이 모조리 칙칙하게 죽어갔어요. 소녀가 깡충대며 그 자리를 떠났습니다. 우리 중 아무도 말을 하지 않았어요. 헨치조차도.

"내일 다시 오도록 하세."

나는 결정을 내렸습니다.

"쿠어시에서 숙박하도록. '슈타인보크'에서."

28

우리는 그렇게 금요일에도 토요일에도 계속 기다렸습니다. 애당초 나는 그라우뷘덴주 경찰을 기용해야 했을 겁니다. 하지만 그것은 우리 앞으로 떨어진 사건이었거든요. 어떤 해명도 늘어놓고 싶지 않았고, 또 개입도 원치 않았습니다. 검사는 목요일 저녁때부터 전화를 걸어 무례한 목소리로 항의하고 구슬렸습니다. 이 모든 일이 어이없는 짓이라고 흥분해 날뛰면서 우리의 복귀를 요청했어요. 나는 내 의견을 고수하며 우리의 체류를 관철시켰고, 경사 중 한 명만 되돌려 보냈습니다.

우리는 기다리고 또 기다렸습니다. 이제 우리의 관심사는 근본적으로 그 소녀도 살인범도 아니었습니다. 우리에게 중요한 것은 바로 마태였어요. 그의 생각이 옳았음이 입증되고 그가 목표에 도달하는 것이 중요했단 말입니다. 안 그러면 큰 불행이 벌어질 테니까요. 우리 모두가 그것을 느끼고 있었습니다.

심지어 헨치마저 자신의 확신을 피력하며 금요일 저녁만 해도 단호하게 장담했습니다. 미지의 살인자가 토요일엔 올 거라고. 우리에겐 반박할 여지가 없는 물증, 곧 솔방울이 있지 않느냐고. 게다가 저 아이가 어쨌거나 어김없이 거듭 되돌아와서 똑같은 장소에 꼼짝 않고 앉아 있는 걸 보면 누군가를 기다리고 있는 것이 분명하지 않느냐고.

그래서 우리는 나무와 숲 뒤 매복 장소에 몇 시간이고 꼼짝 못하고 서서 아이와 통조림통, 철사 올가미와 잿더미를 멀뚱멀뚱 바라보며 말없이 담배를 피웠습니다. 서로 말도 걸지 않고 움직이지도 않은 채 끊임없이 반복되는 〈마리아가 바위 위에 앉아 있네〉를 들으면서.

일요일엔 한층 더 난감한 상황이 닥쳤습니다. 연이은 쾌청한 날씨로 말미암아 숲속은 갑자기 산책객들로 붐볐습니다. 지휘자까지 갖춘 어느 혼성 합창단이 셔츠 바람으로 왁자지껄 숲속 빈터로 몰려들어와 땀을 흘리며 열 지어 섰습니다.

숲속엔 합창 소리가 요란하게 울려 퍼졌지요.

"방랑은 방앗간 주인의 즐거움, 방랑하는 것은……."

우리가 사복 차림으로 수풀과 나무 뒤에 서 있었던 게 천만다행이었지요.

"하늘은 영원한 명예를 찬양하네 (…) 하나 갈수록 우리의 고난은 커지네."

나중에는 사랑하는 남녀 한 쌍이 와서 아이의 존재는 아랑곳하지 않고 파렴치한 수작을 벌이기도 했습니다. 아이는 불가사의하게만 여겨지는 인내심으로 알지 못할 기대감을 품고 벌써 나흘째 오후 내내 마냥 그곳에 앉아 있었어요.

우리는 기다리고 또 기다렸습니다. 이제는 경사 셋마저도 무선전신 도구를 챙겨 돌아가버렸습니다. 오로지 넷만이 남았지요. 마태 외에 나와 헨치, 그리고 펠러만이. 실상 근본적으로는 더는 책임을 질 수도 없는 일이었지만. 하지만 엄밀히 따져보면 우리가 기다린 날은 단 사흘 오후뿐이었다고 할 수 있지요. 일요일엔 그 지역이 살인범에겐 너무나 불안전한 곳이었을 테니까요. 그 점에선 헨치 말이 옳았습니다.

그래서 우리는 월요일에도 기다렸습니다. 그리고 화요일 아침엔 헨치도 되돌아갔습니다. 카제르넨가에서도 누군가 지휘를 맡아야 했으니까요. 하지만 헨치는 떠나면서도 여전히 우리의 성공을 확신했어요.

우리는 끝도 없이 기다리고 또 기다리며 도사리고 있었습니다. 이젠 각자가 따로 떨어져서 독자적으로. 하긴 제대로 조직적 순서를 정하기엔 수가 너무 적었으니까요. 펠러는 숲길 가까이 어느 덤불 속에 자리 잡았습니다. 그곳 그늘에 누워 한여름처럼 무더운 가을 날씨에 멍하니 졸던 펠러가 한번은 요란하게 드르렁거리며 코까지 고는 통에 그 소리가 바람결에 숲속 빈터 너머로 들려오기도 했습니다. 이게 바로 수요일에 있었던 일이지요. 반면 마태는 주유소를 향한 빈터 한쪽에 자리 잡고 있었고, 나는 그의 맞은편에서 무대를 관찰했습니다.

그렇게 우리는 잠복해 기다리면서 살인범이, 솔방울 거인이 나타나기만을 학수고대했습니다. 길 쪽에서 자동차 소리가 들릴 때마다 흠칫 몸을 도사리면서요. 오후만 되면 빈터 냇가에 앉아 〈마리아가 바위 위에 앉아 있네〉를 흥얼거리는 아이, 고집스럽게 골똘히 생각에 잠겨 알 수 없는 태도로 일관하는 아이를 사이에 두고. 우린 드디어 그 애를 혐오하고 미워하기 시작했습니다.

물론 때로는 아이가 인형을 끼고 마을 근처를 빈둥거리다 한참 만에 나타나는 경우도 있었습니다. 마을 가까이에는 나가지도 못하면서 말이죠. 실상 그 애는 학교를 땡땡이친 판이었으니까요. 하지만 수업에 빠지는 일도 별 무리 없이 진행되었습니다. 학교 측 조사를 피하기 위해, 내가 부득이 여선생과 몰래 만나 통사정을 하고 묵인하도록 조처해놓았으니까요. 내 신분을 밝히고 조심스럽게 사정을 털어놓은 후 내켜하지 않는 허락을 받아냈던 거죠. 그렇게 아이는 숲가를 맴돌았고 우린 쌍안경으로 그 애를 추적했습니다. 하지만 아이는 번번이 숲속 빈터로 되돌아오곤 했습니다. 단 한 번 목요일을 제외하고는. 그날은 그 애가 주유소 근처에서 떠나지 않아 우리로선 실망스럽기 그지없었습니다.

그래서 우리는 원하든 원치 않든 금요일에 희망을 걸 수밖에 없었습니다. 이제 결단은 내게 달려 있었어요. 마태는 벌써부터 입을 꼭 다문 채 자기 몫의 나무 뒤에 서 있었습니다.

그런데 다음 날 빨간 치마 차림에 인형을 낀 아이가 다시 나타나 종전처럼 깡충거리며 주저앉았습니다. 계속되는 화창한 가을 날씨였습니다. 다채로움과 강렬함이 생생하게 느껴지는 날씨가 몰락 직전의 힘을 과시하고 있었습니다.

하지만 검사는 단 반 시간도 참아내지를 못했습니다. 5시쯤 검사가 왔습니다. 느닷없이 헨치의 차를 몰고 나타난 겁니다. 그는 벌써 오후 1시부터 내내 좀이 쑤시는 다리로 제자리걸음을 걸으며 그곳에서 있던 내게로 다가오더니, 분노로 벌겋게 상기된 표정으로 뚫어져라 어린애를 바라보았습니다.

"마리아가 바위 위에 앉아 있네."

가느다란 목소리가 우리 있는 곳으로 들려왔어요. 나는 진작부터 그 노래를 듣는 것도, 아이의 모습을 바라보는 것도 진저리가 났습니다. 이빨 빠진 흉한 입 모양이며 가느다란 가랑머리, 꼴불견인 빨간 치마를 차마 쳐다볼 수가 없었어요. 그 계집애가 이젠 구역질 날 정도로 천하고 상스럽고 멍청해 보였습니다. 단지 그놈의 지겹기 그지없는 〈마리아가 바위 위에 앉아 있네〉를 그만 듣기 위해서라면 아이를 목 졸라 죽이고 찢어발길 수도 있을 것만 같았어요.

정말 미치기 일보 직전이었지요. 모든 상황은 변함없이 여전했습니다. 어리석고 무의미하고 속절없이. 단지 가랑잎이 더욱 요란하게 쌓이고 있었고, 아마도 바람이 한결 잦아졌으며, 빌어먹을 쓰레기 더미 위로 태양이 한결 진한 금빛을 내며 걸려 있었을 뿐, 더는 참을 수 없는 지경에 이르렀지요.

그때 느닷없이 검사가 발을 쾅 굴렀습니다. 그건 일종의 해방감 같은 느낌을 주었답니다. 그는 덤불을 헤치고 나가 신발이 잿더미에 빠지건 말건 개의치 않고 아이에게로 직행했습니다. 그가 아이에게 돌격하는 것을 보는 순간 우리도 뛰쳐나갔습니다. 이젠 어차피 끝장을 봐야 했거든요.

"넌 누구를 기다리는 거냐?"

검사는 소녀를 향해 소리쳤습니다. 아이는 바위에 앉은 채 혼비백산해서 인형을 와락 끌어안았어요. 그러고는 그를 뚫어져라 마주 보았습니다.

"누구를 기다리는지 대답 않겠니? 이 멍청한 계집애야!"

이제 우리도 모두 소녀 있는 곳에 달려가 그 애를 둘러쌌습니다. 아이는 겁과 공포에 질려 영문을 알 수 없다는 표정으로 우리를 응시했어요.

"안네마리!"

나는 입을 뗐습니다. 분노로 목소리가 떨려 나왔어요.

"한 주일 전에 너는 초콜릿을 받은 적이 있지. 똑똑히 기억하고 있을 거다. 솔방울같이 생긴 초콜릿 말이야. 검은 양복을 입은 남자가 네게 초콜릿을 준 거냐?"

소녀는 대답 없이 눈물이 그렁그렁한 눈으로 나를 쳐다보기만 할 뿐이었습니다.

그때 마태가 아이 앞에 무릎을 꿇고 앉아 꼬마의 어깨를 움켜잡았습니다.

"이봐, 안네마리!"

그는 아이에게 차분히 설명했어요.

"누가 네게 초콜릿을 줬는지 우리한테 말해줘야 한단다. 그 사람이 어떻게 생겼는지 자세히 들려줘야 해."

그는 간절하게 말을 이었습니다. 이젠 어쨌든 모든 문제가 거기에 걸려 있는 판국이었으니까요.

"너처럼 빨간 치마를 입고 있던 어떤 소녀한테도 검은 양복을 입은 키 큰 남자가 초콜릿을 준 적이 있단다. 네가 먹었던 것과 똑같이 뾰족뾰족한 알초콜릿을 말야. 그러고 나서 소녀는 그 키 큰 남자랑

174

숲속으로 갔어. 그 뒤 그 키 큰 남자는 소녀를 칼로 찔러 죽였단다."

그는 입을 다물었습니다. 소녀는 여전히 아무 대답도 않고 커다랗게 두 눈을 뜬 채 뚫어져라 그를 바라보았어요.

"안네마리!"

마태는 외쳤어요.

"나한테 사실대로 말하거라. 내가 바라는 건 오로지 너한테 나쁜 일이 벌어지지 않는 것뿐이란다."

"거짓말."

소녀는 조그만 소리로 대답했습니다.

"거짓말이에요."

그때 검사가 다시 한번 인내심을 잃었습니다.

"이 멍청한 계집애야!"

검사는 악을 쓰며 아이의 팔뚝을 움켜잡고 흔들어댔어요.

"이젠 네가 알고 있는 사실 모두를 털어놓으란 말야!"

그리고 어처구니없게도 우리 모두가 합세해서 소리쳤습니다. 제정신이 아닌 상태였으니까요. 우린 함께 아이를 흔들어대며 때리기 시작했어요. 그 작은 몸뚱이에 몰매를 가했던 거죠. 아이의 몸뚱이는 잿더미 속 통조림통과 단풍잎 사이에 벌렁 누워 처참하게 울부짖고 있었어요.

순간 소녀의 참혹한 모습은 우리의 광기 어린 난동을 멈추게 했습니다. 분명 몇 초밖에 지나지 않았을 테지만 영원처럼 느껴지는 순간이었죠. 이어서 소녀는 사람 소리 같지 않은 무시무시한 목청으로 불현듯 악을 쓰기 시작했습니다. 우리 모두의 얼이 빠져 달아나도록.

"거짓말, 거짓말, 거짓말이에요!"

우리는 혼비백산하여 아이를 놓아주고, 그 울부짖음 덕분에 다시 제정신으로 돌아왔습니다. 우리가 저지른 일에 대해 엄청난 공포와 수치를 느끼면서.

"우린 짐승이야, 우린 짐승이야."

나는 헐떡이며 말했지요. 아이는 빈터를 가로질러 숲가로 내달았습니다. 그러면서 연방 외쳐댔어요.

"거짓말, 거짓말, 거짓말이야."

어쩌나 소름 끼치게 외쳐대는지 그 애가 정말 미쳐버린 건 아닐까 하는 생각마저 들었지요. 하지만 운 나쁘게도 아이는 마침 숲속 빈터에 나타난 헬러 품으로 곧장 뛰어들었습니다.

헬러의 존재를 우리 모두 염두에 두고 있지 않았던 겁니다. 그녀는 이미 모든 진상을 자세히 들은 후였어요. 학교 근처를 지나가던 그녀에게 여선생이 수다를 떨었던 겁니다. 물어볼 필요도 없이 나는 그렇다는 걸 깨달았습니다.

이제 이 불행한 여인까지 자기 딸과 함께 그곳에 서 있었습니다. 아이는 홀쩍이며 엄마 품에 찰싹 매달렸어요. 여인은 아까 딸의 눈초리와 같은 시선으로 우리를 뚫어져라 바라보았습니다. 물론 그녀는 우리 모두를 속속들이 알고 있었습니다. 펠러, 헨치, 그리고 유감스럽게도 검사까지도.

상황은 실로 난감하고 괴기스럽기까지 했어요. 우리 모두 곤혹스런 처지에 빠져 있었고, 스스로가 가소롭게 여겨졌습니다. 이 모든 일이 더럽고 비열하기 짝이 없는 한낱 코미디에 불과했어요.

"거짓말, 거짓말, 거짓말."

아이는 여전히 얼이 빠져 외쳐댔습니다.

"거짓말, 거짓말, 거짓말."

그때 마태가 겸손하고도 불안정한 태도로 모녀를 향해 걸어갔습니다.

"헬러 부인."

그는 예의 바르게, 그러면서도 사뭇 비굴하게 입을 뗐습니다. 하긴 이런 행동조차 실로 무의미한 짓이었지요. 당시로서 필요한 것은 오직 하나, 이 모든 일에 끝장을 내는 것, 영원히 종지부를 찍는 것, 살인범 유무와 상관없이 무조건 사건을 종결짓고 이 모든 추리의 연결 고리에서 단연코 빠져나오는 것뿐이었으니까요.

"헬러 부인, 나는 안네마리가 어느 낯선 인물한테서 초콜릿을 받았다는 사실을 확인했습니다. 그리고 그 사람이 몇 주 전 한 소녀를 초콜릿으로 꾀어 숲속으로 데려간 후 살해한 인물과 동일인일 것이라는 혐의를 품고 있습니다."

그의 말투가 어찌나 정확하고 사무적이었던지, 나는 큰 소리로 웃음을 터뜨릴 뻔했습니다. 부인은 싸늘하게 그의 얼굴을 마주 보았습니다. 그러고는 마태와 마찬가지로 예의 바르고 정확하게 조그만 소리로 물었어요.

"마태 박사님, 박사님은 오로지 그 인물을 찾아내려는 목적에서 안네마리와 나를 박사님 주유소에 받아들였던 건가요?"

"다른 방도가 없었습니다, 헬러 부인."

경감의 대답이었어요.

"당신은 돼지예요."

부인은 표정 하나 바뀌지 않고 냉정하게 대답하더니, 아이를 데리고 주유소를 향한 숲길로 걸어 들어갔습니다.

29

우리는 그렇게 이미 반쯤은 그늘에 묻힌 숲속 빈터에 우두커니 서 있었습니다. 빈 통조림통들과 낡은 철사 올가미들에 둘러싸여, 쓰레기와 낙엽에 발을 묻은 채. 만사가 끝장나버렸습니다. 그 모든 시도가 무의미하고 우스꽝스러운 것이 되어버렸어요. 와르르 주저앉은 패배요, 일종의 파국이었지요.

오로지 마태만이 자신을 가다듬었습니다. 푸른 작업복을 입은 그의 모습은 결연해 보였고 위엄에 차 있었어요. 그는 검사 앞에 후딱 고개를 숙여 인사하고는 말했어요. 나는 내 귀를 의심했습니다.

"부르크하르트 박사님, 지금으로서는 계속 기다리는 도리밖에 없습니다. 다른 방법이 없어요. 기다리고 또 기다리는 것, 다시금 기다려보는 것밖에는요. 박사님께서 인원 여섯과 무전기만 지원해주신다면, 그걸로 충분할 겁니다."

검사는 얼이 빠져 지난날의 내 부하를 훑어보았습니다. 이런 반응이야말로 전혀 예상치 못했던 것이었으니까요. 마태는 모두에게 뭔가 자신의 의견을 피력할 작정이었을 겝니다. 하지만 그때 검사가 그저 몇 번 마른침을 삼키며 손으로 이마를 쓸어올리더니, 후딱 몸을 돌려 낙엽을 헤치며 숲 쪽으로 헨치와 함께 사라져버렸습니다. 내가 손짓을 하자 펠러도 가버렸습니다.

이제 마태와 나, 단둘만 남았습니다.

"이제 내 말 좀 듣게나."

나는 그에게 끝내 분별력을 되찾아주겠다는 결심으로 소리쳤습니다. 이 어처구니없는 일을 가능하게 하고 뒷받침해주었던 내 자신에 대해 화가 나서 말이지요.

"이 작전은 실패했네. 그 점을 인정해야만 하네. 우린 지금껏 한 주일 이상 기다려 왔지만 개미 새끼 한 마리도 안 나타났단 말일세."

마태는 묵묵부답이었습니다. 단지 탐색하듯 주변을 주의 깊게 살폈어요. 그러더니 숲가로 걸어가 빈터를 빙 돌고 나서 되돌아왔습니다. 나는 쓰레기 더미 위 잿더미에 발목을 묻고 그대로 버티고 서 있었고요.

"어린애는 그놈을 기다려왔습니다."

나는 고개를 절레절레 흔들며 반론을 폈지요.

"그 애는 단지 혼자 있고 싶어서 이곳에 온 것뿐이네. 그래서 냇가에 앉아 인형이랑 꿈을 꾸면서 '마리아가 바위 위에 앉아 있네' 하고 흥얼댔던 거야. 그 애가 누군가를 기다리리라는 생각은 우리가 이 사건에 끼워 맞춘 해석일 뿐이야."

"안네마리는 문제의 솔방울을 받았습니다."

마태는 내 말에 귀를 기울이면서도 확신을 버리지 않고 완강하게 버텼습니다.

"안네마리가 누군가에게서 초콜릿을 받긴 했지. 그건 맞아. 누구라도 어린애한테 초콜릿을 줄 수는 있어. 그런데 그 초콜릿 봉봉이 아이 그림 속 솔방울일 거라는 것, 그것 역시 마태 자네의 해석일 뿐이야. 그게 사실이라는 증거는 아무 데도 없어."

마태는 역시 묵묵부답이었습니다. 그는 다시금 숲가로 걸어가 빈터를 한 바퀴 돈 후 낙엽 더미 속에서 뭔가를 뒤적이더니 포기하고 내게로 돌아왔습니다.

"여긴 살인하기에 안성맞춤인 장소입니다. 낌새를 느낄 수 있어요. 저는 계속 기다리겠습니다."

"그건 아무 의미 없는 짓이야."

나는 불현듯 공포감에 사로잡혀 피곤과 전율, 혐오감을 느끼면서 대답했습니다.

"그놈은 이곳으로 올 겁니다."

마태는 소리쳤습니다. 나는 어쩔 줄 몰라 하며 고함을 쳤지요.

"말도 안 되는 소리, 멍청한 짓거리, 바보 놀음이란 말야!"

그는 그 소리엔 아랑곳없이 말했습니다.

"주유소로 돌아갑시다."

마침내 그 저주스런 불운의 장소를 떠날 수 있다는 게 나로서는 후련했습니다. 이젠 해가 서편으로 깊이 기울어져 그림자들이 길게 드리워졌습니다. 넓은 계곡은 현란한 황금빛으로 물들어 있었고 그 위에 걸린 하늘은 투명하게 푸르렀어요. 하지만 그 모든 것이 내겐 혐오스러웠습니다. 나 자신이 끝도 없이 넓고 유치한 그림엽서 속에 갇혀버린 기분이었어요. 곧 국도가 나타났고 달리는 자동차들이 보였습니다. 화려한 옷차림을 한 사람들을 태운 무개차들이, 호화로움과 풍요로움이 몰려왔다가 질주하며 지나갔어요. 그 모든 광경이 어처구니없게만 보였습니다.

우리는 주유소에 다다랐습니다. 저유 탱크 옆으로 펠러가 이미 내 차를 타고 대기 중이었습니다. 어느새 반쯤은 졸고 있었죠. 안네마리 또한 그네에 앉아 훌쩍이면서 어느새 다시 휫소리를 내며 흥얼거리고 있었고요.

"마리아가 바위 위에 앉아 있네."

또 문설주 곁에는 필시 벽돌 공장 노동자인 듯싶은 웬 놈팡이가 셔츠를 풀어헤치고 털투성이 가슴을 드러낸 채 담배를 물고 히죽 웃고 있었습니다.

마태는 그 녀석한텐 아예 눈길도 돌리지 않고 조그만 방으로, 우리가 전에 앉았던 탁자로 갔습니다. 그러고는 술병을 들고 연방 잔을 채웠어요. 나는 아무것도 마실 수가 없었습니다. 그만큼 만사에 구역질이 났어요. 헬러는 보이지 않았습니다.

"내가 해내야 할 일은 어려운 일일 테지요."

그는 말했습니다.

"하지만 숲속 빈터는 별로 넓지가 않아요. 아니면 여기 주유소에서 기다리는 편이 나을 것 같습니까?"

나는 대답하지 않았습니다. 마태는 이리저리 서성대며 술을 마시면서 나의 침묵에 대해선 개의치 않았어요.

"헬러와 안네마리가 이제 내용을 알아버린 것만은 아무래도 김빠지는 일이죠. 하지만 본래대로 돌아가도록 해야죠."

바깥에선 거리의 소음이 들려왔습니다. 또다시 "마리아가 바위 위에 앉아 있네"라는 아이의 지저귐.

"난 가겠네, 마테."

나는 말했지만 그는 계속 마셔대며 눈길조차 주지 않았어요.

"때로는 여기서, 때로는 숲속 빈터에서 기다릴 겁니다."

그는 작정한 듯 말했습니다.

"몸성히 지내게."

나는 방을 빠져나와 밖으로 나섰습니다. 놈팡이 녀석과 소녀를 스쳐 지나 펠러에게 손짓을 했지요. 그는 잠에서 깨어 후다닥 내 앞으로 차를 몰고 와 차 문을 열어주었습니다.

"카제르넨가로 가세!"

나는 명령했습니다.

30

지금까지의 이야기가 가엾은 마태한테 벌어진 사건의 요지입니다.

지난날의 주 경찰국장은 얘기를 이었다. (한편 아무래도 이 대목에서 밝혀야 할 것이 있다. 당연한 얘기지만 이 노신사와 나는 벌써 한참 전에 쿠어-취리히 간 여정을 마치고 지금은 그의 이야기 도중에도 빈번히 애용된 장소로 등장했던 '크로넨할레'에 앉아 있다는 사실이다. 말할 것도 없이 이 노인의 오랜 습관에 맞춰 엠마의 시중을 받으며, 지금은 미로 그림과 바뀌어 걸린 구블러의 화폭 아래. 그뿐 아니라 우리는 이미 식사도 마친 상태라는 점도 밝혀야겠다. 서비스용 왜건에서 밀라노식으로 끓인 고기 요리. 익히 알려져 있듯 메뉴 역시 그의 습관에 맞춰서. 하긴 그래선 안 될 이유도 없으니까. 그래서 이젠 어느덧 4시가 가까워지고 있었다. 이어서 국장께선 자기가 애호한다는 '파르타가스 커피'를 마신 뒤에 에스프레소에 하바나를 피우면서, 내게는 다음 코스의 레제르브 뒤 파트롱에 곁들여 두 번째 푸딩을 권했다.

다른 한편 순전히 소설 기법 측면에서 작가적 사명감과 성실성에 부응하기 위해 부연해야 할 점이 하나 있다. 즉 나는 당연히 이 입심 좋은 노인의 이야기를 들은 그대로 재현하지는 않았다는 사실이다. 그렇다고 이를테면 우리 대화가 응당 스위스 방언으로 진행되었던 사실을 염두에 두고 이런 말을 하는 것은 아니다. 그보다는 그가 자신의 처지, 곧 자신의 체험에 입각해서가 아니라 마태가 문제의 '약속'을 했던 장면처럼 객관적 태도에서 줄거리를 이어간 대목들에서 그렇다는 말이다. 비록 나 또한 사건들을 변조하지 않으려고, 노인이 전달해준 소재들만으로 일정한 창작 법칙에 맞춰 수정하고 원고를 만드느라고 최대한 애를 쓰긴 했다. 하지만 이처럼 객관적 태도로 얘기된 대목들에서도 별수 없이 나 자신이 개입해서 형상화하고 새롭게 구성할 수밖에 없었음을 밝힌다.)

그는 이어서 자초지종을 얘기했다.

'물론' 나는 그 뒤에도 몇 차례나 마태한테 갔습니다. 갈수록 행상은 무죄일 거라는 그의 의혹이 옳지 않다는 확신을 굳히면서 말이죠. 왜냐하면 몇 달이 가고 몇 해가 지나도 새로운 살인 사건이 터지지 않았거든요.

자, 하긴 이제 더 시시콜콜히 얘기할 것도 없습니다. 그는 술주정뱅이가 되었고, 초라해지고 멍청해졌습니다. 도와줄 방법도, 사태를 바꿔놓을 만한 뾰족한 수도 없었어요. 이젠 밤이면 놈팡이들이 주유소 주변을 어슬렁대며 노골적으로 휘파람을 불어댔어요. 사태는 고약해져갔지요. 그라우뷘덴 경찰 측에서는 몇 차례 검거 선풍까지 일으켰습니다. 나는 쿠어시의 동료들에게 사실을 토로하지 않을 수 없었고, 그 뒤 그들은 눈감아주거나 아예 못 본 척했습니다. 그들은 항상 우리네보다 한결 현명하게 처신해온 셈이죠.

그렇게 모든 일은 비극적 운명 쪽으로 치달아갔습니다. 선생께서도 이곳으로 오는 도중 그 결과를 직접 목격하지 않으셨습니까. 실로 슬프기 짝이 없는 점은 특히나 어린것, 즉 안네마리 역시 더 나아지지 못했다는 겁니다. 어쩌면 엇비슷한 여러 기관들이 그 애를 구제한답시고 설쳤던 것이 오히려 그 원인이 됐는지도 모르지요. 아이는 감호를 받게 되었지만, 그럴 때마다 도망쳐서 주유소로 되돌아오곤 했습니다. 헬러는 이태 전에 그곳에다 허름한 술집을 차려놓았지요. 그녀가 무슨 수를 써서 영업허가를 얻어냈는지는 알 수 없고요. 어쨌거나 그 일이 어린것한테는 치명적인 타락의 요인이 되었습니다. 그 애역시 그 일에 가담했습니다. 모든 면에서 말이죠. 터놓고 말하면 그애는 바로 넉 달 전에 1년형을 복역하고 나왔지요. 하지만 그러고도 일말의 뉘우침도 없어요. 그 점은 선생 눈으로 직접 확인하셨을 겁니다. 그 얘긴 접어두기로 하지요.

하지만 아까부터 선생께선 꽤나 궁금하셨을 겁니다. 대체 선생의 강연에 대한 내 비판과 이 이야기가 무슨 상관이 있는지, 또 애당초 왜 내가 마태를 천재라 칭했는지. 그러실 테지요. 진기한 착상이라고 해서 그것이 옳을 수는 없다고, 더군다나 천재적 착상이라 칭할 수는 없다고 선생은 이의 제기를 하실 겁니다. 역시 옳은 말씀이에요. 작가적 두뇌로 선생이 어떤 것을 생각해낼지, 나는 그것까지도 얼마든지 상상할 수 있습니다.

당신은 책략적으로 생각할 겁니다. 마태의 행동이 옳았던 것으로 낙착하고 살인자를 체포하게 하면 될 텐데, 그것으로 근사한 소설이나 시나리오가 나올 텐데라고. 궁극적으로 창작의 과제는 특정한

반전(反轉)을 통해 사물을 투시하게 하고, 이를 통해 사물 안쪽에 있는 한 차원 높은 이념을 내비치도록 하는데, 예감토록 하는 데 있는 게 아니냐. 그렇고말고요. 그런 반전을 통해 이를테면 마태를 성공 쪽으로 돌려놓음으로써, 그 전락한 수사관이 흥미를 끄는 인물이 될 수 있을 뿐 아니라 나아가 성경 속 위인, 소망과 믿음의 화신, 일종의 현대판 아브라함이 될 수도 있을 텐데. 그렇게 해서 한 죄인의 무죄를 맹신하여 실존 가능성도 없는 살인범을 추적하는 식의 무의미한 이야기가 의미 깊은 것으로 뒤바뀌는 건데. 고급 문학의 왕국에선 죄 지은 행상이 무죄일 수도 있고, 있지도 않은 살인자도 실존하게 마련이니까. 그리하여 인간적 믿음의 힘과 이상을 우롱한다 싶던 사건이 오히려 바로 그런 힘들을 찬양하는 사건으로 화하는 것 아닌가. 사건의 실재 유무는 중요할 게 없지. 중요한 것은 결국 이런 식의 사건 대본도 가능해 보인다는 점인걸, 하고 당신은 속으로 생각할 테지요.

당신의 사고 과정이 대충 이런 것이리라 나는 상상할 수 있습니다. 하지만 내 이야기를 이런 식으로 변용하는 것은 무척 긍정적일뿐더러 용기를 북돋워주는 것이기 때문에 소설로든 영화로든 금세 뻔한 내용으로 등장하게 되리라는 것까지 미리 말씀드릴 수 있습니다. 하긴 선생이라면 대체로 내가 지금 얼핏 시도한 것과 비슷하게 이야기 전부를 끌어가실 수 있을 겁니다. 물론 훨씬 훌륭한 솜씨로. 선생이야말로 결국 그 방면에 전문가 아닙니까. 그렇게 종결 부분에 가서야 진짜 살인자가 등장하고, 희망이 실현되며, 믿음이 승리하게 되는 것이죠. 아울러 이 소설은 기독교 세계에서도 인정받는 것이 될 겁니다.

뿐만 아니라 이 얘기를 한층 부드러운 것으로 윤색할 수도 있습니다. 내 제안을 한번 들어보실까요. 이를테면 마태로 하여금 초콜릿 봉봉을 발견하자마자 안네마리를 싸고도는 위험을 인식하게 하고, 그것이 성숙한 인간성의 발로이든 아이에 대한 부성애의 발로이든 간에, 그 애를 미끼로 써먹으려던 계획을 중단하게끔 만드는 겁니다. 그 뒤 그는 안네마리를 어머니와 함께 안전한 곳으로 피신시켜놓고 냇가에다는 커다란 인형을 대신 세워놓을 수도 있겠지요. 그럼 살인범은 우람한 체구로 점잖게 숲에서 나와 가짜로 세워놓은 아이한테 다가갑니다. 석양을 받으며 마침내 또 한 번 면도칼을 써먹겠다는 욕정을 품고서. 안네마리의 요술쟁이는 곧 자신이 악마 같은 함정에 빠졌다는 걸 깨닫고 광기를 폭발시킬 겁니다. 마태, 그리고 경찰과의 육박전, 이어서 종결.

이렇게 소설을 엮어가는 나를 용서하십시오. 부상당한 경감과 아이의 감동적 대화. 짤막하게 단 몇 마디. 그렇고말고요. 소녀는 아마 다정한 요술쟁이를 만나려고, 그 엄청난 행복을 서둘러 맛보려고 살짝 엄마한테서 도망쳐 나왔다고 칩시다. 이렇게 해서 그 모든 전율스런 사건을 치르고 난 뒤, 푸근한 인간미를 물씬 풍기는, 세상과 동떨어진 동화 같은 시(詩)의 감격적인 순간이 가능해질 수 있는 겁니다.

아니면 이 편이 훨씬 개연성이 높은 것으로 당신은 전혀 엉뚱한 얘기를 날조해낼 수도 있습니다. 솔직히 말해서 나와는 M. 프리슈*

---

* Max Frisch(1911~1991), 취리히 태생으로 뒤렌마트와 쌍벽을 이루는 스위스 출신 극작가. 두 작가는 근본적으로는 공통된 시대적 주제를 다루면서도 주제에 접근하는 방법, 즉 창작·기술적 면이 판이하게 달라 자주 비교되었고 뒤렌마트는 베른주 출신인 데 반해 프리슈

가 훨씬 가깝습니다만. 하긴 이제 나도 당신을 약간 알아버렸으니까요. 바로 무의미함이 당신을 격분시킬 겁니다. 이 상황을 놓고 우리가 이미 내렸던 적절한 정의대로, 한 죄인의 무죄를 맹신하여 실존 가능성도 없는 살인자를 추적한다는 사실에 대해 당신은 격분할 테지요. 하지만 이번에 당신은 현실보다 한층 더 잔인해질 겁니다. 순전히 재미로 우리 경찰을 우스꽝스럽게 만들고 조롱하기 위해서 말이죠. 이럴 경우 마태는 실제로 한 살인범을 찾게 됩니다. 선생 방식대로라면 코믹한 성자 가운데 한 사람, 이를테면 선량한 목사를. 물론 이 인물도 실제로는 결백하고 도대체가 악을 행할 위인이 못 되는데, 바로 그런 이유로 선생의 짓궂은 착상에 말려들어 온갖 혐의의 동기를 받게 되는 것이죠. 순전히 바보 같은 이 사람을 마태가 살해하게 됩니다. 또 모든 증거가 착착 들어맞게 되고요. 그리하여 이 행운의 수사관은 천재로 칭송받고 축하를 받으며 우리 경찰에 복귀하게 되는 겁니다. 이런 식으로도 생각할 수 있어요.

보시다시피 나는 선생의 속셈을 간파했어요. 어쨌든 선생이 내 장황한 수다를 레제르브 뒤 파트롱 탓으로만 돌리리라 생각하진 않아요. 하긴 우린 벌써 2리터째 마시는 중이긴 합니다만. 오히려 선생은 내게서 이 이야기의 결말이 곧 나오리라는 것까지 느끼실 겁니다.

하지만 이걸 끄집어내기야말로 실로 내키지 않는 일이군요. 숨길 필요도 없겠지만 유감스럽게도 이 얘기에는 아직 중요한 대목이 하나 남아 있거든요. 그것이 시시하기 짝이 없다는 걸, 웬만한 소설이

는 취리히 출신이다. 이 소설의 무대는 취리히다.

나 영화엔 도저히 써먹을 수도 없을 만큼 시시하다는 걸 당신도 막연히 느끼실 테지만요. 어쩌나 어처구니없고 멍청하고 통속적인지, 이 이야기를 원고지에 옮길 생각이라면 이 대목은 삭제해버리는 게 좋을 겁니다.

하지만 여기서 결단코 인정하지 않을 수 없는 것은, 무엇보다 이 대목이 마태를 전적으로 변호하고 있다는 것, 그의 진면목을 보여주고 그를 엄연한 천재로 승격시키고 있다는 사실입니다. 그 사람이야말로 우리를 에워싼 가설과 추정들을 꿰뚫고 들어가 우리가 못 보는 현실을 속속들이 예지했던 인물인 겁니다. 그는 세계를 비약시키는 법칙, 보통 방법으로는 우리가 결코 접근하지 못하는 저 법칙 근처까지 파고들어 갔던 겁니다. 물론 거의 그 법칙에까지 닿을 뻔하다가 실패했습니다만. 그도 그럴 것이, 유감스럽지만 이 같은 무자비한 대목이 역시 신(神)의 산물로서 엄연히 존재하기 때문입니다.

그것은 예측할 수 없는 것으로, 달리 이름 붙인다면 우연적 요소로 작용합니다. 바로 그런 요소의 작용으로 마태의 천재성, 그의 계획과 행동은 나중에 가서 초반의 경우보다(그가 망상에 빠졌다는 것이 카제르넨가의 견해였으니까요) 훨씬 더 처절하게 불합리한 것으로 드러났단 말입니다. 어이없는 바보짓에 걸려 휘청대는 천재보다 더 처참한 것은 없습니다. 어쨌든 이런 사건의 경우에 문제의 총 관건은, 지금 그가 그것을 참고 견뎌낼 수 있는가 아닌가를 제쳐놓고, 어떻게 해서 이 천재가 지금의 저 어처구니없는 궁지에 빠져들어 아직도 그 자리에 머물고 있는가 하는 데 놓여 있습니다.

마태는 가소로운 처지를 인정할 수가 없었습니다. 그는 자신의 계산이 현실에서도 맞아떨어지기를 원했어요. 그래서 현실을 부인했고, 그러다 종내에는 허공으로 빠져든 겁니다.

이렇게 내 이야기는 더할 수 없이 우울하게 마감하게 됩니다. 그야말로 있을 수 있는 여러 가지 '해결들' 가운데서 가장 진부한 해결이 들어서고 만 것이지요. 하긴 이런 경우가 종종 있고말고요. 최악의 것 역시 때로는 적중한답니다. 사나이로서 우리는 그 점을 계산에 넣고, 그에 맞서 무장해야 합니다. 이 같은 부조리적 요소는 어차피 갈수록 노골적으로 막강하게 모습을 드러내는 판국이니까요. 우리는 겸허하게 우리 사고에 이를 합산해야만 합니다. 그래야만 부조리에 부딪혀도 깨지지 않고, 이 지구를 웬만큼 살아봄직한 장소로 만들 채비를 할 수 있을 테니까요. 우리는 무엇보다 이 점을 분명히 깨달아야 해요.

우리 오성(悟性)은 실로 빈약하기 이를 데 없어서 가까스로 세상을 밝히고 있습니다. 오성의 빛이 가 닿는 어두컴컴한 지대엔 온갖 패러독스가 자리 잡고 있고요. 이 패러독스라는 도깨비가 마치 인간 정신 바깥에 자리 잡고 있는 듯이 그것 '자체'의 존재를 가정하지 않도록 경계합시다. 아니면, 이건 한층 고약한 경우인데, 이 도깨비를 유혹받기도 하고 피할 수도 있는 무슨 오류처럼 치부하는 착각에 빠지지 맙시다. 일말의 하자도 없는 이성적 기구를 관철하겠다는 시도 아래, 완고한 도덕의 틀 안에서 세계를 처형하는 오류를 범하지 말자는 얘깁니다. 왜냐하면 그 하자 없는 완벽함이야말로 그 같은 시도가 지닌 치명적 허구이며 어이없는 맹목의 표식이라 할 수 있으니까요.

아무튼 내 이야기 한복판에 이런 주석(註釋)을 삽입하는 것을 용서하십시오. 사고(思考)의 흐름에 얼룩이 들어가지 않도록 해야 한다는 건 알고 있어요. 하지만 설익은 생각일망정 나 같은 늙은이가 자기 경험에 대해 이렇게 여러 가지로 궁리해보는 허물쯤은 눈감아주실 수 있겠지요. 내 비록 경찰 출신이긴 합니다만, 궁극적으로 나도 고지식한 바보가 아닌 인간이 되려고 애를 쓰고 있답니다.

31

그런데 바로 지난해였지요. 이번에도 일요일이었습니다. 그날 한 가톨릭 신부의 전화를 받고 주 병원을 찾아갈 일이 생겼습니다. 마침 나는 정년퇴직을 코앞에 두고 마지막 며칠을 근무하던 중이었어요. 벌써 내 후임자가 와서 일을 시작한 참이었지요. 헨치는 아니었습니다. 다행스럽게도 호팅거의 노력도 무위로 돌아가 그는 그 자리에 올라서질 못했어요. 그 대신 마땅히 사람들에게 도움을 줄 법한 시민적 인간성을 갖춘 모범적이고 정확한 인물이 그 자리에 들어섰지요.

나는 그 전화를 내 방에서 받았습니다. 임종을 앞둔 한 여인이 내게 전할 말이 있다는 거예요. 내가 그 요청에 응했던 이유는 어차피 종종 있어온 관례적 중대사라 여겼기 때문이었습니다.

햇볕은 났지만 차가운 12월 날씨였습니다. 사방이 황량하고 음산하고 침울해 보였어요. 그럴 때 우리 도시는 비명이라도 지를 듯한 분위기가 되거든요. 그러니 죽어가는 여인을 만난다는 것은 이중으로 부담스런 일이 될 수밖에요. 나는 심히 울적한 기분으로 정원 안에슈바허의 하프*를 몇 차례 빙빙 돌고 나서 한참 만에야 어슬렁거리며 병동 안으로 들어섰습니다.

슈로트 부인, 부속병원 특실부. 병실은 정원 쪽으로 면해 있었습니다. 장미며 글라디올러스 등 꽃들이 가득했고요. 커튼이 반쯤 열려 있었고 햇살이 방바닥에 비스듬히 떨어지고 있었어요. 창가에는 무뚝뚝한 붉은 얼굴에 잿빛 수염을 깎지도 않은 체구가 우람한 신부가 앉아 있었고, 침대에는 잔주름투성이인 자그마한 노파가 누워 있었습니다. 가느다란 은발, 말할 수 없이 연약한 모습이지만 호화로운 차림새로 짐작컨대 엄청난 부자인 듯했습니다.

침대 곁으로 의료 기구로 보이는 복잡한 기계가 하나 세워져 있는데, 침대 이불 밑에서 나온 여러 갈래 호스가 거기에 연결되어 있었습니다. 간호사가 수시로 이 기계를 체크하는 모양이었어요. 규칙적인 간격으로 긴장된 표정을 한 채 간호사가 말없이 병실로 들어섰거든요. 그래서 그 대화 역시 규칙적인 간격으로 중단되었습니다. 그때 상황을 미리 말씀드리자면 그랬다는 겁니다.

나는 인사를 했지요. 노파는 아주 태연한 표정으로 나를 유심히 바라보았습니다. 비현실적으로 보이는 밀랍 같은 얼굴. 그런데도 묘한 생기가 느껴졌어요. 주름투성이의 노르끄레한 손에 필시 성경일 듯싶은 작은 검정색 책을 들고 있긴 했지만, 이 여인이 임종을 맞고 있다고는 실로 믿기 어려웠습니다. 이불 밑으로 주렁주렁 기어 나온 호스를 매달고 있는데도 그녀는 생기 넘치고 의연한 분위기를 풍겼

---

* Hans Aeschbacher(1906~1980)는 취리히 태생의 추상적 조각 형태를 취한 조각가로 여기서는 그의 조각 작품

194

어요.

신부는 그대로 앉은 자세였습니다. 그는 약간 어색해하면서도 위엄 있는 손짓으로 침대 옆 의자를 가리켰어요.

"앉으십시오."

신부가 나를 재촉했습니다. 그리고 내가 자리에 앉자, 창 앞에 우람한 실루엣만을 보이며 다시 그의 낮은 목소리가 들려왔습니다.

"슈로트 부인, 국장님께 들려드릴 이야기를 하십시오. 11시가 되면 종부성사(終傅聖事)를 올려야 합니다."

슈로트 부인은 조용히 웃었습니다. 내게 번거로운 일을 치르게 해서 미안하다며 상냥하게 입을 뗐어요. 나직한 목소리긴 했지만 아직은 분명히 알아들을 수 있었고, 사뭇 활기까지 느껴졌습니다. 나는 괜찮다고 거짓말을 했지요. 이 노파가 곧 궁핍한 경찰관을 위한 재단 설립 아니면 그 비슷한 계획을 통고해주리라 확신하면서 말이지요.

"내가 지금 당신께 들려드리려는 얘기는 그 자체로는 중요할 것도 없고 그저 그런 내용이랍니다."

노파는 말을 이었습니다.

"아마 어떤 가정에서든 한두 차례는 벌어질 수 있는 사건일 겁니다. 그래서 나도 그 일에 대해서는 까맣게 잊고 지내왔답니다. 그런데 이제 와서, 어차피 그렇게 될 수밖에 없겠지만, 죽음을 앞두고 마지막 고해성사를 하다 보니 그 사건에 생각이 미치게 되었습니다. 순전히 우연이었어요. 그도 그럴 것이 마침 조금 전에 내게 단 하나 있는 대자(代子)의 손녀딸이 꽃을 들고 찾아왔었거든요. 게다가 그 아이는 빨간 치마까지 입고 있었고요. 베크 신부님은 흥분을 가누지 못하셨어요. 그러곤 이 얘기를 국장님께 전해야 한다고 그러셨지요. 나로선 왜 그래야 하는지 모르겠어요. 어차피 모두 지나가버린 일인걸요. 하지만 신부님께서 그러시니……."

"말씀하십시오, 슈로트 부인."

창가에서 낮은 목소리가 들려왔습니다.

"말씀하세요."

시내에서는 교회 종소리들이 예배 시간을 알리기 시작했습니다. 아득하게 들려오는 종소리.

"그래요, 그렇게 하지요."

노파는 다시 마음을 가다듬고 재잘거리기 시작했습니다.

"누구한테 이야기라는 걸 해본 지가 정말 오래되었군요. 첫 남편과의 사이에서 태어난 에밀한테가 고작이었죠. 그런데 에밀 녀석도 폐결핵으로 죽어버렸어요. 어쩔 도리가 없는 일이었어요. 살아 있다면 당신 연배쯤 됐을 테지요. 아니면 베크 신부님과 비슷한 연배일지도. 하지만 이젠 당신이나 베크 신부님을 내 아들이라고 생각하겠어요. 에밀에 이어 마르쿠스가 곧바로 태어났지만 그 앤 사흘 만에 죽어버렸거든요. 조산이었죠. 여섯 달밖에 안 되어 태어났으니까요. 호블러 박사는 그 가엾은 놈한텐 그게 최선이었다고 말하더군요."

이런 식으로 갈피를 잡을 수 없는 요설이 한동안 계속되었습니다.

"말씀하십시오, 슈로트 부인, 어서 말씀하세요."

신부는 창 앞에 꼼짝 않고 앉아서 낮은 베이스로 경고했습니다.

모세처럼 무성한 잿빛 수염을 이따금 쓰다듬으면서, 또 후덥지근한 방 안 공기에다 진한 마늘 냄새를 더하면서.

"곧 종부성사에 들어가야 합니다!"

그때 그녀는 불현듯 오만한, 사뭇 귀족적인 위엄을 보였습니다. 자그마한 고개를 약간 추켜세우기까지 하면서 눈을 번득였어요. 그러고 나서 말했습니다.

"나는 스탠츨리 가문에서 태어났습니다. 내 할아버지는 분리파(分離派) 내전[*] 때에 에쇼츠마트[**]로 퇴각한 바 있는 스탠츨리 대령이었고요, 내 언니도 1차 대전 당시 취리히 참모였던 스튀시 대령한테 시집을 갔었답니다. 스튀시 대령이라면 울리히 빌레[***] 장군과 호형호제하는 사이지요. 빌헬름 황제를 친히 알았던 위인이고요. 당신도 알 만한 인물일 겁니다."

"물론 알고말고요."

나는 지겨움을 느끼며 건성으로 대꾸했습니다.

"당연한 일이지요."

그 늙은 빌레 장군이며 빌헬름 황제가 나랑 무슨 상관이 있담, 하는 생각이 들었습니다. 제발 이젠 후원금 문제나 털어놓으시지, 이 할망구야. 담배라도 피울 수 있다면 좋으련만. 지금은 작은 주엘디에크[****]가 제격이겠어. 이놈의 병원 분위기와 마늘 냄새에다 원시림의 공기라도 불어넣게끔.

---

[*]   1843년에 가톨릭세의 일곱 개 주가 맺은 비밀 동맹(Sonderbund)을 타파한 전쟁으로 다수를 차지한 자유주의 세력 의회에 의해 1847년에 무력으로 해체됨
[**]   알프스 중부의 작은 마을
[***]   Ulrich Wille(1848~1925), 스위스의 장군으로 1907년 이후 스위스 연방공과대학(ETH)의 교수로 재직했으며 저서 《스위스 연방의 병역 제도》(1898)는 현재 스위스 병역 제도의 기초가 됨
[****] 담배 이름

신부는 집요하게 지치지도 않고 반주(伴奏)를 넣었습니다.

"말씀하십시오, 슈로트 부인, 말씀하세요."

"알아두셔야 할 건……."

노부인은 말을 이었습니다. 그때 그녀의 얼굴엔 이상스럽게도 한에 맺힌, 실로 증오에 찬 표정이 내비쳤어요.

"이 모든 일이 내 언니랑 스튀시 대령 탓이라는 사실입니다. 언니는 나보다 열 살 위니까 지금 아흔아홉이지요. 얼마 안 있으면 첫 미망인이 된 지 40년이 되는 셈이죠. 취리히 산지에 있는 별장에 살면서 브라운 보버리의 주식들과 반호프가(街)의 절반 정도까지 영향력을 미치고 있답니다."

이어서 곧 죽어갈 이 노파의 입에서는 불쾌한 장광설이, 실로 감히 입으로 옮기지도 못할 추잡한 욕설이 폭포처럼 터져나왔습니다. 동시에 노파는 몸을 약간 곧추세웠습니다. 분노를 분출시키는 쾌감에 정신이 빠져 새하얀 백발 노파의 자그만 얼굴이 원기 왕성하게 요동을 쳤어요. 하지만 그녀는 곧 안정을 되찾았습니다. 다행스럽게도 그때 간호사가 들어섰거든요.

"자, 자, 슈로트 부인, 흥분하지 마십시오. 진정하세요."

노파는 고분고분 따랐습니다. 그리고 다시 우리끼리만 있게 되자 살그머니 손짓하며 말하기 시작했어요.

"저 꽃들은 몽땅 언니가 보낸 거랍니다. 오로지 나를 격분시킬 속셈으로. 언니는 내가 꽃을 좋아하지 않는다는 걸 너무 잘 알고 있거든요. 난 쓸데없는 지출을 싫어하니까요. 그렇다고 선생이 지금 짐작하시듯 우리가 대놓고 싸웠던 적은 실은 한 번도 없어요. 우린 항상 서로에게 친절하고 다정하게 대했지요. 물론 순전히 악의에서 그러긴 했지만.

스탠츨리 가문 사람들은 서로가 아무리 참을 수 없는 사이라도 이처럼 예의 바르게 구는 특성을 지니고 있답니다. 그들의 예의 바름은 단지 서로를 괴롭히고 처절하게 고문을 가하는 방법일 뿐이지만요. 다행스런 일이에요. 우리가 그렇듯 엄격히 예의를 지키는 가문 출신이 아니었다면 필시 생지옥이 되었을 테니까요."

"말씀하십시오, 슈로트 부인."

화제를 바꾸려고 신부는 다시금 경고했습니다.

"종부성사가 기다리고 있습니다."

이젠 가느다란 주엘디에크가 아니라, 내 애호품인 큼지막한 바이아노스를 태우고 싶은 마음이 굴뚝같았습니다.

"나는 95년에 이미 고인이 된 갈루저와 쿠어시에서 결혼했습니다."

냇물처럼 조잘대는 이야기가 끝없이 이어졌습니다.

"의학박사였지요. 그것부터가 언니가 대령에게 불만을 느끼게 된 요인이 되었지요. 품위가 모자란다는 걸 언니는 뼈저리게 느끼고 있었거든요. 1차 대전이 끝난 직후였습니다. 언니는 갈수록 참지 못할 지경에 이르렀고, 막상 대령이 인플루엔자에 걸려서 죽자 진심으로 이 무인(武人)의 죽음에 찬양을 보냈습니다."

"말씀하십시오, 슈로트 부인, 말씀하세요."

신부는 늦추지 않고 다그쳤어요. 그렇다고 성급한 기색을 드러내는 것은 아니었습니다. 이처럼 갈피를 잡을 수 없는 횡설수설에 대해 기껏 일말의 서글픔을 내비치는 것뿐이었죠. 그러는 동안 나는 멍한

상태에 빠져 있다가 이따금 잠결에서 깨어나듯 후다닥 정신을 차리
곤 했고요.

"종부성사를 생각하십시오, 말씀하세요, 말씀하십시오."

참으로 어쩔 도리가 없었습니다. 자그마한 노파는 임종 자리에
누워 조잘거림을 계속했습니다. 이불 밑으로는 호스를 주렁주렁 매
단 채 가느다란 쇳소리로 지치지도 않고 밑도 끝도 없는 요설을 늘
어놓는 거였어요.

그제껏 내가 생각할 수 있었던 건 어떤 선량한 경찰관에 대한 별
볼 일 없는 이야기가 나오고 이어서, 그것도 아흔아홉 살짜리 언니를
격분시킬 심산으로 몇 천 프랑켄*의 기금을 희사하겠다는 통고가 나
오리라는 것 정도였습니다. 그래서 나는 망연히 기대하고 있었습니
다. 심심한 감사의 말로 답할 태세를 갖추고 비현실적인 흡연 욕구를
단호히 억제하면서. 그래도 완전한 절망에 빠지지 않겠다고 다짐하
면서. 나는 아내와 딸과 함께 '크로넨할레'에서 가질 익숙한 애피타
이저와 길들여진 일요일 외식을 갈망하고 있었지요.

"그러고 나서 나는 첫 남편, 그러니까 고인이 된 갈루저가 죽은
뒤, 지금은 역시 고인이 된 슈로트와 결혼했어요."

그사이에 노파는 대충 이렇게 수다를 계속했습니다.

"우리 집에서 운전사랑 정원사를 겸해 일하던 사람이었지요. 아
무튼 낡고 큰 저택에서 남자들이 해치워야 할 온갖 일, 이를테면 불
을 때고 유리창을 고치는 일 등을 그가 도맡아 해왔답니다. 언니는

---

* 프랑스(프랑), 벨기에, 스위스 등에서 쓰인 화폐 단위

쿠어시로 와서 결혼식에까지 참석했지만 그 사실만은 까맣게 몰랐어요. 그런데도 언니는 그 결혼에 대해 꽤나 약 올라 했어요. 정작 나를 약 올리려고 이번에도 언니 편에서 시치미를 딱 떼긴 했지만 나는 그 점을 분명히 알고 있었어요. 어쨌든 나는 그렇게 해서 슈로트 부인이 되었답니다."

그녀는 한숨을 내쉬었습니다. 바깥 복도 근처에서 간호사들의 노랫소리가 들려왔습니다. 강림절 송가였어요.

"고인이 된 그 사람과의 결혼 생활은 실로 조화를 이룬 것이었답니다."

간호사의 합창 몇 소절을 귀 기울여 들은 뒤 노파는 이야기를 계속했습니다.

"하긴 그 사람 편에서는 지금 내가 짐작하고 있는 것보다 훨씬 힘겨운 생활이었는지도 모르지만요. 우리가 결혼하던 당시 알베르트는 스물세 살이었고, 1900년 생이었거든요. 난 이미 쉰세 살이었답니다. 그렇긴 해도 그 결혼은 그에겐 최선의 길이었어요. 그는 고아였습니다. 입 밖에 내고 싶지도 않지만 어머니는 바로 그런 직업의 여자였고 아버지는 생면부지였대요. 이름조차 몰랐다나요.

그 옛날에 내 첫 남편이 열여섯 살짜리 소년이었던 그를 고용했었어요. 이미 학교 생활은 기본 이하로 뒤처져 있었고, 읽기나 쓰기조차 터득하지 못한 소년이었지요.

그러니 한마디로 결혼이야말로 가장 산뜻한 해결책이었습니다. 어차피 과부란 쉽사리 구설수에 오르게 마련이잖습니까. 아무리 알베르트랑 나 사이에 아무 일이 없다손 쳐도 말이죠. 결혼하고 난 뒤에도 우리 사이는 마찬가지였죠. 그거야 우리의 나이 차로 봐서 자명한 일 아니겠어요?

그런데 내 재산이라는 게 빠듯했습니다. 취리히와 쿠어에 있는 내 명의로 된 집들에서 나오는 집세로 꾸려나가려면 내가 살림을 도맡아야 했어요. 한데 알베르트로 말할 것 같으면, 그 생존 경쟁판에서 뭘 할 수 있었겠어요? 필시 패배자가 됐을 테지요. 그러니 기독교도로서 내가 책임을 져야지요.

그렇게 우린 서로를 존중하며 어울려 살았습니다. 그는 계속 집과 정원을 돌보며 지냈고요. 체구가 당당한 사내였지요. 칭찬을 안할 수가 없군요. 키 크고 단단한 몸집에 늘 품위 있고 점잖게 옷을 챙겨 입었답니다. 나로서는 그가 부끄러울 게 없었어요. 하긴, '그럼요, 마마', '당연하죠, 마마' 따위의 짤막한 말밖에는 거의 아무 말도 하는 법이 없었지만요. 그렇지만 그는 늘 고분고분했고 과음하는 법도 없었어요. 다만 식사만은 왕성하게 즐겼지요. 특히 국수 종류를, 도대체 밀가루로 된 것은 모조리. 그리고 초콜릿을요. 그것만이 그가 미친 듯 좋아하는 거였어요.

하지만 그 밖엔 그는 착실한 남편으로 평생 동안 그렇게 머물렀답니다. 4년 뒤 언니가 결혼한 운전사보다 훨씬 순종적이고 착한 남편이었죠. 언니는 대령을 남편으로 두었던 미망인으로서 그의 운전사랑 결혼했는데, 그 사람도 겨우 서른 살이었답니다."

"본론을 말씀하십시오, 슈로트 부인."

인정사정없는 신부의 목소리가 한결같이 창 쪽에서 날아왔습니다. 마침 노파가 잠시 입을 다물었거든요. 아마 좀 지쳤던 모양이에

202

요. 그런 한편 나는 우직하게도 여전히 가난한 경찰관들을 위한 기금 설립을 기다리고 있었습니다.

슈로트 부인은 고개를 끄덕이면서 얘기를 이어갔지요.

"국장님, 그런데 말씀입니다, 40대에 들어서면서 알베르트는 점차 엉망이 되어갔습니다. 그에게 무엇이 부족했는지는 지금도 알 수 없는 일이에요. 아무튼 그의 머릿속 뭔가가 손상되었던 모양입니다. 그는 갈수록 둔해지고 말을 잃어갔어요. 멍하니 앞을 응시하면서 때로는 며칠이고 말 한마디 하지 않을 때도 있었어요. 다만 으레 해오던 자기 몫의 일만 처리할 뿐이었지요. 그러니 나로서는 꼬집어서 욕을 할 수도 없었어요.

하지만 그는 몇 시간이고 자전거를 타고 돌아다니곤 했습니다. 어쩌면 전쟁이, 아니면 군에서조차 받아주지 않던 자신의 처지가 그의 마음을 혼란스럽게 했는지도 모르지요. 남정네 마음속에서 벌어지는 일을 우리네가 알 게 뭡니까!

아울러 그는 점점 더 탐식을 하게 되었습니다. 다행히 우리는 닭도 기르고 토끼도 기르고 있었어요. 그러던 중 알베르트한테 지금부터 선생께 털어놓으려는 일이 벌어진 겁니다. 첫 번째는 전쟁이 끝나갈 무렵이었어요."

다시금 간호사와 의사가 병실로 들어서는 통에 그녀는 입을 다물었습니다. 간호사와 의사는 기계 뒤로 가보기도 하고 노파 뒤쪽을 살펴보기도 했습니다. 일요일 당직이었던 의사는 그림책에서 갓 빠져나온 듯한 금발의 독일인으로 유쾌하고 신선한 태도로 회진 중이었지요.

"어떠세요, 슈로트 부인. 용기를 잃지 마십시오. 아주 놀라운 경과를 보이고 있습니다. 놀랍군요, 놀라워. 기운을 잃지만 마십시오."

그리고 그는 자리를 떴습니다. 간호사가 그를 뒤따랐지요. 그러자 신부의 경고가 들렸습니다.

"말씀하십시오, 슈로트 부인, 말씀하세요. 11시에 종부성사입니다."

종부성사 따위에 대해 노파는 조금도 불안해하는 기색이 아니었습니다.

"그는 몇 주일 동안 군인의 아내였던 내 언니를 위해 취리히로 달걀을 날라야 했습니다."

노파는 다시 입을 떼었습니다.

"가엾은 알베르트, 그럴 때면 자전거 뒤칸에 바구니를 묶어서 떠났다가 저녁녘에 되돌아오곤 했지요. 아침 일찍 떠났으니까 5~6시쯤엔 돌아왔어요. 항상 점잖게 까만 양복을 차려입고 둥근 모자를 쓰고. 그가 즐겨 부르는 노래, 〈나는 스위스의 소년, 내 조국을 사랑하리〉를 휘파람으로 불면서 쿠어시를 통과해 마을로 빠져나갈 때면 모두가 그에게 상냥하게 인사를 건넸지요.

때는 한여름 어느 무더운 날이었습니다. 국경일이 이틀 지난 뒤였어요. 그때 그는 자정이 넘어서야 귀가했어요. 그가 목욕탕 안에서 하도 오랫동안 수선을 피우며 씻는 소리가 들리기에 건너가보았지요. 그런데 알베르트가 온통 피투성이가 되어 있는 거예요. 옷가지들까지도요.

'맙소사, 알베르트' 하고 나는 물었지요. '대체 무슨 일이 벌어졌던 거야?' 그는 눈을 멀뚱히 뜨고 바라보다가 이어서 이런 말을 했어요.

'사고가 났어요, 마마. 괜찮을 겁니다. 가서 주무세요, 마마.' 나는 의아하긴 했어도 아무런 상처도 보지 못했기 때문에 잠자리에 들었어요.

하지만 다음 날 아침 우리가 식탁에 앉아 있을 때였어요. 그는 늘 그렇듯 한꺼번에 달걀 네 개에다 잼을 바른 빵을 먹고 있었지요. 그때 나는 신문에서, 장크트갈렌에서 한 어린 소녀가 면도칼로 추정되는 도구로 살해되었다는 기사를 읽었습니다. 그러자 아닌 게 아니라 그가 어젯밤 목욕탕에서 면도날을 씻고 있었다는 생각이 후딱 떠올랐어요. 그는 늘 아침마다 면도를 하곤 했었는데요. 홀연히 그 생각이 떠올라 퍼뜩 각성을 한 나는 정색을 하고 알베르트를 마주 보며 '알베르트, 네가 장크트갈렌주에서 이 소녀를 죽인 거구나'라고 말했지요. 그러자 그는 달걀과 잼 바른 빵, 그리고 오이 먹던 걸 중단하고 '그렇습니다, 마마. 그럴 수밖에 없었어요. 하늘의 음성이 들렸거든요'라고 말하지 않겠어요. 그리고 먹는 일을 계속했어요.

나는 그가 그토록 깊이 병들어 있다는 데 당황했습니다. 죽은 소녀가 불쌍했어요. 지힐러 박사한테 전화를 걸 생각도 했었지요. 늙은 의사 말고 그 아들 말이에요. 아들은 아주 유능한 데다 동정심이 많거든요. 하지만 곧이어 나는 언니를 머리에 떠올렸습니다. 언니야말로 쌍수를 들어 환호하겠지. 자기 생애 최고의 날이 되겠지. 그래서 결국 단호하고 엄하게 알베르트를 대하며 알아듣게 말했어요. '다시 그러면 안 돼. 결코, 절대로 그런 일이 또 있어선 안 돼'라고. 그러자 그는 '알았어요, 마마'라고 답했어요.

'대체 어쩌다 그렇게 된 거야?'라고 나는 물었어요. 그는 말했어요. '바트빌 마을을 경유해서 취리히로 가는 길에 늘상 한 소녀를 만나곤 했지요. 빨간 치마를 입고 금발 가랑머리를 한 소녀였어요. 그건 한참을 돌아서 가는 길이었지만, 어느 숲 가까이에서 그 소녀를 만나 알게 된 뒤로는 늘상 이 우회로를 택할 수밖에 없었어요. 하늘의 음성이 들렸거든요. 그 음성은 내게 그 아이랑 같이 놀라고 명령했어요. 그다음에 하늘의 음성은 초콜릿을 나눠주라고 명하데요. 그러고는 그 소녀를 죽일 수밖에 없었어요. 모든 게 하늘의 음성 때문이었지요, 마마. 그다음에 이웃한 숲속으로 가서 캄캄해질 때까지 덤불 밑에 누워 있었어요. 그러고 나서 당신한테 돌아온 거지요, 마마.'

나는 '알베르트, 이제부턴 자전거를 끌고 언니한테 가는 일은 그만둬. 달걀은 우편으로 부치도록 하지'라고 말했어요. 그는 '그렇게 하지요, 마마'라고 말하고는 잼을 잔뜩 바른 빵 한 조각을 들고는 마당으로 가버렸어요.

'아무래도 베크 신부님한테 가봐야겠어'라고 나는 생각했지요. 신부님더러 알베르트에게 따끔하게 말씀 좀 해주십사 청하려고요. 하지만 창밖을 내다보니 바깥 뙤약볕 속에서 알베르트가 너무나 충실하게 자기 일을 하고 있었어요. 말없이 조금은 슬픈 기색으로 토끼장을 손보고 있는 그의 모습과 또 온 마당이 번쩍번쩍 깨끗해진 걸 보자 생각을 달리했지요.

'이미 쏟아진 물을 다시 담을 순 없지. 알베르트는 착실한 사람인걸. 근본적으로 선량해. 또 그런 일이 일어날 리도 없고.'"

그때 다시 한번 간호사가 병실에 들어와 기계를 검사하고 호스를 가지런히 했습니다. 베개에 파묻힌 노파는 새삼스레 탈진해버린 모습이었어요.

나는 숨도 크게 쉬지 못했습니다. 모르는 새에 얼굴 위로 진땀이 줄줄 흘러내렸어요. 새삼 추위가 느껴졌습니다. 이 노파한테서 기금 회사를 기대했다니. 그 생각을 하니 갑절로 내 자신이 가소롭게 여겨졌어요. 게다가 엄청나게 많은 꽃들, 온갖 종류의 붉고 흰 장미, 타는 듯한 글라디올러스, 탱알 꽃, 백일홍, 카네이션……. 어디서 이 모든 꽃이 왔는지……. 난초가 잔뜩 꽂힌 꽃병 하나가 무의미하게 오만한 모습으로 서 있었습니다. 커튼 뒤쪽에서 비치는 햇볕, 요지부동 우람한 신부, 마늘 냄새……. 갑자기 미칠 것만 같았습니다. 이 노파를 체포하고 싶어졌어요. 하지만 그 모든 게 무슨 의미가 있겠어요? 종부성사를 앞둔 마당에……. 그렇게 나는 일요일 예복 차림으로 엄숙하게 꾸어다 놓은 보릿자루처럼 앉아 있었습니다.

"말씀을 계속하십시오, 슈로트 부인."

신부는 성급하게 재촉했습니다.

"말씀을 계속하십시오."

그리고 그녀는 얘기를 계속했습니다.

"그 후 과연 알베르트는 한결 나아졌습니다."

그녀는 차분하고 부드러운 음성으로 얘기를 늘어놓았습니다. 그건 마치 두 어린아이를 놓고 동화를 들려주는 것 같은 분위기였지요.

선과 마찬가지로 악과 부조리 역시 기적처럼 벌어지는 그런 동화 말입니다.

"그는 다시는 취리히로 가지 않았어요. 하지만 2차 대전이 끝났을 때, 우리는 내가 38년에 구입했던 차를 다시 쓸 수 있게 되었습니다. 고인이 된 갈루저의 차가 너무나 유행에 뒤졌기에 사들였던 거였어요. 그래서 알베르트는 우리 뷰익*에 나를 태우고 다시 돌아다니게 되었던 거랍니다.

우리는 언젠가 한번 아스코나의 타마로까지 여행을 했습니다. 그때 그처럼 드라이브를 즐기는 모습을 보니, 그를 다시 취리히로 가게 할 수도 있겠다는 생각이 들었어요. 뷰익을 타면 그렇게 위험할 것도 없어. 이걸 몰려면 정신을 집중해야 하는데 그러노라면 하늘의 음성도 들을 턱이 없지. 그렇게 해서 그는 다시 차를 몰고 언니 집으로 달걀을 배달했어요. 늘 그렇듯이 충실하고 착실하게. 때로는 토끼도 날랐고요.

그런데 유감스럽게도 돌연 그가 다시금 자정이 지나 귀가하는 일이 벌어졌습니다. 나는 당장 차고로 가보았지요. 얼핏 짚이는 데가 있었거든요. 최근 들어 그가 갑자기 다시 봉봉 주머니에서 초콜릿을 끄집어내기 시작했기 때문이었어요. 과연 차고에서 알베르트는 차 내부를 씻어내고 있는 중이었어요. 온통 피범벅이었어요. '또다시 소녀를 죽였구나, 알베르트'라고 나는 입을 떼며 아주 심각한 표정이 되었어요. '마마' 하고 그가 말하겠지요. '걱정 마요. 장크트갈렌주에서가 아니고 슈비츠주에서였어요. 하늘의 음성이 그러라고 했거든요. 이번 소녀도 빨간 치마 차림에 금발 가랑머리였어요.'

그렇지만 나는 걱정을 안 할 수가 없었습니다. 지난번보다 그를 훨씬 엄하게 대했어요. 무섭게 화를 냈지요. 그에겐 한 주일 동안 뷰익 사용을 금지했습니다. 그리고 내가 직접 베크 신부님께 갈 작정이

---

* 미국의 자동차 생산업자 데이비드 뷰익(David Buick, 1845~1929)의 이름을 딴 차종으로 1903년 뷰익 자동차 회사로 창립되었고 후에 제너럴 모터스로 인계됨

었어요. 결심을 했었지요. 하지만 아무래도 언니가 환호작약할 것 같았습니다. 그럴 수는 없었어요. 그래서 그냥 알베르트를 한층 엄중하게 지키기로 작정했어요.

그후 이태 동안은 정말 변함없이 지냈습니다. 그가 마침내 또 한 번 하늘의 음성에 복종한답시고 그런 짓을 저지를 때까지는. 알베르트는 풀이 죽은 모습으로 눈물을 흘렸어요. 하지만 나는 봉봉 주머니에서 초콜릿이 없어진 걸 보고 금세 사실을 알아차렸지요. 이번엔 취리히주의 한 소녀였습니다. 역시 빨간 치마 차림에 금발 가랑머리를 한. 엄마들이 아이 옷차림에 그토록 무신경하다니, 믿을 수가 없는 일이에요.”

“그 소녀 이름이 그리틀리 모저였습니까?”

나는 물었습니다.

“그리틀리라는 이름이었어요. 그리고 앞서 죽은 아이들은 소냐와 에벨리였고요.”

노부인은 대답했어요.

“나는 그 이름들을 전부 외웠지요. 하지만 알베르트는 갈수록 고약해졌습니다. 도망을 치기 시작했어요. 나는 매사에 그의 귀에 못이 박히도록 몇 번씩 일러야만 했고요. 하루 종일 어린애를 상대하듯 그를 꾸짖지 않을 수 없었어요.

그러던 49년인가 50년인가의 일이었습니다. 정확히는 기억이 안 나요. 그리틀리 사건이 있은 뒤 불과 몇 달 뒤였지요. 그는 또다시 불안하고 산만해졌습니다. 닭장까지 엉망이었어요. 닭 모이조차 제대로 챙겨주지 않는 통에 닭들이 얼마나 요란하게 꽥꽥거렸는지. 그런데도 그는 연방 우리 뷰익을 몰고 오후 내내 헤맸습니다. 바람 좀 쐬러 간다고만 말할 뿐. 그러다가 나는 문득 봉봉 주머니에서 초콜릿이 또 없어졌다는 걸 깨달았어요. 그래서 몰래 그의 동정을 살폈지요. 그러다가 알베르트가 만년필처럼 면도칼을 꽂고서 살그머니 거실로 들어오는 것을 보고 다가가 말했어요. '알베르트, 또다시 소녀를 하나 찾아냈구나'라고. '하늘의 음성이지요, 마마'라고 그는 대꾸했어요. '이번만 나를 제발 그냥 내버려둬줘요. 이건 하늘에서 온 명령이에요, 명령이라니까요. 이 소녀도 빨간 치마를 입은 데다 금발의 가랑머리거든요.'

'알베르트' 하고 나는 단호히 말했어요. '난 그냥 놔둘 수 없어. 그소녀가 어디 있지?' '여기서 멀지 않은 곳이죠, 주유소에요'라고 알베르트는 말했어요. '제발, 제발, 마마, 명령에 따르게 해주세요' 하고 알베르트는 애원했어요. 나는 강경해졌습니다. '다른 말 마, 알베르트, 너는 나한테 약속을 했어. 당장에 닭장 청소를 하고 닭들에게 제대로 모이를 주라고.'

그때 알베르트는 분노를 터뜨렸습니다. 어쨌거나 평소에는 제법 평화로웠던 우리 결혼 생활 이후 처음으로 '나는 당신 머슴에 지나지 않는단 말야!' 하고 악을 썼어요. 그는 그토록 병들어 있었던 겁니다. 그러고 나서 그는 봉봉과 면도칼을 지니고 뷰익이 있는 데로 달려 나갔던 거예요.

15분 후에 벌써 전화가 걸려왔습니다. 그가 화물차와 충돌해서 즉사했다는 거였어요. 베크 신부님이 오셨고 빌러 경사가 왔어요. 빌러 경사는 특히 섬세한 감정을 지닌 사람이었지요. 그래서 나는 유언장에다 쿠어 시경에 5천 프랑켄을 유증키로 했지요. 또 취리히 시경에도 5천 프랑켄을요. 사실 그곳 프라이에가(街)에 집이 몇 채 있었으니까요. 그리고 당연히 언니도 운전사를 대동하고 왔어요. 나를 격분시키려는 거였죠. 언니는 장례 기간 내내 내 기분을 망쳐놓았어요."

나는 멍하니 노파를 바라보았습니다. 이젠 다행히도 줄곧 기대했던 기금까지 들어오게 된 판이었지만, 나는 한층 별난 방식으로 조롱받은 듯한 기분이었습니다.

그때 마침내 교수님께서 의사와 두 간호사를 데리고 들어왔습니다. 우리는 밖으로 퇴장당했고요. 그래서 나는 슈로트 부인과 작별을 했습니다.

"몸성히 지내십시오."

나는 아무 생각 없이 말을 했습니다. 머릿속은 되도록 빨리 빠져나가고 싶다는 갈망에 꽉 차 있었고, 그 말에 그녀는 쿡쿡 웃기 시작했고 교수는 이상하다는 투로 나를 훑어보았어요. 실로 곤혹스런 장면이었지요. 노파와 신부, 거기 모인 모두를 마침내 떠나게 되자 나는 후련한 기분으로 복도에 이르렀습니다.

여기저기 포장된 꾸러미와 꽃을 든 면회객들이 보였습니다. 병원 냄새가 났어요. 나는 도망치듯 서둘렀습니다. 출구가 가까워졌는데, 벌써 정원으로 나선 듯한 착각에 빠졌어요.

하지만 그때, 둥근 동안(童顏)에 모자를 쓰고 점잖은 검은 양복 차림을 한 우람한 사내가 부들부들 떠는 주름투성이 노파를 휠체어에 태워 복도를 따라 밀고 오고 있었습니다. 파파 할멈은 밍크코트 차림에 무지무지하게 큰 꽃다발을 한 아름 안고 있었고요. 어쩌면 그들은 아흔아홉 살짜리 그녀의 언니와 남편인 운전사인지도 모를 일이었죠. 나는 흠칫 놀라서 그들이 특실로 사라질 때까지 그 뒷모습을 망연자실하여 지켜보았습니다.

그리고 나는 곧 달음박질을 하다시피 뛰쳐나와 뜰을 지나고, 휠체어를 탄 환자들, 회복기에 있는 환자들, 면회객들을 지나쳤습니다. 그리고 이윽고 '크로넨할레'에 와 앉아서야 겨우 안정을 되찾았습니다. 갈아 만든 완자 수프를 먹으면서.

32

'크로넨할레'에서 나는 쿠어시로 직행했습니다. 어쩔 수 없이 아내랑 딸과 함께 말이죠. 일요일이라 오후를 같이 지내겠노라 약속했었거든요. 하지만 뭐라고 해명할 생각은 없었습니다. 나는 한마디 말도 않고 속도위반으로 달렸습니다. 어쩌면 아직은 구원의 여지가 있을지도 몰랐으니까요.

하지만 내 식구들은 주유소 앞 차 안에서 오래 기다릴 필요조차 없었습니다. 술집 안은 요란스레 붐볐어요. 안네마리가 막 힌델방크 감호원에서 되돌아온 참이었거든요. 불량스런 놈팡이들이 우글대고 있었습니다.

추운 날씨인데도 마태는 작업복 차림으로 벤치에 앉아 꽁초를 태우며, 압생트* 냄새를 풍기고 있었습니다. 나는 그의 곁에 앉아서 간단하게 요점을 들려주었어요. 하지만 이젠 이미 어쩔 도리가 없었습니다. 그는 내 말에 귀를 기울이지도 않는 기색이었어요. 나는 잠시

---

* 프랑스, 스위스 등의 산에서 나는 압생트 쑥의 꽃이나 잎으로 향미를 낸 녹색 술

망설이다가 결국 오펠 카피텐 있는 데로 돌아와 쿠어 방면으로 차를 몰았습니다. 식구들이 시장기를 참지 못하고 있는 상태였거든요.

"그 사람, 마태 아니었나요?"

늘 그랬듯이 아무것도 모르는 아내가 물었습니다.

"바로 그 사람이야."

"난 그 사람이 요르단에 가 있는 줄 알았어요."

아내가 말했어요.

"그 사람은 떠나지 않았어, 여보."

쿠어시에서 우리는 주차하느라 애를 먹었습니다. 제과점은 초만원이었어요. 온통 취리히 사람들이었지요. 여기까지 와서 비지땀을 흘리며 배를 채우고 있는 사람들. 게다가 악을 써대는 어린이들. 하지만 우리는 그나마 좌석을 하나 찾아내고 차와 비스킷을 주문했습니다. 하지만 아내는 다시 한번 종업원을 불러 세웠어요.

"아가씨, 초콜릿 봉봉 2백 그램도 갖다줘요."

내가 거기에 손도 대지 않자 아내는 좀 어리둥절해하는 것 같았어요. 죽어도 먹을 수가 없었습니다.

자, 선생, 이제 당신이, 당신 뜻대로 이 이야기를 시작하실 수 있을 겁니다.

"엠마, 여기 계산서를……."

사고(事故)

아직도 가능한 이야기

1

아직도 가능한 이야기들, 작가가 쓸 수 있는 이야기들이 있을까?

자신에 관해서는 털어놓기를 거부하는 작가의 경우는 어떨까? 그는 자신의 자아를 낭만적이고 서정적인 방식으로 보편화하려 하지 않으며, 자신의 희망이나 좌절에 대해, 여자들 곁에 눕는 자신의 버릇에 대해 시시콜콜하게 털어놓아야 할 의무감을 아예 느끼지 못한다(마치 솔직함이 이 모두를 보편화해주기라도 하는 듯. 그래봤자 기껏 의학적·심리적 분야로 옮겨 앉는 것, 그 이상이 될 수 없을 뿐인 것을). 그럴 뜻은 아예 없이, 그는 신중하게 뒤로 물러서서 사적인 부분은 깍듯이 제쳐놓고 마치 조각가가 재료를 다루듯 자기 앞의 소재에 임하여 오직 그것에만 매달려 앞으로 나아가려 한다. 여기저기 노출되는 노골적인 무의미함을 부인하기 어려우면서도 일종의 고전주의자가 되어, 당장 절망하지 않으려고 기를 쓰는 것이다. 이런 작가의 경우, 창작은 한결 힘들어지고 외로워지며 또한 무의미해지기 마련이다.

문학사 고득점에 관심이 있어서는 아니다. 일찍이 좋은 점수를 받아보지 않은 작가가 어딨으랴. 서툰 졸작이 훈장을 받지 않은 예가 어딨으랴. 그보다는 현안 요구가 더 큰 비중으로 몰려오기 때문이다. 바로 이 대목에 딜레마가, 불리한 시장 정세가 자리 잡고 있기 때문이다.

저녁 시간의 영화관, 일간지 오락란에 실린 시구, 이런 순전한 오락물들이 훨씬 후한 값으로 삶을 제공해주고 있는 판이다. 그런데도 사회적으로 보면, 이미 단 한 푼에서부터 영혼을 출자할 것이 요구되고 있다. 고백이, 다름 아닌 솔직성이 요구되고 있는 것이다. 또 한층 차원 높은 가치나 도덕률이며 쓸 만한 교훈들이 제공되어야 하고, 기독교 정신이든 유행성 절망이든 그 무엇인가가 극복되거나 긍정되어야 한다. 이 모든 것을 통틀어 문학이라 칭하는 것이다.

하지만 이런 것을 생산해내기를 점점 더 완강하게 거부하는 작가의 경우는? 그는 창작의 근거가 자신에게 있다는 것을, 그때그때 처방된 상황에 몸담은 자신의 의식과 무의식에, 믿음과 회의에 있다는 점을 분명히 알고 있긴 하다. 하지만 그는 바로 이런 것이야말로 실로 독자와는 무관한 것이며, 쓰거나 틀을 만들어 형상화하는 자신의 작업으로 족한 것이라고 여긴다. 입맛에 맞게 표면만을 보여주고 오로지 거기에 매달려 작업해야 한다는, 요컨대 입을 다물고 아무 주석도 달지 말고 수다도 떨지 말아야 한다는, 그런 견해를 갖고 있다. 이런 작가의 경우는?

이 같은 인식에 이를 때쯤이면 그는 말문이 막히고 주저주저하며 갈피를 잡을 수 없게 된다. 이는 실로 피할 도리가 없는 상황일 것이다. 이젠 더는 이야깃거리, 곧 소재(素材)가 없다는 예감이 솟구치고 심각하게 퇴장을 고려하게 될 것이다. 하긴 혹시나 아직도 몇 마디 문장쯤 쓰는 것은 가능할지도 모르겠다. 하지만 그 밖에는, 몇십

억으로 불어나는 인구 폭발, 지치지도 않고 제공되는 자궁들, 그나마 이런 것에 대해 궁리하며 접근하기 위해 생물학으로나 방향 전환을 고려해야 하지 않을는지. 아니면 우리가 시계추처럼 그 안에서 왕복하는 '세계'라는 틀에 관해 제대로 된 해명이라도 할 수 있기 위해 물리학이나 천문학으로 방향을 돌려야 할지도…….

그 나머지 것은 화보(畵報) 잡지들의 몫이다. 《라이프(Life)》, 《마치(Paris Match)》, 《퀴크(Quick)》, 《남과 여(Sie und Er)》를 위한 것. 산소막을 쓴 대통령, 뜰 안에 있는 불가닌* 아저씨, 놈팡이 비행사와 동석한 공주, 영화 스타들과 재벌들. 서로 뒤바뀔 수도 있고, 어느새 유행에 뒤져 화제에서 떨어져 나가는 인물들.

아울러 개개인의 일상. 내 경우로 보면 서구적, 정확히 말해 스위스적 일상. 찌푸린 날씨와 경제 호황, 걱정과 탄식. 사사로운 일상사로 받는 충격들, 그런데도 세상 전체와는 무관하며, 사물이나 불가해한 요소의 흐름이나, 숙명의 얽힌 문제를 푸는 일과는 무관한 충격들.

그 운명은 공연이 벌어지는 무대를 떠나버렸다. 무대 뒤로 물러나 통용되는 극작 기술 외곽에서 도사린 채 엿보고 있을 뿐, 무대 앞면에서는 모든 것이 불의의 사고와 질병, 위기로 화하고 있다. 심지어는 전쟁까지도 전자두뇌가 예보하는 이윤 여하에 따라 결정된다고 한다. 하지만 모르긴 해도, 설령 계산기들이 작동한다고 해도 종내 그런 일은 닥쳐오지 않을 것이다. 수학적으로는 오로지 패배만이 있을 수 있으니까.

---

* Nikolai Bulganin(1895~1975), 1955년 G. 말렌코프(G. Malenkov) 실각 후 초대 러시아 대통령이 됨

통탄할 일이로되, 변조 행위도 벌어질 수 있고 인공두뇌 안에 금지된 조작을 가할 수도 있다. 하지만 여기까지만 해도 그나마 다른 가능성에 비하면 덜 끔찍스런 경우라 할 수 있을 것이다. 나사 하나가 헐거워지거나 코일 한 가닥이 헝클어지는 경우, 작동 키가 엉뚱하게 반응하는 경우……. 이 같은 기술상 단절, 잘못된 전선 인식에서부터 오는 세상 몰락의 가능성을 생각해보라.

이렇듯 지금은 신이나 정의, 제5교향곡 운명이 위협하는 시대가 아니다. 그보다는 무수한 교통사고, 부실 공사에 따른 제방 붕괴, 방심한 한 기술자가 불러일으킨 원자탄 공장 폭발, 잘못 조절해놓은 부화기 등의 위협 속에 우리는 살고 있다. 우리가 걷고 있는 이 길은 이렇듯 사고(事故)들의 세계로 이어져 있는 것이다.

이 먼지투성이 길가, 발리 구두와 스튜드베이커,* 아이스크림 광고판들과 전몰자 기념비들 곁에서, 아직도 가능한 몇 가지 이야기들이 생겨나고 있다. 흔해 빠진 보통 얼굴에서 인류를 간파함으로써, 불운의 무의식중에 보편적인 것으로 확장함으로써, 법정이며 정의, 어쩌면 은총까지도 눈에 보이는 것으로 화하게 되는 것이다. 우연히 한 주정뱅이의 외눈 안경에 잡혀 반영되는 바람에…….

---

* 1852년 미국에서 마차 생산으로 출발한 기계 회사 이름으로, 1954년 파커드 모터사와 합자해서 확장하면서 당시로서는 최신형 자동차를 생산함

2

불운이었다. 무슨 악의가 개재된 것은 아니요, 이 경우도 다름 아닌 사고(事故)일 뿐이었다.

이름을 밝히자면 알프레도 트랍스. 직물 판매업에 종사. 마흔다섯 살. 비만이라고까진 할 수 없어도 보기 좋은 우람한 풍채. 약간은 유치하고 외판원 투를 내비치는 등 자주 직업상 숙달된 태도를 노출하긴 하지만, 합격점을 줄 만한 예의 바른 몸가짐.

우리와 동시대를 사는 이 친구는 바로 조금 전까지만 해도 자기 소유 스튜드베이커를 몰고 우리 나라 큰 국도 가운데 하나를 달리면서, 한 시간만 더 가면 자기 집이 있는 어느 중소 도시에 닿을 수 있으리라고 기대하는 처지였다.

그런데 그때 자동차가 스트라이크를 일으켰다. 한마디로 전진하지를 못했다. 빨간 래커 칠이 된 이놈의 기계는 오르막 도로가 시작되는 완만한 언덕바지 기슭에서 속수무책으로 버티더니 그대로 주저앉아버리고 말았다. 북쪽으로는 두터운 구름이 겹겹이 내리누르고 있는데, 서편에는 아직 해가 높이 떠 있어 사뭇 한나절 같은 기분을 주는 저녁 시간이었다.

트랍스는 담배를 한 대 피우고는 필요한 조처를 취했다. 한참 만에 스튜드베이커를 끌고 간 정비사는 고장 난 부위는 다음 날 아침은 되어야 완전히 고칠 수 있노라 설명했다. 가솔린 탱크에 이상이 생겼다는 것이다. 그 말의 사실 여부는 알아낼 수도 없거니와, 알아내려 한들 바람직하지 않은 일이었다. 완력이 횡행하던 시대의 도적 떼나, 더 까마득한 옛날 부락 수호신이나 아가의 손아귀에 모든 걸 맡길 수밖에 없었던 것과 마찬가지로, 지금 우리는 정비사들한테는 속수무책일 수밖에 없으니까 말이다.

트랍스는 이 지방에서 숙박하기로 마음을 정했다. 반 시간쯤 걸려 제일 가까운 역까지 가서, 얼마 걸리진 않아도 제법 복잡한 여정을 밟아 집으로 돌아간다는 것이 좀 귀찮은 기분이 들었다. 아내가 있고 모조리 사내놈인 네 아이가 있는 집이긴 했지만.

저녁 6시였다. 하지(夏至)가 가까워오는 무더운 날이었다. 정비 공장은 마을 입구에 자리 잡고 있었다. 숲으로 뒤덮인 작은 산기슭에 산재해 있는 마을, 정다운 풍경이었다. 그 한가운데 교회와 목사관이 있었고, 굵은 쇠사슬과 버팀목이 설치된 해묵은 상수리나무 한 그루가 서 있는 나직한 언덕이 보였다. 모든 것이 견실하고 참해 보였다. 심지어 농가 앞마당 퇴비 더미들까지도 정갈하게 손질되어 쌓여 있었다.

게다가 그 어딘가에는 작은 공장이 하나, 몇 군데 선술집과 시골 여관들이 있을 것이다. 그중 한 여관에 관해서는 트랍스도 이미 여러 번 그 명성을 들은 바가 있다. 하지만 여관방들은 이미 만원이었다.

가축 사육사들의 모임 탓이었다. 그래서 결국 이 직물 판매인은 오다 가다 손님을 받기도 한다는 어느 별장을 소개받기에 이르렀다.

트랍스는 망설였다. 기차를 타고 집으로 돌아갈 수 있는 시간적 여유는 아직 있었다. 하지만 모험을 겪고 싶다는 욕망 같은 것이 그를 유혹했다. 최근에 그로스비스트링겐에서 그랬듯이 작은 마을에는 직물 판매인을 제법 우러러봐주는 여자들이 종종 있지 않은가. 그래서 그는 새삼 활기에 차서 별장으로 통하는 길로 접어들었다. 교회에서 울려오는 종소리. 뒤뚱거리며 걸어오던 암소들이 그를 보고 '음매' 하고 울었다.

2층짜리 별장은 꽤 널찍한 정원 한복판에 자리 잡고 있었다. 눈부시게 새하얀 벽, 평지붕, 초록색 덧문. 집채는 덤불이며 너도밤나무, 전나무 들로 반쯤 가려져 있었고 길가 쪽으로는 화초들이, 그중에서도 주로 장미꽃들이 보였다. 그 사이로 집주인인 듯싶은 한 자그마한 노인이 앞치마를 두르고 뜰을 간단하게 손질하고 있었다.

트랍스는 자기소개를 하고 숙박을 청했다.

"직업이 뭐요?"

노인은 브리사고를 입에 물고서 울타리 쪽으로 다가와서 물었다. 정원 문을 채 넘기지 못하는 작달막한 키.

"직물 대행업을 하고 있습니다."

원시(遠視)인 사람이 흔히 그러하듯 노인은 테 없는 작은 안경알 너머로 눈을 모으고 트랍스를 훑어보았다.

"물론 선생께선 여기에 묵을 수 있소이다."

트랍스는 숙박비가 얼마냐고 물었다.

노인은, 보통 자기는 숙박비를 받지 않노라 설명했다.

"나는 혼자 산다오. 아들놈은 미국에 있고, 가정부 마드모아젤 시몬이 내 수발을 들고 있지요. 그러니 이따금 손님을 묵게 하는 것이 내겐 즐거움이외다."

직물 판매인은 고맙다고 인사했다. 손님을 환대하는 관습에 사뭇 감동을 느끼고는, 시골에서는 선조들의 미풍양속이 아직 완전히 사라지지는 않은 모양이라는 얘기까지 했다.

정원 문이 열렸다. 트랍스는 주변을 둘러보았다. 자갈길, 잔디, 크게 드리워진 그림자, 여기저기 햇볕이 비치고 있었다. 꽃밭 있는 데 이르자 노인은 오늘 저녁 손님 몇 사람이 올 거라는 말을 하고, 장미 둥치 하나를 정성스레 가지치기했다.

"이웃에 사는 친구들이 올 거요. 마을에 사는 이도 있고, 좀 더 멀리 산등성이에 사는 친구도 있지요. 나처럼 은퇴한 처지에 있는 친구들이라오. 다들 온화한 기후를 찾아 이리로 왔지요. 여기선 푄 바람을 피할 수 있으니 말이오. 모두 혼자 살아요. 홀아비들이지요. 그래서인지 새로운 뉴스거리, 신선하고 생기 있는 것에 대해 호기심이 많다오. 그러니 트랍스 선생을 우리 저녁 식사와 뒤이은 남성들의 파티에 초대할 수 있게 되어 기쁨이오."

직물 판매인은 말문이 막혔다. 그는 본디 명성이 자자하다는 바로 그 마을 여관에서 식사할 작정이었다. 하지만 아무래도 이 요청을 거절할 엄두가 나지 않았다. 뭔가 의무감을 느꼈기 때문이다. 무료로 숙박하는 대신 이 초대에 응해야만 할 것 같은 느낌이었다. 무례한 도시인으로 보이고 싶진 않았으니까. 그래서 그는 기쁜 기색을 했다.

집주인은 그를 2층으로 안내했다. 아늑한 방이었다. 깨끗한 세면 시설, 널찍한 침대와 탁자, 편안한 안락의자, 벽에 걸린 호들러*의 그림, 서가에 꽂힌 가죽 장정 고서들. 직물 판매인은 작은 여행 가방을 열고 면도기를 꺼내어 샤워를 하고 깨끗이 면도한 후에 오드콜로뉴**를 잔뜩 뿌리고 창가로 다가가 담배를 입에 물었다.

커다란 태양이 산등성이로 미끄러져 내리며 너도밤나무 언저리를 환하게 비추고 있었다. 그는 오늘 하루의 업무 실적을 단숨에 어림잡아보았다. 로타쉐르 주식회사에서 받은 주문……, 괜찮았지. 빌트홀츠와의 승강이……, 자식, 5퍼센트나 요구하다니, 원, 원, 목을 비틀어버려야지.

이어서 여러 가지 기억들이 떠올랐다. 일상적인 것들, 빗나간 것들. 투링 호텔에서의 계획적인 외도. 자기가 가장 귀여워하는 막내 녀석한테 전기 기차를 사줘야 할지 말아야 할지에 관한 문제, 아내한테 전화를 걸어 예기치 않은 체류에 관해 보고해야 할 예의상 문제, 아니 그보다는 의무. 하지만 그는 전화를 걸겠다는 생각을 단념했다. 흔히 그래왔듯이. 아내는 그런 덴 길이 들어 있었고, 어차피 그의 말을 믿으려 하지도 않을 게 뻔했다.

그는 하품을 하고는 담배 한 대를 더 피웠다. 그러고는 노신사 세 명이 자갈길로 행진해 들어오는 모습을 바라보았다. 두 사람은 팔짱을 끼고 있었고 대머리의 뚱뚱한 노인이 그 뒤를 따르고 있었다. 인사, 악수, 포옹, 장미에 대한 환담.

---

* Ferdinand Hodler(1853~1918), 스위스의 화가로 벽화와 풍경화로 유명함
** 샤워 후에 바르는 향수 종류

트랍스는 창가에서 물러나 서가 있는 데로 갔다. 호첸도르프,《살인죄와 사형》, 사비니,《오늘날의 로마법 체계》, 에른스트 다비드 휠레,《심문(審問)의 실제》.

직물 판매인은 분명히 알 수 있었다. 집주인은 법률가인 것이다. 아마도 지난날 변호사였을지도. 그는 번거로운 토론에 대비해 마음을 다잡았다. 이토록 유식한 인물이 실생활에 대해 알 게 뭐람. 아무것도 모르지. 법률이란 건 실생활 다음에 있는 거니까. 하지만 예술이니 뭐 그 비슷한 화제가 펼쳐질 것에 대해서도 그는 염려스러웠다. 그렇다면 그는 꼼짝없이 웃음거리가 되고 말 테니까. 아무렴 어때. 장사판 한가운데서 이렇게 옥신각신하고 있지만 않다면, 나도 차원 높은 주제에 대해 얼마든지 유식해질 수 있을 텐데.

이렇게 그는 내키지 않는 기분으로 아래층으로 내려왔다. 거기엔 아직 햇볕이 비치고 있는 야외 베란다에 노인들이 자리 잡고 앉아 있었고, 그새 실팍해 보이는 가정부가 그 옆 식당에 식탁을 차리는 중이었다. 하지만 자기를 기다리고 있는 이 일행을 보자 그는 말문이 막혀버렸다. 집주인이 앞장서서 맞아주는 것이 반가울 지경이었다. 지금은 너무나 헐렁해져버린 연미복을 입고 몇 가닥 안 되는 머리칼을 정성스레 빗질해 제법 맵시를 낸 모습이었다.

트랍스는 짤막한 인사말로 환영을 받았다. 그래서 그는 자신의 당혹감을 감춘 채 나야말로 영광스런 일이라고 중얼거리며 고개를 숙였다. 다소 거리감 있는 냉정한 태도로 세계적인 직물 전문가다운 분수를 지키고 있었다. 동시에 자신이 이 마을에 머문 것은 단지 여자를 꾀려는 의도에서였다는 점을 씁쓸하게 상기했다. 그 일은 실패로 돌아갔다.

그는 건너편에 있는 나머지 세 노인들을 바라보았다. 어느 모로 보나 괴짜 같은 집주인에 뒤지지 않는 노인들. 으스스한 까마귀들처럼 그들은 등나무 가구들이 있고 가벼운 커튼이 쳐진 여름의 공간을 채우고 있었다. 그가 첫눈에 알아보았듯이 최고급 연미복을 걸치고 있으면서도 닳아빠지고 초라해 보이는 나이 많은 노인들.

그중에서 대머리 사내만이 예외였다(이름은 필레, 일흔일곱 살, 지금 막 소개를 시작한 집주인이 밝혔다). 그 사내는 안락의자들이 여럿 널려 있는데도 굳이 등받이 없는 불편한 의자에 위엄을 과시하며 꼿꼿하게 앉아 있었다. 지나치게 꼼꼼한 매무새, 단춧구멍에 꽂은 흰 카네이션. 그는 까맣게 염색한 더부룩한 코밑수염을 줄곧 쓰다듬는 중이었다. 분명 은퇴한 처지일 테지. 어쩌면 운이 좋아 부자가 된 지난날의 성물(聖物) 관리인이거나 굴뚝 소제부, 어쩌면 기관사일 수도 있겠지. 그에 비하면 나머지 두 사람은 더더욱 닳아빠져 보였다.

그중 한 사람(쿰머*씨, 여든두 살)은 필레보다 더 뚱뚱한 체구로 비곗덩어리 쿠션으로 조립해놓은 듯한 어마어마한 몸집을 흔들의자에 묻고 있었다. 시뻘건 얼굴, 지독한 술꾼으로 보이는 코, 금테 안경 너머로 보이는 유쾌하고 뚱그런 눈. 게다가 필시 실수였겠지만 검정양복 밑에 나이트가운을 걸치고 주머니마다 신문이며 서류들을 잔뜩 집어넣은 채였다.

한편 나머지 한 사람(초른**씨, 여든여섯 살)은 키가 크고 깡마른 체

구였다. 왼쪽 눈에 외눈 안경을 끼고 있었고, 얼굴에는 흉터 자국이 있었다. 매부리코, 새하얀 사자 갈기 같은 머리털, 합죽이 입, 전체적으로 구세대 분위기, 조끼 단추는 잘못 잠근 데다가 양말을 짝짝이로 신고 있었다.

"캄파리˙를 들겠소?"

집주인이 물었다.

"좋습니다."

트랍스는 대답하고는 안락의자에 몸을 묻었다. 그사이에 기다랗고 깡마른 노인이 외눈 안경 너머로 흥미롭다는 듯 그를 관찰하고 있었다.

"트랍스 선생도 우리 놀이에 참여하시겠지요?"

"그렇게 하지요. 나는 놀이를 매우 즐깁니다."

노신사들은 웃으며 고개를 끄덕거렸다.

"우리 놀이는 좀 별날 거요."

집주인이 약간 머뭇거리면서 잘 생각해보라는 투로 조심스럽게 말했다.

"우리는 저녁마다 옛날 우리 직업 놀이를 벌인다오."

백발노인들은 다시금 신중하고 예의 바른 태도로 웃었다. 트랍스는 영문을 알 수 없었다.

"그게 무슨 뜻인지요?"

"자."

˙ 음료수의 일종

집주인이 상세히 설명했다.

"나는 지난날 판사였고, 초른 선생은 검사, 쿰머 선생은 변호사였다오. 그래서 우리는 재판 놀이를 한단 말이오."

"아, 그렇군요."

그제야 알아들은 트랍스는 그것참 그럴듯한 아이디어라고 생각했다. 어쩌면 오늘 밤은 망친 시간이 안 될지도 모를 일이었다. 집주인은 엄숙한 눈초리로 직물 판매인을 뜯어보았다. 그는 친절하게 설명했다.

"대체로 우리는 역사상 유명한 재판들을 전반적으로 논한다오. 소크라테스 재판, 예수 재판, 잔 다르크 재판, 드레퓌스 재판, 최근에는 국회 화재 사건*. 그래서 한번은 프리드리히 대제가 무능력자로 판결받기도 했지요."

판사는 고개를 끄덕였다.

"물론 가장 좋은 것은……."

그는 설명을 이었다.

"생생한 소재를 갖고 게임을 벌이는 거라오. 그렇게 하다보면 흔히 아주 흥미로운 상황이 생겨나지요. 바로 그저께만 해도 마을에 선거 연설을 하러 왔다가 막차를 놓친 한 국회의원이 협박, 수뢰죄로 14년 형을 선고받았다오."

---

* 1933년 2월 28일에 일어난 독일 국회의사당 방화 사건. 히틀러는 이 사건의 혐의를 공산주의자에게 씌우고 제국 원수로서 비상사태 선포에 이용했다. 1933년 9월부터 3개월 동안 열린 제국 재판에서 네덜란드 공산주의자 M. 반 데르 루베가 방화범으로 인정되어 사형을 선고받았으나 이 공판은 지금껏 미제(未濟) 사건으로 간주되어 논란 대상이 되고 있다.

"아주 엄격한 재판이로군요."

트랍스는 재미있어 하며 정의를 내렸다.

"명예 재판이지요."

노인들은 환하게 웃었다.

"그럼 제가 할 수 있는 역할은 뭔가요?"

다시금 파안대소(破顔大笑)가 터졌다. 집주인은 말했다.

"우리한텐 판사와 검사, 변호사까지 이미 확보되어 있소이다. 이 건 실상 자료와 재판 규칙에 대한 지식을 갖추고 있음을 전제로 하는 직분들이지요. 단지 피고 자리만이 비어 있어요. 그렇지만 트랍스 선생, 다시 한번 강조하고 싶은데, 억지로 이 놀이에 끼어들 필요는 없다오."

노신사들이 기획한 재판은 직물 판매인의 기분을 유쾌하게 해주었다. 이날 저녁 시간을 구제한 셈이었다. 현학적으로 흔들리거나 지루해지진 않을 터이며, 즐거움을 약속하는 저녁이었다.

그는 이렇다 할 사고력이나 지적인 활동의 소질을 갖추지 못한 한낱 소박한 인간이었다. 필요할 때면 약삭빠를 줄도 알고 자기 분야에서는 혼신의 힘을 다할 줄도 아는 일개 장사꾼, 게다가 먹고 마시기를 즐기며 재미있는 일이라면 홀딱 빠져드는 성품이었다.

그는 말했다.

"저도 놀이에 참여하겠습니다. 공석으로 있는 피고 자리를 차지하게 되어 영광입니다."

검사는 쉰 목소리로 말하며 박수를 쳤다.

"브라보! 브라보! 사나이다운 말이오. 이걸 용기라고 해야겠지요."

직물 판매인은 호기심에 가득 차서, 이제 자신이 억지로 떠맡게 될 죄목이 뭐냐고 물었다.

"그건 중요한 게 아니오."

검사는 외눈 안경을 닦으면서 대답했다.

"어차피 범죄란 항상 찾을 수 있는 법이라오."

모두 큰 소리로 웃었다. 쿰머 씨가 일어섰다.

"이리 오시오, 트랍스 씨."

그는 마치 아버지처럼 너그럽게 말을 건넸다.

"우리 이 집에 있는 포도주나 시음해보도록 하지요. 해묵은 것이지요. 이 맛을 알아야만 하오."

그는 트랍스를 식당으로 안내했다. 커다란 원탁은 성대하게 차려져 있었다. 높다란 등받이가 달린 골동품 의자들, 벽마다 걸린 어두운 색조의 그림들, 온통 고풍스러움을 풍기는 견실한 분위기. 베란다에서는 노인들이 두런대는 소리가 새어 들어오고 있었고 열린 창문으로는 어른어른하는 저녁 햇볕과 함께 새들의 지저귐이 들려왔다. 미니 탁자에는 술병들이 놓여 있었다. 뿐만 아니라 술병들은 벽난로 위까지 이어져 있고, 보르도*산 포도주가 작은 바구니에 담겨 있었다.

변호사는 약간 떨리는 손으로 조심스럽게 해묵은 술병을 기울여 작은 유리잔 두 개에다 찰랑찰랑 차도록 포도주를 따르고는, 직물 판매인의 건강을 빌며 고급 술이 담긴 술잔들을 가까스로 부딪치게끔 조심스럽게 건배를 했다.

---

* 프랑스 포도주 산지로 최고급 붉은 포도주로는 네 종류의 샤토(Chateaux, 성(城)이라는 뜻)가 유명함

"썩 훌륭한 맛입니다."

한 모금을 음미한 후에 트랍스는 칭찬을 했다.

"나는 당신의 변호사요, 트랍스 선생."

쿰머 씨는 말했다.

"우리 둘 사이의 우호 증진을 위해!"

"우호 증진을 위해!"

"최선의 길은 말이오……."

변호사는 주정뱅이 코에 외눈 안경을 쓴 붉은 얼굴을 트랍스 쪽에 바싹 갖다 대며 말했다. 그러는 통에 그의 거대한 뱃집이 트랍스한테 와 닿았다. 불쾌한 느낌을 주는 뭉클한 덩어리였다.

"최선의 길은 선생께서 내게 자신의 죄상을 즉각 털어놓는 것이오. 그래야만 재판에서 위기를 모면하는 걸 내가 보장할 수 있단 말이오. 상황은 별로 위험할 것도 없지만 그렇다고 과소평가할 수도 없어요. 저 기다랗고 깡마른 검사는 여전히 왕성한 정신력을 갖고 있으니 겁낼 만한 인물이오. 유감스럽게도 집주인 역시 성향이 엄격하거든요. 어쩜 꼬치꼬치 파고드는 성미까지도. 이 성미는 나이가 들어 이제 여든일곱이 되었을 텐데도 한층 심해졌단 말이오.

그렇긴 해도 변호사로서 나는 사건을 대부분 성공적으로 이겨왔소. 최소한 최악의 경우로 가는 것은 막았어요. 단 한 번 어떤 강도 살인의 경우는 정말 구제할 도리가 없었지요. 하지만 트랍스 선생, 내가 가늠하기로는 당신 경우엔 강도 살인 따위는 문제가 안 될 듯싶소. 아니면?"

"미안하지만 나는 범죄 같은 건 저지른 게 없습니다."

직물 판매인은 웃었다. 그러고는 말했다.

"건배!"

"고백하시오."

변호사는 그를 부추겼다.

"부끄러워할 필요가 없어요. 나는 인생이 어떤 건지 알 만큼 알고 있고, 이젠 무슨 일에도 놀라지 않아요. 트랍스 선생, 숱한 운명이 내 곁을 스쳐 지나갔는데, 저 밑바닥까지 열어젖혀진 걸 보았다오. 이 점을 믿어주시오."

"유감이로군요."

직물 판매인은 싱긋이 웃었다.

"정말입니다. 나는 죄상 없이 피고석에 선 피고랍니다. 그건 그렇다 치고, 죄를 찾아내는 것은 검사가 할 일이 아닌가요? 자기 입으로 그렇게 말했잖습니까. 그러니 나는 그의 언질을 받고 싶습니다. 놀이는 놀이지요. 어떤 결과가 나올지 실로 궁금하기 짝이 없어요. 그럼 정식 심문도 있을 예정인가요?"

"그렇고말고요!"

"심문이 기다려지는군요."

변호사는 심상찮은 표정을 지었다.

"당신은 죄가 없다고 느끼나요, 트랍스 선생?"

직물 판매인은 소리 내어 웃으며 말했다.

"철두철미."

이 대화가 그에겐 아주 재미있게 여겨졌다.

변호사는 안경을 닦았다.

"내 말을 명심해 들으시오, 젊은 친구. 죄가 있든 없든, 이건 책략에 달려 있는 문제요! 우리 법정에서 죄가 없다고 주장하는 것은, 완곡하게 표현하자면, 반쯤은 범죄 행위란 말이오. 반대로 재빨리 어떤 범죄건 자진해서 뒤집어쓰는 것이 가장 현명한 처사지요. 예컨대 상인들한테 유리한 것으로는 사기죄 같은 것이 있지요.

그러고 나면 심문 과정에서 피고가 과장하고 있다는 사실이, 근본적으로는 사기가 아니고 장사판에서 흔히 벌어지듯 선전할 목적에서 나온 무해한 사실 은폐 정도라는 것이 드러날 여지가 있어요.

죄에서 무죄로 이르는 길은 어렵긴 하나 불가능하지는 않다오. 그에 비해 자기 무죄를 고수하려는 것이야말로 가망 없는 짓이오. 그 결과는 처참하지요. 이길 수도 있는 판에서 당신은 지게 된단 말이오. 그러니 당신도 죄목을 선택할 여지를 그들에게 주지 말고, 당신생각을 억지로라도 믿게 만들 수밖에 없는 거요."

직물 판매인은 재미있어 하며 어깨를 으쓱댔다.

"그렇게 해드릴 수 없어서 유감이로군요. 하지만 내가 의식하는한 나는 법에 저촉되는 비행을 저지른 적이 없습니다."

그는 장담했다.

변호사는 안경을 고쳐 쓰고, 잠시 생각에 잠겨 있다가 말했다.

"트랍스 씨, 당신을 변호하려면 힘이 들겠군요. 엄청난 고전(苦戰)이 될 거요. 그렇긴 해도 특히 주의할 것은 한마디 한마디 말을 깊이 생각해서 하시오. 쓸데없는 소리를 무턱대고 지껄이지 말란 말이오.

그랬다가는 구제받을 여지도 없이, 느닷없이 종신형을 선고받게될 거요."

234

그는 담화를 매듭지었다. 그러고 나서 나머지 사람들도 들어섰다. 그들은 원탁에 둘러앉았다. 친구들은 아늑한 식탁에 모여 농담을 주고받았고, 맨 먼저 각종 애피타이저가 나왔다. 냉육(冷肉), 러시아식 달걀, 달팽이 요리, 자라 수프. 분위기는 일품이었다. 좌중은 느긋한 기분으로 스푼을 놀리며 거리낌 없이 훌쩍훌쩍 들이마셨다.

"자, 피고. 우리에게 제시할 죄상이 무엇이오. 그럴싸하고 당당한 살인죄이기를 빌겠소."

검사가 쉰 목소리로 입을 떼었다. 변호사가 항의를 했다.

"내 소송 의뢰인은 죄과가 없는 피고요. 이를테면 법조계에선 희귀한 케이스요. 피고 자신은 죄가 없다고 주장하고 있소."

"죄가 없다고요?"

검사가 의아하다는 표정을 지었다. 얼굴의 상처 자국이 벌겋게 번들거렸고, 외눈 안경은 거의 접시 있는 데까지 흘러내린 까만 줄에 매달려 이리저리 흔들렸다. 막 빵을 수프 안에 부수어 넣고 있던 난쟁이 같은 판사는 동작을 멈추고는, 질책에 찬 눈초리로 직물 판매인을 바라보며 절레절레 고개를 흔들었고, 새하얀 카네이션을 단 채 침묵을 지키고 있던 대머리까지도 놀란 눈빛으로 그를 뚫어져라 응시했다.

불안한 정적이 흘렀다. 스푼이나 포크 소리도 들리지 않았고, 숨소리조차, 훌쩍이며 마시는 소리조차 들리지 않았다. 단지 뒤쪽에 있던 시몬만이 숨을 죽여 쿡쿡 웃었다.

"조사를 해봐야겠군요."

이윽고 검사가 자신을 다잡았다.

"불을 때지 않은 굴뚝에선 연기가 나지 않는 법이오."

"좋습니다."

트랍스는 웃었다.

"처분에 따르겠어요!"

생선에 곁들여 포도주가 나왔다. 약간 얼얼한 뇌샤텔산 포도주.

"그럼 두고 봅시다."

검사는 자기 몫의 송어 배를 가르면서 말했다.

"결혼했나요?"

"11년 전에요."

"아이는?"

"넷이지요."

"직업은?"

"직물 판매 대리점에서 일하지요."

"그러니까 출장 외판원이로군요, 트랍스 씨?"

"총판매인입니다."

"좋아요. 사고를 당했다고요?"

"우연히. 1년 새에 처음 있는 일입니다."

"아하. 그럼 1년 전에는?"

"음, 그때까진 낡은 차를 몰고 다녔지요."

트랍스는 설명했다.

"1939년형 시트로엥*을 끌고 다녔어요. 하지만 지금은 스튜드베이커를 갖고 있어요. 빨간색 특별 모델이죠."

---

* 프랑스 자동차 기업가 앙드레 시트로엥(André Citroén(1878~1939))의 이름을 딴 자동차
이름

"스튜드베이커라. 아아, 그것 재미있군요. 겨우 1년 전부터? 그럼 그전엔 총판매인이 아니었겠지요?"

"그저 별 볼 일 없는 평범한 직물업계 외판원이었습니다."

"호황이니까."

검사는 고개를 끄덕거렸다. 트랍스 곁에 앉은 변호사가 "조심하시오"라고 수군거렸다.

이 직물 판매인, 이제 우리가 그렇게 불러도 무방할 총판매인께서는, 태평스럽게도 비프스테이크 뒤쪽에 타르타르소스를 갖다놓고 그 위에 레몬 방울을 떨어뜨렸다. 트랍스식 고유 요리법. 거기에 코냑 약간과 고추와 소금까지 쳤다.

"이처럼 아늑한 식사를 해본 적이 지금껏 한 번도 없습니다."

그는 기뻐하기까지 했다.

"슐라라피아*에서 하는 저녁 식사를 우리 같은 사람이 누릴 수 있는 가장 재미있는 것으로 생각했는데, 지금의 남성 파티는 훨씬 더 즐겁군요."

검사는 그 말을 놓치지 않았다.

"아하! 당신은 슐라라피아 회원이시군요. 그럼 거기서 당신 별명은 뭔가요?"

"카사노바 후작."

"멋지군요."

검사는 이 진술이 중대한 요점이라도 된다는 듯이 다시 외눈 안

---

* 원래는 입만 벌리면 맛있는 것이 저절로 입속으로 들어오는 게으름뱅이들의 천국을 가리키는 말로 여기서는 그 명칭을 따라 1959년 프라하에서 창립된 예술애호가협회를 칭함

경을 끼고 반갑게 쉰 목소리를 냈다.

"그 말을 들으니 우리 모두 즐겁군요. 당신 별명으로 사생활을 추정해봐도 괜찮겠소, 친구?"

"조심하시오."

변호사가 '쉿' 하고 소곤거렸다.

"단지 조건부로만. 아내 외에 여자를 상대하는 일이 벌어질 경우, 그건 내겐 어디까지나 우연이고, 또 야심 없이 벌어지는 겁니다."

트랍스가 대답했다.

"트랍스씨, 여기 식탁에 모인 우리를 위해 당신의 생활을 간략하게 소개해주실 수 있겠소?"

판사가 뇌샤텔산 포도주를 다시 채우면서 질문을 던졌다.

"우리야 어차피 손님 몫으로 할당된 피고인 당신을 재판하여 가능하면 몇 년간의 유죄판결을 내리기로 작정한 판이니, 좀 더 상세한 얘기를……. 개인적인 속사정을 알아두는 게 좋을 듯싶소. 여자 이야기 같은 것 말이오. 될 수 있는 한 맛있게 양념을 쳐서."

"얘기하십시오, 얘기해요!"

노인들은 킬킬 웃으며 총판매인을 부추겼다.

"한번은 우리 식탁에 어떤 뚱쟁이를 초대한 적이 있지요. 그 사람 어찌나 흥미진진하고 아슬아슬하게 직업상 속사정을 털어놓았는지, 결국은 그 모든 죄상에도 불구하고 4년 징역형으로 끝났다오."

"원, 참."

트랍스는 같이 웃었다.

"나한테 무슨 별난 얘깃거리가 있겠습니까. 그저 그런 일상생활을 누리고 있지요. 여러 어르신들, 평범한 삶이에요. 이제 곧 말씀드리겠습니다만, 건배!"

"건배!"

총판매인은 잔을 높이 추켜올리고는 무슨 맛있는 과자라도 되는 양 자기에게 와 박힌 네 노인의 새처럼 경직된 눈들을 감동해서 마주보았다. 그러고는 서로 잔들을 부딪쳤다.

밖에서는 마침내 해가 지고 새들의 요란스런 지저귐도 멎었다. 하지만 주변 풍경은 대낮처럼 환하게 모습을 드러내고 있었다. 뜰과 나무들 사이로 보이는 붉은 지붕들, 숲으로 덮인 산들, 아득히 멀리 산기슭과 몇 군데 빙산들……. 평화로운 분위기였고 시골다운 마을의 정적 위로 신의 축복과 우주적인 조화가 함께하는 엄숙한 행복감이 맴돌고 있었다.

"저는 아주 힘겨운 젊은 날을 보냈습니다."

트랍스는 얘기를 시작했다. 그사이에 시몬이 접시를 바꾸고 김이 오르는 커다란 쟁반을 날라 왔다. 샹피뇽 아 라 크렘*이었다.

"부친은 공장 노동자였습니다. 마르크스와 엥겔스의 잘못된 학설에 빠져들었던 프롤레타리아였죠. 당신의 외아들마저 아랑곳하지 않던 우울한 불평분자였어요. 세탁부로 일하던 어머니는 일찌감치 시들어버렸지요. 결국 저는 초등학교밖에 나오지 못했습니다. 초등학교밖에는……."

그는 찢어지게 가난했던 자신의 과거를 회상하면서 격분을 느꼈

---
* 크림 친 버섯 요리

고 가슴이 뭉클해져서 눈물을 그렁그렁하며 단언했다. 그동안 사람들은 레제르브 데 마레쇼*로 다시금 잔을 부딪쳤다.

"독보적인 일이오. 독보적인 일이고말고요. 초등학교만 나왔다니. 그래서 당신은 혼신을 바쳐 일하며 윗자리로 올라왔겠군요, 선생."

"바로 그 얘깁니다."

트랍스는 마레쇼 기운에 얼큰해져서, 또한 사교적인 분위기와 장엄한 창밖 풍경에 한껏 즐거워져서 의기양양하게 말했다.

"바로 그 얘기예요. 10년 전만 해도 나는 한낱 초라한 외판원에 지나지 않았어요. 보따리를 챙겨 들고 이 집 저 집 돌아다니는 힘든 일이었죠. 터벅터벅 걷다가 짚더미 속에서 밤을 지내기 일쑤였고 잠자리도 일정치 않았죠. 영업소에서 저는 밑바닥부터 시작했답니다. 맨 밑바닥부터. 그런데 지금은, 여러분, 내 통장을 보시면 아마 놀라실 겁니다! 잘난 척하려는 건 아니지만 여러분 가운데 스튜드베이커를 가진 분이 계신가요?"

"제발 조심하시오."

걱정스러워진 변호사가 수군거렸다.

"그럼 어떻게 해서 그렇게 되었나요?"

호기심을 드러내며 검사가 물었다.

"조심하시오. 말을 많이 하지 말아요."

변호사가 트랍스에게 경고했다.

"저는 헤파이스톤 섬유회사의 서유럽 지역 독점 대리점을 맡게

---

* 고급 포도주의 일종

되었답니다."

트랍스는 의기양양하게 주위를 둘러보며 말했다.

"스페인과 발칸 지역만이 다른 사람 수중에 있지요."

"헤파이스토스라면 그리스 신이지요."

작달막한 판사는 접시에 버섯을 수북이 덜면서 킬킬댔다.

"위대한 예술가적 대장장이였지요. 사랑의 여신 아프로디테와 그녀의 정부인 전쟁 신 아레스를 아주 섬세하게 짠 투명한 그물에 가두었던 신이라오. 그렇게 사로잡힌 꼴을 보고 다른 신들이 얼마나 즐거워했는지. 그건 그렇고, 트랍스 선생이 독점 대리점을 맡았다는 그 헤파이스톤은 대체 뭘 말하는 거요? 베일에 가려진 것처럼 알쏭달쏭하군요."

"하지만 주인장 판사님, 판사님이 거의 맞히셨어요."

트랍스는 웃었다.

"판사님 입으로 베일에 가려진 것 같다고 말씀하셨습니다. 저로선 알지 못하지만, 제가 취급하는 품목과 매우 비슷한 이름을 가진 그 그리스 신은 아주 섬세하고 투명한 그물을 짰다고 하셨지요.

높은 법정의 어르신들께서도 분명 들으신 바 있겠지만 오늘날엔 나일론, 페를론, 미를론 같은 합성섬유들이 나와 있습니다. 헤파이스톤도 이 계열에 속하는 거랍니다. 합성섬유 가운데 왕이지요. 질기고 투명해요. 뿐만 아니라 류머티즘 환자한테 효과가 있고 또 산업용으로도, 유행하는 옷에도 쓸 수 있답니다. 전쟁용으로도, 평화 시에도, 낙하산을 만드는 데 완전무결한 소재인 동시에 미녀들의 나이트가운으로도 아주 매혹적인 소재지요. 제가 직접 검토해서 알아낸 사실입니다만."

"들어보세, 들어봐."

노인들은 분명치 않은 목소리로 떠들어댔다.

"직접 검토하다니, 아주 좋아."

이때 시몬이 접시를 다시 바꾸고 송아지 콩팥 구이를 날라 왔다.

"이건 향연이로군요."

총판매인은 기뻐서 말했다.

"이런 걸 알아보신다니 반갑소이다."

검사가 말했다.

"당연하지요! 지금 우리 앞에는 최고급 식단이 흡족하게 제공되고 있어요. 전세기에나 누릴 만한 식단이지요. 그때만 해도 사람들은 제대로 식사를 즐길 줄 알았거든요."

"시몬에게 찬사를! 우리를 초대해준 주인장께 찬사를! 이 땅딸보 시식가께서는 손수 장을 보신다오. 또 포도주로 말할 것 같으면, 이웃 마을 '황소' 술집 주인인 필레가 준비하고요. 필레에게도 찬사를!

그건 그렇고, 그래서 당신 사정이 어떻게 됐지요, 선생? 당신 케이스를 계속해서 검토하기로 하지요. 당신 일생이 어떻다는 건 알게 되었고, 그걸 얼핏 들여다본 것은 참 재미있는 일이었소. 또 당신 일에 대해서도 분명해졌어요. 그런데 아직 사소한 요점 한 가지가 설명되지 않았군요. 직업상 당신은 어떻게 이처럼 고소득을 누리는 위치에 이르게 되었나요? 단지 부지런하고 강철 같은 정력을 쏟았기에?"

변호사가 이를 악물며 말했다.

"조심하시오. 이제부터 위험해질 거요."

"그건 그렇게 쉬운 일이 아니었지요."

트랍스는 대답하면서 구운 고기를 자르기 시작하는 판사의 모습을 열띤 눈빛으로 바라보았다.

"먼저 기각스를 쳐내야 했지요. 그건 정말 힘든 일이었습니다."

"어이, 기각스 씨라니, 대체 그 사람이 누군데?"

"지난날 제 상사였어요."

"그 사람을 몰아내야 했다, 이런 말이오?"

"우리 업계에서 쓰는 거친 말투를 빌리면, 그 사람을 쓱싹 해치워야 했지요."

트랍스는 소스를 치면서 대답했다.

"어르신들, 제 노골적인 말투를 이해해주십시오. 장사판이란 너나없이 인정사정 보지 않는 판이랍니다. 거기서 신사 놀음을 하려 들면, 죄송한 말씀이지만 망하고 말아요. 나는 실상 짚더미처럼 많은 돈을 벌고 있어요. 하지만 동시에 코끼리 열 마리 몫의 일을 진이 빠지도록 한답니다. 매일같이 스튜드베이커를 몰고 6백 킬로미터씩 페달을 밟아대야 한단 말입니다.

늙은 기각스의 목구멍에 칼을 대고 찔렀다고 소문이 날 만큼 실상 저는 신사적으로 출세한 놈은 못 됩니다. 하지만 누구나 그렇듯 저도 위로 올라가야 했으니까요. 장사란 어디까지나 장사인 겁니다."

검사는 호기심을 드러내며 송아지 콩팥 구이에서 눈을 뗐다.

"쓱싹 해치운다, 목구멍에 칼을 댄다, 찌른다……. 원 이건 너무 악의에 찬 표현들 아닌가요, 트랍스."

총판매인은 웃었다.

"그건 물론 비유적으로만 이해될 수 있는 표현입니다."

"기각스 씨는 지금 몸성히 잘 있나요, 선생?"

"작년에 죽었습니다."

"당신 미쳤소?"

변호사가 흥분해서 씩씩거리며 말했다.

"아무래도 제정신이 아닌 모양이오!"

검사가 안됐다는 표정을 지었다.

"작년이라? 딱한 일이오. 대체 몇 살이나 되었기에?"

"쉰둘이었습니다."

"새파랗게 젊을 때였군. 그럼 그 사람은 뭣 때문에 죽었소?"

"무슨 병인가로 죽었지요."

"당신이 그 사람 자리를 차지하고 난 후인가요?"

"바로 직전에."

"좋아요. 나로서는 우선 그 이상은 알 필요가 없소. 잘됐어. 우린 운이 좋았어. 죽은 사람을 하나 발굴해냈으니. 결국 이것이 요점이 거든."

모두가 웃었다. 심지어는 요지부동 자세로 앉아 엄청난 양의 음식을 삼키는 데 골몰해 있던 대머리 필레까지도 고개를 쳐들었다.

"멋지군요."

그는 새까만 코밑수염을 쓰다듬으며 말했다. 그러고는 곧 입을 다문 채 먹기를 계속했다.

검사가 엄숙한 표정으로 잔을 높이 들었다. 그러고는 카랑카랑한 어조로 말했다.

"이 발굴을 위해 1933년산 피숑-롱그빌르를 시음합시다. 훌륭한 유희를 위해 훌륭한 보르도산 포도주를!"

그들은 다시금 잔을 부딪치고는 서로의 건강을 기원하며 마셨다.

"원, 이럴 수가, 여러 어르신네들!"

총판매인은 단숨에 피숑을 들이켜고 잔을 판사에게 내밀면서 감탄했다.

"기막힌 맛이로군요!"

어둠이 내리기 시작하면서 좌중의 얼굴마저 서로 알아보기 힘들어졌다. 창밖에서 별들이 뜨기 시작하는 것이 느껴졌다. 가정부가 커다랗고 육중한 촛대 세 개에 불을 밝혔다. 불빛은 식탁에 둘러앉은 사람들의 그림자를 마치 꽃받침처럼 환상적이고 신기한 모습으로 사방 벽에 그리고 있었다. 친밀하고 쾌적한 분위기였고 서로서로 공감대가 커지면서 예절과 관습은 다소 느슨해졌다.

"꼭 동화 속에 들어온 것 같군요."

트랍스는 감탄했다. 변호사는 냅킨으로 이마의 땀을 닦으며 입을 뗐다.

"트랍스 씨, 동화는 바로 당신이오. 이 지경으로 태연하게 무분별하기 짝이 없는 진술을 마구 쏟아내는 피고를 나는 일찍이 본 적이 없단 말이오."

트랍스는 웃었다.

"걱정 마십시오, 변호사님! 일단 심문이 시작되면 정신을 차릴 테니까요."

방 안에는 아까도 한 번 그랬던 것처럼 쥐 죽은 듯한 정적이 흘렀다. 입맛을 다시는 소리도, 훌쩍이며 마시는 소리도 나지 않았다. 변호사가 신음하듯 말했다.

"불쌍한 사람 같으니라고! '일단 심문이 시작되면'이라는 게 대체 무슨 말이오?"

총판매인은 접시에 샐러드를 수북이 덜어놓으며 말했다.

"그럼 벌써 심문이 시작되었다는 말씀인가요?"

백발노인들은 주름진 얼굴로 벙긋이 웃었다. 교활하고 노회한 모습들. 그러다 마침내 재미있어 죽겠다는 듯이 떨리는 목소리로 와글댔다. 말이 없고 냉정한 대머리까지 킬킬거렸다.

"눈치를 못 챘군, 눈치를 못 챘어!"

트랍스는 어안이 벙벙하여 말문이 막혔다. 장난스러운 유쾌한 분위기가 이젠 무시무시하게 느껴졌다. 하지만 물론 그런 인상도 금세 달아나버려 이들과 어울려 웃음을 터뜨리기 시작했다.

"어르신들, 용서하십시오."

그는 말했다.

"나는 이 놀이가 훨씬 엄숙하고 권위 있고 격식을 갖춘 것일 거라 생각했어요. 더 법정다운 분위기일 거라고."

"친애하는 트랍스 씨."

판사가 설명했다.

"선생이 아무리 당황한 얼굴을 한들 사정을 되돌릴 수는 없소이다. 우리 재판 방식이 당신한텐 생소해 보이겠지요. 지나치게 자유분방해 보이리라는 걸 알아요. 그렇지만, 여보시오, 이 식탁에 모인 우리 네 사람은 은퇴한 몸이라오. 쓸데없는 허섭스레기 같은 격식들,

기록이며 사무적인 일들, 법률들, 그 밖의 우리네 법정을 짓누르는 자질구레한 폐물들에서 완전히 해방되었단 말이오. 우리는 넝마와도 같은 법률 서적이며 법 조항 따위는 무시하고 판결을 내리지요."

"용기 있는 일입니다."

트랍스는 벌써 혀가 약간 꼬부라진 투로 응수했다.

"용감하시군요, 어르신들. 존경합니다. 법조문 없이, 이건 아주 대담한 생각이십니다."

변호사가 거추장스런 몸짓으로 일어섰다. 그러고는 나머지 식사가 나오기 전에 잠시 바람을 쐬야겠다고 통고했다. 이어서 건강상 잠깐 산책을 하며 담배 한 대 피우는 것이 순서인 듯싶다고 하면서 동반자로 트랍스 씨를 초대하겠다고 말했다.

베란다를 나선 그들은 이젠 완전히 밤이 내린 어둠 속으로 들어섰다. 포근하고 장엄한 밤이었다. 식당 창문에서 금빛 조명이 잔디 위를 덮으며 장미 화단께까지 뻗쳤다. 별이 총총한 하늘, 달은 뜨지 않았다. 나무들이 시커먼 둥치를 맞대며 버티고 서 있어서, 지금 그들이 딛고 가는 나무 사이 자갈길은 거의 알아볼 수가 없었다. 그들은 서로 팔을 잡았다. 둘 다 포도주에 만취해 있어서 이따금 비틀거리기도 하고 몸을 가누고 걷느라 애를 쓰기도 했다. 그러면서 그들은 담배를 피웠다. 파리지엔느. 암흑 속의 빨간 점 두 개.

"어쩜!"

트랍스는 숨을 몰아쉬었다.

"저 방 안에선 정말 재미있었습니다."

그러면서 트랍스는 불빛이 환한 창들을 가리켰다. 창 안에는 마침 가정부의 커다란 그림자가 비쳤다.

"재미있는 시간입니다. 재미있어요."

"이것 보시오."

변호사는 비틀거리며 트랍스에게 기대어 서서 말했다.

"돌아가서 영계를 뜯기 전에 한마디 꼭 해둘 말이 있소. 반드시 명심해둬야 할 얘기요. 나는 당신에게 호감을 갖고 있다오, 젊은 양반. 애정을 느낀단 말이오. 아버지처럼 당신한테 말해주고 싶은 마음이라오. 지금 우리는 통째로 재판에 지기 십상인 처지에 놓여 있단 말이오."

"운이 나쁘군요."

총판매인은 대꾸하고는 조심스럽게 변호사를 부축해 자갈길을 따라 커다랗고 시커먼 공 덩어리 모양의 덤불 주위를 빙 돌았다. 그러고 나니 연못이 하나 나왔다. 그들은 막연히 돌 벤치가 놓여 있으리라 짐작하고 그 위에 주저앉았다. 연못 속에서는 물에 비친 별들이 빛나고 있었고 서늘한 기운이 솟아 올라왔다. 마을에서는 아코디언 소리와 노랫소리가 들려왔고 가축 사육사들의 모임을 축하하는 알프스의 나발 소리도 들려오고 있었다.

"정신을 바짝 차려야 해요."

변호사는 경고했다.

"주요 요새는 적들이 다 차지했다오. 죽은 기각스라니…… 당신이 수다스레 마구 지껄여댄 통에 쓸데없이 떠오른 이 인물이 지금 우리를 크게 위협하고 있소이다. 사정은 온통 불리하게 돌아가고 있다오. 경험 없는 변호사라면 벌써 항복했을 테지요. 그렇지만 나는 끈기 있게 모든 기회를 놓치지 않고, 무엇보다 당신 편에서 극도로 조심하고 절제해주기만 하면, 그나마 본질적인 것을 구제해낼 수 있을 거요."

트랍스는 웃으면서 확언했다.

"이건 정말 재밌는 사교 놀이입니다. 슐라라피아의 다음번 모임에는 꼭 이 놀이를 도입할 겁니다."

"그렇지요?"

변호사도 기뻐했다.

"생기가 나지요. 은퇴를 한 뒤 갑자기 직업을 떠나 일거리도 없이 이 작은 마을에서 노후를 보내게 되자 나는 차츰 무기력해져갔다오. 대체 여기서 무슨 일이 벌어지겠소? 아무 일도 안 일어나지요. 단지 푄 바람을 피할 수 있다는 게 전부였어요. 건강에 좋은 기후라고? 정신적 일거리 없이는 웃기는 소리요.

검사는 노환으로 누워 있었고, 이 집 주인장은 위암으로 추측되는 판이었고, 필레는 당뇨병을 앓고 있었지요. 나도 고혈압에 시달렸다오. 그것이 그 결과 나타난 증세였소. 개의 생활과 다름없는 인생이었지요. 우리는 왕왕 서글픈 마음으로 모여 앉아 지난날 우리 직업과 성공에 대해 향수를 느끼며 얘기를 나누었다오. 우리의 유일한, 그리고 가느다란 기쁨이었지요.

그때 검사가 이 놀이를 착안해냈소. 판사는 집을, 나는 내 재산을 내놓았어요. 아, 그래요. 나는 총각으로 늙었지요. 상류사회에서 몇십 년간 변호사 노릇을 하다보면, 꽤 거금을 저축하게 된다오. 젊은 양반, 금융계 거물급 도둑이 무죄판결이라도 받고 나면 담당 변호사한테 얼마나 후하게 구는지 믿을 수가 없을 거요. 돈을 마구 뿌려대며 낭비에 가까운 행태를 보이지요.

그래서 그것이 우리 건강의 샘물이 되었다오. 바로 이 놀이가 말이오. 호르몬이며 위장과 췌장이 정상으로 돌아왔고 권태감이 사라졌어요. 정력과 젊음, 탄력과 식욕이 다시 들어섰단 말이오. 자, 이것 좀 보시오."

그리고 그는 불룩 튀어나온 뱃집에도 아랑곳하지 않고 몇 가지 맨손체조를 해 보였다. 그런 그의 모습이 어둠 속에서 희미하게 트랍스의 눈에 비쳤다.

"우리는 판사 별장에 온 손님들과 함께 놀이를 하기도 하지요. 손님들이 우리의 피고 역을 맡아주는 거요."

변호사는 다시 자리에 앉은 후에 말을 이었다.

"때로는 출장 나온 외판원들과, 때로는 휴가 온 여행객들과. 바로 두 달 전엔 어느 독일 장성한테 20년 형을 선고할 수가 있었다오. 그 사람은 아내를 동반한 여행길에 이곳을 지나치게 되었는데, 내 변호술 아니었으면 단두대 신세를 면치 못했을 거요."

"굉장한 성과로군요."

트랍스는 놀라워하며 말했다.

"하지만 단두대 운운하는 대목은 아무래도 합당치 않은 말씀입니다. 좀 과장된 것 같군요, 변호사님. 사형 제도는 이제 폐지되지 않았습니까?"

"국가 법정에서는 폐지되었지요."

변호사는 정정해서 말했다.

"하지만 여기 우리 법정은 사적(私的)인 법정이며, 사형 제도도 다시 도입하고 있다오. 사형 가능성이 바로 우리 놀이를 스릴 있고 독보적인 것으로 만들어주는 거요."

"그럼 당연히 형리도 있겠군요?"

트랍스는 웃었다. 변호사는 으스대며 말을 받았다.

"물론 형리도 있다오. 필레라오."

"필레라고요?"

"놀라셨소?"

트랍스는 몇 차례 딸꾹질을 했다.

"그 사람은 '황소' 술집 주인으로 우리가 마시는 술을 준비하지 않습니까?"

"그는 언제나 술집 주인이었소."

변호사는 느긋한 표정으로 싱긋 웃었다.

"나랏일은 단지 부업으로 했다오. 거의 명예직 같은 것이었지요. 전문 분야에서 그는 이웃 나라에서 가장 유능한 인물 가운데 한 사람이었소. 벌써 20년째 은퇴한 몸이지만 전문 기술 면에서는 여전히 정통하다오."

자동차 한 대가 도로 위를 달려 지나갔고 헤드라이트 불빛에 피어오르는 담배 연기가 비쳤다. 몇 초 동안 트랍스는 변호사의 모습도 볼 수 있었다. 닳아빠진 연미복 차림에 우람한 체구, 만족스럽다는 듯 태평스러워 보이는 뚱뚱한 얼굴을. 트랍스는 으스스 몸을 떨었다. 식은땀이 이마에 솟아올랐다.

"필레라고요?"

변호사는 흠칫했다.

"아니, 갑자기 왜 그러시오, 트랍스? 떨고 있는 것 같구려. 어디가 불편하시오?"

트랍스는 대머리 필레를 눈앞에 떠올려보았다. 애당초 지루하기 짝이 없다는 태도로 식탁에 앉아 있던 인물. 그런 작자와 어울려 식사를 한다는 것부터가 터무니없이 부담되는 일이었다.

하지만 그 작자인들 자기 직업을 어쩔 수 없었을 테지. 온화한 여름밤, 그리고 그보다 더 잘 무르익은 포도주가 트랍스에게 너그럽고 편견 없는 인간적 기분을 갖게 해주었다. 결국 나는 견문도 넓고 세상 물정에도 밝은 나이 아닌가. 불평분자도 고루한 인간도 아니지 않은가. 아니, 나는 엄연히 직물업계 전문가이며, 그것도 대가가 아닌가. 그제야 트랍스에겐, 만약 형리가 빠졌다면 그날 저녁이 훨씬 덜 유쾌하고 덜 흥겨웠으리라는 생각이 들기까지 했다. 그러고는 이 모험을 곧 슐라라피아에 가서 들려줄 수 있다는 기대감에 벌써부터 즐거웠다. 슐라라피아에서도 약간의 사례금과 비용을 주고 꼭 형리를 초청하도록 해봐야지. 그래서 그는 결국 해방감을 느끼며 소리 내어 웃었다.

"속임수에 걸려들었던 겁니다! 겁이 났었지요! 놀이가 점점 흥미진진해지는걸요!"

그들은 일어서서 팔짱을 끼고는 창에서 새어나오는 불빛에 눈이 부셔 하면서 저택 쪽으로 더듬더듬 걸어갔다. 그때 변호사가 말했다.

"우린 서로를 신뢰해야 하오. 기각스를 어떻게 죽였지요?"

"내가 그 사람을 죽였다고요?"

"원, 어쨌든 그 사람이 죽었잖소?"

"그렇지만 제가 죽이지는 않았습니다."

변호사는 우뚝 걸음을 멈추고 은근한 투로 말을 받았다.

"이봐요, 젊은 친구. 그렇게 주저하는 기분을 난 이해해요. 온갖 범죄 가운데서도 살인죄를 고백하는 거야말로 가장 곤혹스런 일일 거요. 피고는 수치심을 느껴서 자신의 행적을 인정하고 싶어 하지 않거든요. 그것을 망각하고 기억에서 몰아내고 싶어 하는 거요. 또 그는 과거지사에 대해선 아예 편견으로 꽉 차 있어서 과장된 죄책감으로 스스로를 괴롭힌단 말이오. 그래서 아무도 신뢰하질 못해요. 아버지 같은 친구조차, 변호사까지도 믿지 못하는 거지요.

하지만 이런 태도야말로 가장 잘못된 거라오. 왜냐하면 제대로 된 변호사라면 오히려 살인죄를 반기기 때문이오. 살인죄를 의뢰받을 때 그는 환호성을 지르지요. 속이 시원하게 털어놓으시오, 트랍스! 나 자신을 늙은 등산가로 비유해도 좋다면, 4천 미터 높이 험준한 산정 앞에 선 등산가처럼 진짜 과제를 앞에 놓고 있을 때 비로소 나는 살맛을 느낀다오. 그제야 두뇌가 사고력을 펼치고 전력을 다해 들들거리며 작동하기 시작한단 말이오. 이게 바로 즐거움이지요. 그러니 당신의 불신하는 태도야말로 당신이 저지르는 커다란, 아니 이렇게 말해도 좋다면, 결정적인 과오요. 자, 그러니 고백하시오, 젊은 친구!"

"제겐 고백할 것이 아무것도 없습니다."

총판매인은 단호히 말했다.

변호사는 기가 막혀서 입을 다물었다. 유리잔 부딪는 소리와 웃음소리가 점점 와자하게 터져 나오는 창에서 눈부신 빛을 받으며, 그는 트랍스를 뚫어져라 노려보았다.

"원, 원."

그는 못마땅한 듯 툴툴거렸다.

"그건 또 무슨 소리요? 당신의 잘못된 진술을 아직도 포기하지 못하고 여전히 죄 없는 사람 행세를 하겠다는 거요? 도대체 아직도 말귀를 알아듣질 못했소?

원하든 원하지 않든 간에 자백을 해야 해요. 고백할 거리야 누구든 갖고 있는 법이오. 당신한테도 그런 것이 서서히 떠오를 거요! 좋소, 젊은 친구. 숨길 것도 주저할 것도 없이 솔직히 까놓고 말해서 당신은 어떻게 기각스를 죽이게 되었소? 흥분한 나머지? 이럴 경우 우린 살인죄에 대한 기소에 대비해야 할 거요. 검사가 그쪽으로 몰고 가리라는 걸 장담하지요. 내 추측은 그렇소. 난 그 친구를 잘 안단 말이오."

트랍스는 고개를 절레절레 흔들며 말했다.

"친애하는 변호사님, 신참으로서 아무 기준도 될 수 없는 제 소견을 말씀드리자면, 우리 유희가 갖고 있는 유별난 매력은 유희가 진행되는 가운데 어쩐지 기분이 섬뜩해지고 전율이 느껴지는 그런 대목에 있는 것 아니겠습니까. 다시 말해 유희가 막 현실로 뒤집힐 것 같은 불안한 느낌이 드는 겁니다. 근본적으로 제가 범죄자인지 아닌지, 늙은 기각스를 죽였는지 아닌지 갑자기 스스로에게 물어보게 되는 거죠. 선생의 말씀을 듣고 있다보니 도통 갈피를 잡을 수 없게 되었습니다. 그러니 솔직히 터놓고 말씀드리지요. 그 늙은 도둑놈의 죽음에 관해 저에겐 죄가 없습니다. 정말입니다."

그리고 나서 그들은 다시 식당으로 들어섰다. 그곳엔 벌써 영계 요리가 나와 있었고, 유리잔엔 1921년산 샤토 파비가 반짝이고 있었다.

트랍스는 기분 좋은 태도로, 진지하고 말없는 대머리에게 가서 악수를 청하고는, 변호사한테 들어서 그의 옛날 직업을 알게 되었노라고 말했다.

"이처럼 대담무쌍한 인물과 한식탁에 앉게 되다니 더할 나위 없이 유쾌한 일이라는 점을 꼭 말씀드리고 싶습니다. 제겐 편견 따위는 없습니다. 그 반대지요."

그러자 필레는 얼굴을 붉히며 약간 어색한 듯이 염색한 콧수염을 연방 쓰다듬으며 심한 사투리로 중얼거렸다.

"반갑소, 반갑소이다. 잘하도록 해보겠소이다."

이처럼 감동적인 친목의 시간이 지난 뒤 먹은 영계 요리 역시 맛은 일품이었다. 그것은 시몬이 자신만의 비법으로 조리한 것이라고 판사가 밝혔다. 사람들은 입맛을 다시며 두 손 모두를 써서 뜯어 먹고 걸작 요리를 칭찬했으며, 각자의 건강을 기원하며 잔을 부딪치고 손가락에 묻은 소스를 핥는 등 느긋한 기분을 즐겼다.

하지만 이렇듯 화기애애한 분위기에서도 재판은 속개되었다. 냅킨을 두르고 새 부리 같은 입 앞으로 쩝쩝대며 영계를 받쳐 들고 있던 검사는, 영계 맛에 곁들여 자백까지 한 건 대접받기를 희망했다. 그는 추궁했다.

"경애하는 피고, 당신은 분명 기각스를 독살했겠지요."

"아닙니다."

트랍스는 웃었다.

"그런 게 아닙니다."

"그럼…… 말하자면 총살했나?"

"그것도 아닙니다."

"아무도 몰래 자동차 사고로 꾸몄소?"

모두가 웃음보를 터뜨렸다. 변호사는 다시금 '쉿' 하고 경고했다.

"조심해요, 이것은 일종의 함정이오!"

"운이 나빴습니다. 검사님, 명백한 불운이었어요."

트랍스는 신이 나서 소리쳤다.

"기각스는 심근경색으로 죽었단 말입니다. 그가 그 증세를 겪은 건 그때가 처음이 아니었어요. 벌써 몇 해 전에도 갑자기 그 증세를 일으켰었지요. 그래서 그는 언제나 조심해야 했어요. 겉으로는 건강한 사람처럼 굴었어도 내심 조금만 흥분해도 그 증세가 재발할세라 걱정했습니다. 난 그걸 분명히 압니다."

"허, 대체 누구한테서 알아냈소?"

"그 사람 부인한테서 들었습니다, 검사님."

"그 사람 부인이라고?"

"조심하시오, 제발."

변호사가 수군거렸다.

1921년산 샤토 파비의 맛은 기대 이상이었다. 트랍스는 벌써 넉 잔째 마시는 중이었다. 시몬이 그의 곁에다 특별히 따로 한 병을 놔두었던 것이다. 총판매인은 노신사들의 건강을 위해 축배를 들고 말했다.

"검사님께서 그토록 놀라워하시니 이 높으신 법정 앞에서 제가 뭘 숨긴다고 여기지 않으시도록 진실을 털어놓겠습니다. 비록 변호사님께선 '주의하시오!' 하고 자꾸 귀엣말을 보내시지만, 저는 끝까지 진실 편에 서겠습니다. 말하자면 저는 기각스 부인과 바로 그렇고 그런 사이였지요. 글쎄요, 그 늙은 악당은 잦은 출장으로 집을 비워서, 잘빠지고 먹음직스런 자기 아내를 사정없이 팽개쳐놓은 셈이었거든요. 그래서 제가 종종 위로해주는 역할을 했지요. 기각스의 거실 소파에서, 나중엔 부부 침대에서도. 어차피 그렇게 되게 되어 있는 거 아닙니까. 세상일이란 그렇게 흘러가게 마련이죠."

트랍스의 이 말을 듣자 노신사들은 당장 얼어붙었다. 그리고 곧 이어 느닷없이 즐거운 비명이 터져 나왔다. 줄곧 침묵을 지키던 대머리까지도 하얀 카네이션을 허공에 던지며 소리쳤다.

"한 가지 고백했어, 고백했어!"

다만 변호사만이 어쩔 줄 몰라 하며 두 주먹으로 양쪽 관자놀이에 방망이질을 해댔다. 그는 외쳤다.

"이런 멍청이! 내 의뢰인은 제정신이 아니오. 그러니 그의 얘기는 무작정 믿을 게 못 되오."

이 말을 듣자 트랍스는 격분해서 좌중의 새삼스런 박수를 받으며 격렬하게 항의했다. 이어서 변호사와 검사 사이에 장황한 설전이 벌어졌다. 코믹하기도 하고 심각하기도 한 집요한 논박, 트랍스로선 알아들을 수도 없는 토론 내용이었다. 이 설전에는 총판매인으로서야 무슨 뜻인지 알 길 없는 '돌루스(Dolus, 故意)'라는 단어가 끊임없이 반복해서 튀어나왔다. 토론은 갈수록 격렬하게 큰 소리로, 점점 알아들을 수 없는 내용으로 이어졌다. 판사가 끼어들었고, 그도 똑같이 열을 내었다.

트랍스는 처음에는 그 논쟁의 의미를 좀 알아내보려고 애써 귀를 기울였다. 그러나 마침내 가정부가 치즈들을 식탁으로 날라 오자 '휴' 하는 기분이 들었다. 카망베르, 브리, 에멘탈, 그뤼에르, 테트 드 무안, 바슈랭, 림버, 고르곤졸라 등 각종 치즈.* 그는 돌루스인지 뭔지는 알 바 없다는 기분으로, 역시 아무것도 알아듣지 못하는 기색으로 혼자서만 입을 다물고 있던 대머리와 건배하고 치즈를 들기 시작했다.

그때 돌연 예기치 않게 검사가 다시 그에게 물었다.

"트랍스 씨!"

그는 엉클어진 사자 갈기 같은 머리털에 시뻘건 얼굴을 하고 외눈 안경을 왼손에 든 채 말했다.

"당신은 지금도 기각스 부인과 친한 사이요?"

모두가 휘둥그레진 눈으로 트랍스 쪽을 응시했다. 그는 카망베르 치즈를 얹은 흰 빵을 입속에 밀어 넣고 유유자적 씹는 중이었다. 이어서 샤토 파비까지 한 모금 마셨다. 어디선가 재깍거리는 시계 소리. 마을에선 다시 한번 아코디언 소리와 "스위스 용사의 집이라오" 하는 사내들의 합창 소리가 아득히 들려왔다.

트랍스는 해명했다.

"기각스가 죽은 뒤에는 전 그 여자를 다시 찾지 않았습니다. 그 착실한 과부를 스캔들에 몰아넣고 싶지 않았거든요."

---

* 프랑스, 스위스, 이탈리아 등지에서 생산되는 지방 특유의 고급 치즈 종류

그의 해명은 다시금 으스스하고 이해할 수 없는 홍소(哄笑)를 터뜨리게 했다. 그 통에 트랍스는 어리둥절해졌다. 좌중은 아까보다 더 소란스러워졌다. 검사는 "돌로 말로, 돌로 말로!" 하고 외치더니 큰 소리로 그리스 시구며 라틴어 시구를 읊어대고 실러와 괴테를 인용했다. 그런가 하면 작달막한 판사는 하나만 빼고 촛불을 모조리 불어 껐다. 그러고는 연방 염소 소리며 식식대는 소리를 내면서 남은 촛불을 이용해 불꽃 뒤쪽으로 두 손을 모으고 벽에다 유별난 그림자 모양을 만들어 던졌다. 산양이며 박쥐, 악마며 산신(山神) 그림자들. 그러는 새에 필레는 식탁 위의 잔과 접시, 쟁반 들이 춤을 추도록 식탁을 마구 두들겨대며 외쳤다.

"사형선고가 내려질 거야. 사형선고가 내려질 거야!"

유독 변호사만 이 소동에 끼어들지 않았다. 그는 트랍스에게 쟁반을 내밀며 말했다.

"드시오. 우리는 치즈 맛이나 즐겨야겠소. 딴 도리가 없소이다."

샤토 마고*가 날라져 왔다. 그 통에 분위기는 다시 가라앉았다.

모두의 시선이 판사 쪽으로 쏠렸다. 판사는 1914년산 먼지투성이 술병의 코르크 마개를 조심조심 거추장스럽게 뽑아내기 시작했다. 술병을 바구니 안에 눕힌 채, 별나게 생긴 구식 마개 따개로 코르크를 잡아 빼는 것이었다. 숨막히게 긴장된 분위기에서 진행되는 절차. 어쨌거나 될 수 있는 한 마개를 상하지 않게 하는 것이 중요했다. 40년 세월에 벌써 오래전에 상표가 떨어져 나갔기 때문에 마개만이 진짜

---

* 보르도산 고급 포도주의 일종

1914년에 빚은 술이라는 사실을 보증해주는 유일한 증거였으니까.

하지만 마개는 온전하게 빠져나오지 않아서 나머지 동강을 세심하게 빼내지 않을 수 없었다. 그런대로 그 토막에서나마 연대는 알아볼 수 있었다. 그 동강은 이 사람 손에서 저 사람 손으로 옮겨가며 향을 선보이고 감탄을 받고는, 끝으로 엄숙하게 총판매인에게 증정되었다. 판사의 말대로 이 멋진 야회에 대한 기념물로.

판사가 먼저 포도주를 시음해보고 입맛을 다시며 잔에 따랐다. 이어서 나머지 사람들도 향기를 맡아보고 홀짝거리며 마시기 시작했고, 탄성을 지르며 도량 큰 집주인에 대한 찬사를 늘어놓았다.

치즈 쟁반이 돌아가는데, 판사가 검사를 향해 '논고'를 하라고 촉구했다. 검사는 우선 새 양초를 갖다 달라고 청했다. 논고는 엄숙하고 경건한 분위기에서 진행되어야 하며 집중이, 곧 내면적 평정이 요구된다는 얘기였다. 부탁대로 시몬이 양초를 가져왔다. 모두가 긴장해 있었다.

총판매인은 이런 일이 조금은 으스스하게 느껴져 부르르 몸을 떨었다. 하지만 곧 자신이 겪는 지금의 모험이야말로 신기한 일이라고 생각하고 세상의 다른 무엇과도 바꾸고 싶지 않다는 기분에 빠졌다. 다만 변호사만이 영 불만스럽다는 기색이었다. 그가 입을 떼었다.

"자, 트랍스, 논고를 들어봅시다. 당신의 조심성 없는 답변과 잘못된 진술이 얼마나 어처구니없는 일을 장만해놨는지 스스로도 엄청나게 느껴질 거요. 아까까지만 해도 정황이 불리한 정도였다면, 지금은 완전 파경이라오. 그래도 용기를 잃진 마시오. 죽을힘을 다해 정신을 바짝 차리고 있으시오. 그럼 내가 당신을 도와 궁지에서 빠져나오도록 해보리다."

일이 여기까지 진행되어버렸다. 모두의 헛기침 소리. 다시 한번 잔 부딪는 소리. 이어서 검사는 킬킬거리기도 하고 싱긋이 웃기도 하면서 논고를 시작했다. 그는 앉은 채로 잔을 높이 추켜들면서 입을 뗐다.

"우리 남성들의 파티에서 유쾌한 대목은, 그러니까 우리가 성취한 대목은, 너무나 교묘하게 계획되어서 우리 국가 법망에서는 당연히 당당하게 빠져나가버린 살인 사건 하나를 추적해냈다는 사실일 것입니다."

트랍스는 기가 막혀서 말문이 막힌 채로 있다가 버럭 화를 내며 항의했다.

"제가 살인죄를 범했다고요? 제 말 좀 들어보십시오. 이건 좀 너무 지나치십니다. 변호사님께서도 아까 이런 싱거운 소리를 들먹이셨지요."

그러나 그는 곧 생각을 가다듬고는 느닷없이 폭소를 터뜨렸다. 그리고 한참 동안 진정하지 못했다.

"참 별난 위트로군요. 이제 알았습니다. 저를 구슬려서 제가 범죄를 저질렀다고 믿게 하시려는 거로군요. 포복절도할 일입니다. 한마디로 웃기지도 않은 일입니다."

검사는 위엄 있게 트랍스를 건너다보며 외눈 안경을 닦아 다시 끼고는 말했다.

"피고는 자신의 죄상을 의심하고 있군요. 인간적인 일이지요. 우리 가운데 누가 스스로를 알며, 우리 가운데 누가 자신의 범죄며 숨겨진 비행(非行)을 알겠습니까? 그렇지만 우리 유희가 다시 격렬해지기 전에 미리 한 가지만은 강조해도 좋을 것 같습니다. 즉 본인의 주장대로, 본인이 진심으로 희망하는 대로 트랍스가 살인자일 경우, 우리는 실로 장엄한 순간을 눈앞에 두고 있다는 사실입니다. 당연한 일이지요. 살인을 발굴해낸다는 것은 일종의 쾌거입니다. 우리 심장을 뛰게 하고 우리를 새로운 과제와 결단과 의무 앞에 세우는 사건이란 말입니다.

그래서 그 누구보다 우리 친애하는 살인 범죄의 기대주께 감히 경하의 말씀을 드리는 바입니다. 어쨌든 범인이 없다면 살인 사실을 밝혀내는 일도, 정의가 주재하는 상황도 불가능할 테니까 말입니다. 그럼 친절한 운명이 우리에게 보내주신 우리의 소박한 친구 알프레도 트랍스의 각별한 안녕을 위하여!"

환성이 터져 나오고 좌중은 일어서서 총판매인의 안녕을 위해 잔을 들었다. 트랍스는 눈시울을 붉히며 자기 생애에서 가장 멋진 밤이라고 힘주어 말했다.

검사 역시 눈물을 흘리며 말했다.

"우리의 경애하는 친구는 자기 생애에서 가장 멋진 밤이라고 말하고 있소. 명언이오. 감동적인 명언이오. 국가에 봉직하면서 우울한 수공업적 절차를 수행해야만 했던 시절을 돌이켜보시오. 그때 피고는 친구로서가 아니라 적으로서 우리와 맞서 있었소. 지금은 우리와 얼싸안을 수 있는 친구를 그땐 밀쳐내야 했었지요. 자, 이리로 오시오!"

이 말과 함께 그는 벌떡 일어나 트랍스를 홱 잡아 일으키더니 격렬하게 끌어안았다.

"검사님, 친애하는 친구여!"

총판매인은 더듬거렸다.

"피고, 친애하는 트랍스!"

검사도 훌쩍거렸다.

"우리 서로 말을 놓도록 하세. 내 이름은 쿠르트일세. 알프레도, 자네의 건강을 위해!"

"쿠르트, 당신의 건강을 위해!"

그들은 서로 입을 맞추고 끌어안고 어루만지며 상대방을 위해 축배를 들었다. 감동적인 분위기가 번졌다. 우정이 꽃피는 엄숙한 예배 분위기였다.

"모든 게 얼마나 달라졌는지!"

검사가 환호성을 질렀다.

"지난날 우리는 연이은 사건과 범죄와 판결로 미친 듯이 바쁘게 쫓기며 지냈다네. 그런데 지금은 이렇게 여유 있고 편안하고 즐겁게, 근거를 제시하고 이의를 말하며, 보고하고 토의하고 대화를 주고받고 있단 말일세. 피고를 존중하고 사랑할 줄 알게 되고 그의 편에서도 공감의 분위기가 우리한테로 되돌아온다네. 어딜 보나 화기애애한 친목 분위기 아닌가. 일단 이런 관계가 맺어지면 만사가 수월해지는 법이지. 범죄도 압박감을 주지 않고 판결도 유쾌한 일이 되지. 그러니 살인이 수행되었음을 확언하는 내 논고를 용납하게나."

트랍스는 다시금 최고조의 기분으로 되돌아와 외쳤다.

"증거를 대보시오, 쿠르트, 증거를!"

"정당한 확언일세. 왜냐하면 이 경우는 일종의 완벽한 유미적(唯美的) 살인이기 때문이지.

사랑스런 우리 범인께서는 이 말을 무분별한 냉소주의라고 여길 수도 있을 테지만, 그건 천부당만부당한 말씀이야. 그의 범행은 두 가지 면에서 '아름답다'고 규정할 수 있으니까. 첫째로 철학적 의미에서, 또 하나 기술적으로 교묘하다는 의미에서.

이보게, 일반적으로 누구나 범죄에서는 아름답지 못한 것, 끔찍한 것을 보는 반면에, 어쩌면 그것이 지겹게 아름다운 것일지라도 정의에서는 뭔가 아름다운 것을 탐지해내려는 선입견을 갖고 있지. 그런데 이를테면 우리 식탁 친구들은 일찌감치 이런 선입견을 버렸다네. 그렇지. 우린 범죄에서도 정의를 가능케 하는 전제 조건으로서의 아름다움을 인식한다네. 이것이 철학적 측면이야.

이제 범행의 기술적 아름다움의 가치를 인정해보세. 가치 인정! 내가 꽤 적절한 말을 찾아낸 듯싶군. 어쨌든 나는 내 논고가 우리 친구를 난처하고 당황하게 만드는 끔찍한 연설이 되는 것을 원치 않네. 그보다는, 그에게 그 자신의 죄상을 제시하고 펼쳐 보임으로써, 그것을 인식케 하는 일종의 가치 평가가 되기를 원한단 말일세. 오로지 순수한 인식의 토대 위에서만 하자 없는 정의의 기념비가 세워질 수 있다네."

여든여섯 살의 검사는 지쳐서 말을 멈추었다. 나이에 아랑곳하지 않고 요란한 제스처를 써가면서 우렁찬 목청으로 떠든 데다, 과식에 과음을 한 탓이었다. 이제 몸에 둘렀던 얼룩진 냅킨을 풀어 이마의 땀을 훔치고 주름진 목덜미를 닦았다.

트랍스는 감동했다. 그는 포식으로 나른한 상태가 되어 소파에 푹 파묻혀 있었다. 배가 부르면서도, 비록 속으로는 이 노인들의 엄청난 식욕과 주량이 자신을 골탕 먹이고 있다고 시인하면서도, 백발노인 넷에게 꿀리고 싶지가 않았다. 그도 본디 왕성한 식욕의 소유자였지만, 이토록 원기 왕성한 탐식은 난생처음이었다. 그는 몽롱한 눈빛으로 감탄스레 식탁 위를 바라보면서 자신에게 상냥하게 아첨하는 검사의 말을 기분 좋게 듣고 있었다. 교회에서 장엄한 종소리가 열두 번 들려왔다. 이어서 가축 사육사들의 "인생은 여행길 같은 것⋯⋯" 하는 합창이 아득히 쓸쓸하게 울려왔다.

"동화 속에 들어온 것 같군."

총판매인은 거듭 놀라워했다.

"황당무계한 소리야."

그러고는 이어서 투덜거렸다.

"내가 살인죄를 저질렀다고? 하필이면 내가? 놀라울 뿐이야, 원."

그러는 사이에 판사는 1914년산 샤토 마고를 또 한 병 땄다. 그리고 검사는 기운을 차려 다시금 논고를 시작했다. 그는 입을 뗐다.

"지금 무슨 일이 벌어졌는지 아십니까? 우리 친구가 저지른 가상한 살인 행위를 내가 어떻게 탐지해냈는지 아십니까? 이건 그냥 평범한 살인이 아닙니다. 피 한 방울 흘리지 않고, 독약이나 권총 같은 수단을 쓰지도 않은 채 수행된 실로 교묘한 살인이란 말입니다."

그는 헛기침을 했다. 트랍스는 바슈랭 치즈를 입속에 넣고 홀린 듯이 그를 응시하고 있었다. 검사는 말을 이었다.

"전문가로서 나는 무릇 범죄란 모든 일의 막후에, 모든 인간의 배

후에 도사리고 있을 수 있다는 명제로부터 출발해야겠습니다. 트랩스가 운이 트인 자이며 범죄의 은사(恩赐)를 받은 인물이라는 예감이 내게 맨 처음 떠오른 것은, 이 직물 판매인께서 한 해 전까지만 해도 낡은 시트로엥을 몰았는데, 지금은 자랑스럽게 스튜드베이커를 타고 다닌다는 정황에 기인합니다. 물론 지금 우리는 호황 시대에 살고 있음을 나도 잘 알고 있습니다."

그는 말을 이었다.

"그러니까 그 최초의 예감이란 그때까지만 해도 막연한 것이었습니다. 즐거운 체험, 곧 살인을 발굴하는 체험을 코앞에 두고 있다는 느낌 같은 것이었지요.

그런데 우리 친구가 자기 상사의 자리를 인수받았다는 것, 상사를 몰아내야 했다는 것, 상사가 죽었다는 것 등의 사실들은 미처 증거까지는 못 될망정 앞서 받은 느낌을 강화시키고 굳혀주는 계기가 되었습니다.

논리적인 뒷받침을 주는 혐의가 솟은 것은, 이 전설적인 상사가 무엇 때문에 죽었는지를, 곧 그가 심근경색으로 죽었다는 사실을 알게 되었을 때입니다. 이 단계에 이르러서야 종합을 해보고, 통찰력과 육감을 동원해 신중한 태도로 진실을 추적해볼 필요가 생겼습니다. 범상한 것을 비상한 것으로 인식하고, 불확실한 것 안에서 확실한 것을, 안개 속에서 윤곽을 읽어내며, 겉으로는 살인으로 가정하기가 불합리해 보이는 까닭에 굳이 살인이 있었음을 믿어야 할 필요가 있었다는 말씀입니다.

먼저 주어진 자료를 훑어보기로 합시다. 죽은 사람의 모습을 스

266

케치해보기로 하지요. 우리는 그 사람에 관해 거의 아는 바가 없습니다. 우리가 아는 것이라곤 우리의 친애하는 손님의 발언을 빌린 것뿐입니다. 기각스 씨는 헤파이스톤 섬유회사 총판매인이었습니다. 그 잘난 사람의 특성에 관해서는 우리의 알프레도가 전한 말을 기꺼이 믿기로 하지요. 우리가 추론할 수 있는 것은, 그 사람이 단호한 돌진형이라는 것, 부하들을 사정없이 부려먹을 뿐 아니라 장사 수완이 있는 인물이라는 점입니다. 물론 그가 장사를 해내는 수단과 방법이 아주 미심쩍은 것이긴 했지만."

"그 말이 맞아요."

트랍스는 열광해서 말했다.

"그 사기꾼은 그 말 그대로라니까요!"

검사는 말을 이었다.

"계속해서 우리가 추론할 수 있는 것은 그가 겉으로는 건장하고 정력적인 지배인이요, 성공적인 사업가인 척하면서 어떤 상황에든 능란하게 대처할 줄 아는 인물이었다는 점입니다. 그래서 기각스는, 역시 알프레도의 말을 인용하자면, 자신의 중한 심장병을 주도면밀하게 감추었던 것이지요. 그렇긴 해도 그는 이 병에 대해 분연히 맞서면서, 그것을 개인적 위신의 손상으로 받아들였으리라는 것도 우리는 생각해볼 수 있을 것입니다."

총판매인은 감탄했다.

"놀랍군요! 이건 영락없는 마술이오. 쿠르트는 죽은 그 작자랑 친분이 있었던 게 틀림없다니까."

변호사가 제발 입을 다물라고 소곤거렸다.

"기각스의 스케치를 완성해봅시다."

검사가 다시금 설명했다.

"게다가 고인은 아내를 소홀히 했다는 사실입니다. 군침이 돌 만큼 미끈하게 잘빠진 여자로 생각되는, 최소한 우리 친구가 대충 그렇게 표현했던 그런 아내를 말입니다.

기각스에게 중요한 것은 오로지 성공, 일, 겉치레, 체면 같은 것뿐이었습니다. 그러니 그가 자기 아내의 정절에 관해서는 확신에 차 있었으리라는 점을 우리는 상당한 개연성 속에 추측해볼 수 있을 것입니다. 아내 처지에서 외도 같은 것은 꿈도 꾸지 못할 만큼 남편으로서 자신은 잘난 외모를 갖춘 예외적 남성상이라고 자처했겠지요. 그런 판이니 정작 자기 아내가 우리 슐라라피아의 카사노바와 부정을 저질렀다는 사실을 알게 되었을 때, 그 충격이 얼마나 엄청났을는지요?"

모두가 웃음보를 터뜨렸고 트랍스는 무릎을 쳤다.

"그 작자, 정말 그랬지요."

그는 환하게 웃으며 검사의 추론을 확인해주었다.

"그걸 알고 나서 치명타를 먹었거든요."

"당신 정말 미쳤군."

변호사가 신음조로 말했다.

검사는 일어서서 치즈의 더러운 부분을 칼로 도려내고 있는 트랍스를 즐거운 시선으로 내려다보았다. 그는 물었다.

"여보게, 그럼 그 사실을 그 늙은 죄인이 어떻게 알았나? 군침을 돌게 하는 그의 아내가 남편한테 털어놓은 건가?"

"그러기엔 그 여자는 아주 겁쟁이였습니다, 검사님. 그 여자는 그 악당을 무척이나 무서워했지요."

트랍스가 대답했다.

"그럼 기각스 자신이 그걸 알아낸 건가?"

"그러기엔 그 작자는 너무 자만심에 빠져 있었고요."

"그럼 혹시, 우리의 돈 후안 친구, 자네가 직접 고백했나?"

트랍스는 부지중에 얼굴을 붉히며 항변했다.

"아니라니까요, 쿠르트! 대체 무슨 소리요. 그 악당의 맹랑한 사업상 친구 가운데 하나가 그에게 일깨워준 거란 말이오."

"도대체 왜?"

"저를 해치려고 했거든요. 저한테 줄곧 적의를 품고 있었으니까."

검사는 놀라워했다.

"그런 인간들도 있군. 하지만 그 잘난 신사는 어떻게 해서 자네와 그 여자의 관계를 알았나?"

"제가 그 사람한테 얘기를 했으니까."

"얘기했다고?"

"아, 그거야 술좌석에서였으니. 그런 자리에서 무슨 소린들 못할까요."

검사는 수긍했다.

"그렇다고 치세. 하지만 자네는 조금 전에 문제의 기각스 씨의 사업상 친구가 자네한테 적의를 품고 있다고 하질 않았나. 그렇다면 자네에겐 애초에 그 늙은 사기꾼이 모든 걸 알게 되리라는 확신이 있었던 게 아닌가?"

그때 변호사가 막무가내로 끼어들었다. 그는 땀을 뻘뻘 흘리며 연미복 깃이 축축해진 채 벌떡 일어서기까지 했다. 그는 공언했다.

"검사의 지금 질문에는 답변하지 말도록 트랍스에게 주의를 환기시키는 바입니다."

트랍스는 의견을 달리했다.

"왜 안 된다는 겁니까? 지금 질문은 실로 무해무탈한 것인데. 기각스가 그 사실을 알았거나 말았거나 제겐 아무 상관이 없습니다. 그 늙은 악당이 나한테 얼마나 인정사정없이 굴었는지, 제 편에서도 인정스런 호인으로 보여야 할 필요가 없었는걸요."

한순간 방 안이 쥐 죽은 듯 조용해지더니 곧이어 어수선한 소동이 폭발했다. 기고만장한 아우성, 박장대소, 폭풍 같은 환호성!

말없는 대머리는 트랍스를 끌어안고 입을 맞추었고, 변호사는 이토록 순진한 피고에 대해 무작정 나쁜 마음을 먹을 수는 없노라 말하면서 안경이 벗겨지도록 웃어졌혔다. 한편 판사와 검사는 방 안을 빙빙 돌며 춤을 추다가 벽에 쾅쾅 부딪히고 악수를 하는가 하면 의자에 기어오르다가 술병을 깨는 등 재미있어 어쩔 줄 몰라 하며 어이없는 경거망동을 하는 것이었다.

"피고는 또 다른 자백을 했소."

검사는 마침내 의자 등받이에 걸터앉으며 방 안을 향해 우렁차게 꽥꽥거렸다.

"저 귀여운 손님한테 아무리 찬사를 보내도 지나치지 않군. 이 유희를 썩 훌륭하게 해낸단 말야."

"사건은 명백해. 우린 최후의 확증을 얻은 거요."

풍화한 바로크식 기념비처럼 흔들거리는 의자를 타고 그가 말을 이었다.

"경애하여 마지않는 우리의 알프레도를 좀 보시오! 그러니까 지난날 저 친구는 상사라는 악당의 손아귀에 속절없이 잡힌 채 시트로엥을 타고 방방곡곡을 누볐던 것이오! 바로 한 해 전까지만 해도! 지금의 자신으로서야 실상 뻐길 만도 하지. 여보게들, 저 네 아이의 아버지요 공장 노동자의 아들 말이오. 당연한 일이지. 전쟁 때까지만 해도 초라한 외판원 노릇을 했었는데. 그뿐인가, 면허도 없이 불법으로 생산된 옷감을 들고 여기저기 돌아다니는 방랑아였지. 꾀죄죄한 가죽 가방을 둘러메든가, 고리짝이나 반쯤 터진 가방을 들고서는 기차에 올라 이 마을 저 마을 전전하든가. 여차하면 걸어서 들길을 지나고, 흔히 몇 킬로미터씩 어둑한 숲길을 지나 벽지 농가까지 다니던 스위스의 초라한 도붓장수였는걸.

그리고 얼마 후 그는 훨씬 훌륭한 위치로 올라선 거야. 마르크스 숭배자였던 자기 부친과는 달리 영업판에 슬쩍 파고들어갔고, 자유파 당원까지 된 거야. 그렇다곤 해도, 마침내 그렇게 가지 위로 올라갔다곤 해도 시적으로 표현해보자면, 자기 머리 위로 나무 꼭대기에 훨씬 먹음직한 과일이 듬뿍 달린 가지들이 대롱대롱 매달려 있을 경우, 누군들 앉아 있던 자리에서 그냥 쉬려 하겠나?

그는 돈도 많이 벌고 있었고, 시트로엥을 타고 직물 영업소들을 바람처럼 전전했지. 그 차도 꽤 쓸 만했거든. 그렇지만 우리의 친애하는 알프레도는 사방에서 새로운 모델들이 나타나 질주하면서 오가며 자기 차를 추월하는 형세를 보게 되었네. 나라 경제가 번영하고 있는 판이니, 누군들 거기에 동참하고 싶지 않겠나?"

"바로 꼭 그랬지요, 쿠르트!"

트랍스는 환하게 웃었다.

"바로 꼭 그랬다니까!"

검사는 이제 선물을 듬뿍 받은 어린애처럼 흐뭇하고 행복한 상태에 빠져 있었다.

"그렇다고 마음먹은 대로 그런 행동을 하기란 어려웠을 거요."

검사는 여전히 의자 등받이에 걸터앉아 설명을 했다.

"상사 측에서는 그가 출세하도록 그냥 놔두지 않았을 테니까. 악랄하고 집요하게 그를 부려먹으면서 선불을 입체(立替)해주어 계속 묶어두는 식으로 갈수록 무자비하게 그를 옴짝달싹 못하게 하는 방법을 알고 있었거든."

"꼭 맞는 얘깁니다."

총판매인은 격분해서 소리쳤다.

"그 늙은 악당이 어떻게 나를 올가미에 얽어놓았는지, 여러 어르신들은 상상도 못 하실 겁니다."

검사가 말했다.

"필시 옴짝달싹 못하게 묶어두었을 거요."

"얼마나 지독했는지!"

트랍스가 덧붙였다.

화제에 불쑥 끼어든 피고의 감탄사는 검사의 열기에 부채질을 해주었다. 이제 그는 포도주 얼룩이며 샐러드, 토마토소스, 육류 찌꺼기를 조끼에 묻힌 채 의자 위로 올라서서 무슨 깃발처럼 냅킨을 마구 흔들어댔다.

"우리의 친애하는 친구께선 우선 거래 판에서 수를 쓰기 시작했을겁니다. 자기 입으로 인정했듯이 장사판이란 일이 완전히 공정하게 돌아가는 곳은 아니거든요. 우리는 대충 이런 상상을 해볼 수 있지요. 즉 그는 자신의 상사에게 물건을 대주는 상인과 몰래 접촉해 상대방의 속셈을 떠본 후 더 나은 조건을 약속하는 식으로 혼란을 부추겼을 겁니다. 또한 다른 직물 판매인들과도 접촉해 동맹 관계를 맺는 동시에 상사에 대항하는 연합 전선도 펴고 말입니다. 그러다가 또 한 가지 다른 길로도 가보겠다는 구상이 떠올랐던 것이죠."

트랍스는 의아해했다.

"또 한 가지 다른 길이라뇨?"

검사는 고개를 끄덕였다.

"이 길은, 여러분! 기각스 씨 거실 소파를 거쳐 그의 부부 침실까지 직통으로 뚫려 있었답니다."

모두가 웃었고, 특히 트랍스가 앞장서서 웃었다. 그는 시인했다.

"저는 정말로 그 늙은 악당한테 못할 짓을 했지요. 하지만 지금 돌이켜보면 그때 상황 역시 아주 미묘했어요. 사실 지금껏 저는 그때 그 짓을 한 것에 대해 마음 밑바닥에서는 수치심을 느껴왔습니다. 하지만 누가 자기 자신을 까발려놓고 아는 것을 좋아하겠습니까? 털어서 먼지 안 나는 사람도 없을 테고요.

아무튼 이렇게 서로를 이해하는 친구 사이에서는 수치심 따위도 불필요하고 가소로운 것이 되어버리는군요! 이제 저는 이해받고 있음을 느끼고 있고, 저 자신도 이해하기 시작한 것 같습니다. 마치 제

본연의 모습을 바깥의 어느 타인처럼 보게 된 것 같아요. 이전에는 그저 어디엔가 처자를 두고 스튜드베이커를 타고 다니는 총판매인 정도로밖에는 몰랐던, 본연의 나를 알게 되었단 말입니다."

이어서 검사가 진심이 담뿍 담긴 다정한 어조로 말했다.

"우리는 기꺼운 마음으로 확인하고 있습니다. 우리 친구에게 한 줄기 깨달음의 빛이 비쳐 들고 있음을. 이 깨달음이 대낮처럼 밝아지 도록 우리 계속 도와줍시다. 즐거운 고고학자처럼 열의를 갖고 그의 동기들을 추적해보는 겁니다. 그럼 함몰된 범죄가 묻혀 있던 절묘한 실상과 부딪치게 되겠지요.

우리의 친구는 기각스 부인과 관계를 맺기 시작했습니다. 어떻게 그렇게 되었을까? 우리가 생각해낼 수 있는 바로는, 그는 문제의 군 침 돌게 하는 그 여인을 만나게 됩니다.

아마도 늦은 저녁 시간, 겨울이었을 겁니다. 6시쯤(이때 트랍스가 '7시요, 쿠르트, 7시!'라고 외쳤다), 도시에 아름답게 밤이 내리는 시간, 금 빛 가로등이 켜지고 진열장과 영화관 조명이 휘황찬란해지고, 사방 에서 초록빛과 노란빛 네온 광고가 아늑하게 환락과 유혹의 빛을 보 내는 시간이었을 겁니다.

그는 시트로엥을 몰고 질척거리는 거리를 지나 그의 상사가 살던 빌라 구역 쪽으로 달렸겠지요(트랍스가 열광해서 '맞아요, 맞아! 빌라 구 역이오!'라고 끼어들었다). 주문서며 직물 샘플이 든 서류 가방을 겨드 랑이에 끼고. 중대한 결정을 내려야 할 용건이 있었습니다. 하지만 기각스의 리무진은 늘 서 있던 도로변에 서 있지를 않았어요.

그런데도 그는 어둑한 정원을 지나 초인종을 누릅니다. 기각스 부인이 문을 열고 남편은 오늘 귀가하지 않을 테고, 하녀도 외출 중이라고 말합니다. 그녀는 나이트가운 차림, 아니 그보다는 목욕 가운을 입고 있었을 테지요. 그런데도 그녀는 트랍스에게 술 한잔 대접하겠노라 상냥하게 초대를 합니다. 그런 식으로 그들은 살롱에 같이 앉게 되었을 겁니다."

트랍스는 감탄했다.

"어떻게 그 모든 걸 알았지요, 쿠르트! 꼭 요술쟁이 같군요!"

검사는 설명했다.

"훈련일세. 모름지기 모든 운명은 똑같은 판 위에서 벌어지는 법이니까."

검사는 다시금 말을 이었다.

"그것은 애당초 유혹 같은 건 아니었습니다. 트랍스 편에서나 부인 편에서나. 그건 단지 주어진 기회일 뿐이었고 그걸 트랍스가 이용한 것이었지요. 그녀는 외롭고 권태로운 상태에서 특별히 뭘 생각하지도 않고 있던 참이라 말 상대가 생긴 것이 반가웠겠지요. 집 안은 쾌적하고 따스했습니다. 화려한 꽃무늬 목욕 가운 속에 그녀는 잠옷만 걸치고 있었고요. 트랍스는 곁에 앉아 그녀의 흰 목덜미며 파인 젖가슴 부위를 바라보고 있었고, 여자는 남편에게 화가 나서, 우리의 친구가 느끼기로는 필시 실망해서 수다를 떨게 됩니다. 그제야 비로소 우리의 친구는 이 기회를 놓치지 말고 무슨 수를 써야겠다는 생각을 하게 되었겠지요. 이왕에 일은 그렇게 벌어지던 참이니까요.

그리고 곧 그는 기각스에 관한 모든 것을 알게 됩니다. 그의 건강이 얼마나 심상치 않은 상태인지를, 지나친 흥분을 조금만 해도 죽음을 초래하리라는 것을, 그의 나이가 몇이며, 그가 아내에 대해 얼마나 거칠고 못되게 구는지를, 그러면서도 아내의 정절에 대해서는 철석같이 믿고 있다는 것 등을……. 그도 그럴 것이, 남편한테 앙갚음을 하려고 마음먹은 아내한테서는 무엇이든 알아낼 수 있는 법이니까요.

그리하여 그는 그 관계를 지속했습니다. 어찌 됐든 무슨 수를 써서라도 자기 상사를 망하게 하는 것이 그의 주된 관심사요, 목표였으니까요. 그리하여 그가 모든 것을 손아귀에 쥘 순간이 왔습니다. 거래 파트너이며 물품 조달자, 게다가 밤이면 알몸의 탄력 있는 하얀 피부로 다가오는 그의 아내까지. 이어서 그는 올가미를 바짝 조이고 추문을 불러일으켰습니다. 의도적으로……

우리는 이 점에 관해서도 얼마든지 상상해볼 수 있습니다. 친숙한 황혼 녘이었고 이번에도 저녁 시간이었죠. 우리의 친구는 어느 레스토랑, 말하자면 구시가지의 한 술집에 있었습니다. 지나치다 싶을 정도로 난방이 잘된, 모든 게 스위스식으로 꾸며진 견실한 분위기. 가격도 그랬습니다. 가운데가 불룩 나온 원반 유리창. 당당한 체구의 술집 주인(이 틈에 끼어든 트랍스의 말, '시청 켈러였지요, 쿠르트!'), 아니 정정해야겠군요, 당당한 체구의 술집 여주인. 사방에 나붙은 이미 고인이 된 단골손님들의 사진들……

신문팔이가 술집 안을 빙 돌아 나가고, 나중에는 구세군이 왔다 갑니다. '햇볕이 들게 하소서'라고 합창을 하며. 그리고 대학생 몇 명과 교수 한 사람도.

탁자에는 술잔 두 개와 고급 술병 하나. 좀 비싼 겁니다. 그리고 마침내 구석 쪽에 문제의 말쑥한 영업 관련 동료가 앉아 있는 모습이 나타났군요. 핏기 없고 뚱뚱한 데다 열어젖힌 옷깃은 땀에 젖어 있고요. 지금 그가 겨누고 있는 희생자와 마찬가지로 심장마비형 풍채. 그는 왜 트랍스가 갑자기 자기를 초대했던지, 이 모든 일이 무슨 꿍꿍이인지 영문을 모른 채 주의 깊게 귀를 모아 트랍스의 입에서 흘러나오는 얘기를 듣습니다. 그리고 몇 시간 후, 어차피 그렇게 될 수밖에 없고 우리의 알프레도도 예견했던, 문제의 상사한테로 서둘러 갑니다. 마음속 부담감에서, 우정과 의무감에서 이 유감스런 사실을 일깨워줄 셈으로 말이지요."

"저런 사기꾼!"

트랍스는 두 눈을 번뜩이며 둥그렇게 뜨고는 검사의 묘사에 홀린 듯 귀를 기울이다가 소리쳤다. 진실을, 자기만의 외롭고 대담하고 자랑스런 진실을 알게 되는 것이 반가웠다.

그리고 이어지는 검사의 말.

"이렇게 해서 기각스가 모든 것을 알게 되는 불운이, 주도면밀하게 계산된 순간이 닥쳐온 겁니다. 그 늙은 악당은 미처 집에까지 도착하지도 못했을 겁니다. 우리는 상상할 수 있습니다. 분에 못 이겨 심장 부위에 고통을 느끼며 이미 차 안에서부터 진땀을 흘립니다. 두 손은 떨리고 경찰은 짜증스럽게 호각을 불어댑니다. 교통신호도 잘못 봅니다. 차고에서 현관까지 가까스로 걸어가다 마침내 쓰러집니다. 아마 복도쯤에서였을 테지요.

그사이 아내가 그에게 달려 나옵니다. 날씬하고 군침이 돌게 하는 여자. 그러곤 시간이 얼마 걸리지도 않았을 겁니다. 의사가 모르핀을

한 대 주사했겠지만, 곧 결정적으로 가버리는 겁니다. 한 차례의 시원찮은 그르렁거림과 아내 쪽의 흐느낌…….

트랍스는 사랑스런 가족들이 있는 집에서 수화기를 들었겠지요. 당혹스런 표정이었지만 내심 환호성을 지르며, 마침내 해냈다는 기분을 만끽했습니다. 그리고 석 달 뒤엔 스튜드베이커를 타게 된 것입니다."

새삼스레 폭소가 터져 나왔다. 트랍스는 연방 얼떨떨해하면서 약간은 겸연쩍은 표정으로 머리를 긁적이며 어울려 웃었다. 그리고 검사를 향해 인정한다는 투로 고개를 끄덕였다. 하지만 불행한 기색은 아니었다. 오히려 기분 좋은 상태라고까지 말할 수 있었다. 그의 느낌으로는 이 밤이 최고로 성공적인 밤이 된 듯싶었다. 자기한테 억지로 살인 행위를 떠맡겨놓고 조금은 당혹하게 만들고 생각에 잠기게 하긴 했지만 그래도 뿌듯하게 느껴지는 상태였다. 뭔가 한 단계 차원 높은 것, 정의 같은 것, 죄와 속죄 같은 것에 대한 예감이 심부(深部)로부터 솟아올라 그를 경이로움으로 채워놓는 것이었다.

잊히지 않는 저 공포감, 정원에 있었을 때, 또 나중에 식탁 좌중에서 폭소가 터져 나왔을 때 엄습했던 아까의 공포감이 지금의 그에겐 실로 근거 없는 것으로 느껴졌다. 모든 것이 얼마나 인간적인가. 앞으로 벌어질 일에 대해 그는 사뭇 스릴을 느끼며 기다림까지 갖게 되었다.

일행은 블랙커피를 마시러 살롱으로 자리를 옮겼다. 비트적대는 변호사를 포함해 모두가 휘청거리면서 작은 장식들과 꽃병들로 꽉 찬 방 안으로 들어섰다. 사방 벽에 걸린 어마어마한 동판화들은 시가지 풍경이며 뤼틀리* 비밀 동맹, 라우펜** 전투, 스위스 친위대의 몰락*** 같은 역사적 사건, 차렷 자세로 선 일곱 명의 중세 병사 등을 그리고 있었다. 천장은 석회로 되어 있었고, 철세공 장식이 여기저기 눈에 띄었으며, 방 한쪽 구석에는 그랜드피아노가 자리 잡고 있었다. 엄청나게 크고 낮은 푹신한 안락의자도 있었는데 의자 위에는 이를 테면 '곧은 길을 가는 자에게 복이 있을지어다', '양심은 최상의 안식처' 같은 경구들이 수놓여 있었다.

열린 창을 통해 국도가 보였다. 아니, 어둠에 묻혀 막연하게 그냥 느껴지기만 할 뿐이었다. 동화처럼 잠겨 있는, 이 시간에 어쩌다 이따금 지나치는 자동차의 흔들리는 헤드라이트들로 어른거리는 거리. 어쨌든 벌써 새벽 2시가 가까워지고 있었다.

쿠르트의 연설처럼 매혹적인 연설을 자기로서는 일찍이 들어본 적이 없노라고 트랍스가 입을 떼었다.

"근본적으로 거기에 부연할 것이 별로 없습니다. 몇 군데 수정할 점이 좀 있긴 합니다만. 물론 그러는 게 좋겠지요.

그러니까 문제의 그 말쑥한 영업상 친구는 실은 키가 작고 말라깽이였답니다. 항상 빳빳한 칼라에다 땀 같은 건 전혀 흘리지도 않았

---

* 유른 호숫가 숲 지대 이름. 실러의 《빌헬름 텔》로 스위스인의 민족의식이 뿌리를 내린 장소이자 스위스 동맹 결성지

** 베른주에 있는 지역 이름으로 1339년 이곳에서 스위스 독립 전투가 벌어짐

*** 스위스 친위대는 중세 말 기사의 몰락과 때를 같이하여 여러 국가에서 출현한 스위스인으로 구성된 용병대다. 현재는 1971년 1월 20일 이후 결성된, 바티칸 궁과 교황 보호 의무를 띤 스위스 친위대가 남아 있다. 1527년 5월 6일 바티칸 방어에서 친위대 147명이 전사한 사건이 유명하다.

고요. 그리고 기각스 부인으로 말할 것 같으면, 목욕 가운 차림이 아니라 깊게 파인 기모노를 입고 저를 맞이했어요. 그러니 그녀의 다정한 초대 또한 구체적인 의미를 지니고 있는 셈이었지요(이런 투는 트랍스의 재담과 투박한 유머를 드러내는 한 예였다). 또 그 악당 두목한테 응분의 심근경색이 덮친 곳도 집이 아니라 그의 물품 창고였습니다. 바깥에서는 뢴 폭풍이 요동하고 있었죠. 그 후 병원으로 옮겨지고 나서 심장 파열을 일으켜 영영 가버린 거죠. 하지만 아까도 말했듯이 이런 것들은 본질적인 것은 아닙니다.

무엇보다도 그 늙은 악당을 망하게 하려고 제가 기각스 부인과 관계를 맺었다는, 제 가슴속 친구인 영명하신 검사님의 해명이야말로 어김없이 적중하는 말씀입니다. 그렇습니다. 지금도 똑똑히 기억납니다. 저는 그 악당의 침대 속에서 그의 아내 너머로 그놈의 사진을 뚫어져라 바라보았지요. 멀뚱한 눈앞에 뿔테 안경을 걸친 입맛 없고 뚱뚱한 얼굴. 그리고 제게 격렬한 기쁨을 주는 예감이 몰려왔던 것도 기억납니다. 지금 제가 이토록 즐기며 열심히 추구하는 짓거리로써 근본적으로는 제 상사를 살해하고 있다는 예감, 그에게 사정없는 최후의 일격을 가하고 있다는 예감이었습니다."

트랍스가 이런 말을 하는 사이에 사람들은 경건한 경구를 수놓은 푹신한 안락의자에 자리 잡았다. 그리고 뜨거운 커피 잔을 쥐고 티스푼으로 저으면서, 거기에 곁들여 배가 불룩한 커다란 술잔에 1893년에 빚은 코냑인 로피냑을 따라 마셨다.

"이제 구형할 때가 되었습니다."

검사는 괴물 같은 안락의자에 비스듬히 기대앉아 짝짝이 양말(한

쪽은 검정과 회색 체크무늬 양말, 한쪽은 초록색 양말)을 신은 다리를 등받이에 높이 올려놓은 채 통고했다.

"친구 알프레도의 행위는 미필적고의에서 나온 것이 아닙니다. 그의 상사의 죽음은 우연히 찾아온 것이 아니라 '돌로 말로(dolo malo)'에서, 즉 악의적 고의에서 나온 것이라는 얘기입니다. 이 점에 관해서는 다음과 같은 사실, 즉 그가 자기 입으로 추문을 도발해놓는 한편 악당 상사가 죽은 뒤엔 다시는 그의 군침 돌게 하는 아내를 찾지 않았다는 사실이 시사해줍니다. 이로써 상사의 아내는 그의 비정한 계획의 도구에 불과했다는 것, 말하자면 치정적 살인 무기였다는 점이 부득불 추론되는 바입니다.

따라서 이는, 물론 외형으로 그렇습니다만, 혼외정사 부분을 빼고는 법에 저촉되는 행위가 전혀 발생하지 않고 수행된 일종의 심리적 방식의 살인입니다. 그런데 충직한 피고 스스로가 친절하게도 자백하고 난 지금 그 외형마저 벗겨진 판국이니, 나는 검사로서 고매하신 판사님께 알프레도 트랍스에게 사형을 선고할 것을 요청하는 바입니다. 경탄과 존경을 받을 만한 범죄, 즉 금세기의 가장 탁월한 범죄의 하나로 마땅한 자격을 지닌 범죄를 저지른 보상으로서 말입니다. 이로써 이 사건에 대한 논고를 맺고자 합니다."

좌중은 박장대소하며 시몬이 막 날라 온 케이크를 공격하기 시작했다. 시몬의 말대로 이날 밤의 최후를 장식하기 위한 후식.

밖에서는 무대장치처럼 뒤늦은 달이 떠올랐다. 실낱같은 초승달이었다. 나뭇가지가 살랑대는 소리 말고는 그지없이 고요했다. 다만 드문드문 자동차가 거리를 지나치고 있었고, 또 뒤늦게 귀가하는 누군가가 조심스럽고 가볍게 갈지자 걸음을 걷고 있을 뿐이었다.

총판매인은 안전하게 비호받고 있다는 느낌이었다. 그는 필레 곁 '사랑하는 무리와 자주 어울릴지어다'라는 경구를 수놓은 푹신한 소파에 앉아, 이따금 바람이 잔뜩 든 잇사이소리로 "좋았어!"라고 감탄사를 발하는, 이 말없고 무심한 멋쟁이를 한 팔로 찰싹 휘감고 있었다. 다정하고 편안하게 뺨에 뺨을 댄 채로.

포도주 때문에 느긋해지고 둔해진 그는, 이 현명한 좌중에 끼어들어 본연의 자신을 인식하게 된 것을, 이미 그럴 필요가 없어진 까닭에 아무 비밀도 갖지 않게 된 상태를, 또 존경과 사랑과 이해로써 자신의 진가를 인정받게 된 것을 뿌듯한 마음으로 즐기고 있었다. 아울러 살인을 범했다는 생각이 점점 더 굳은 확신으로 화하며 그를 감동시키고 있었다. 그것은 곧 그의 삶을 바꾸어 그것을 한층 무게 있고 영웅적이며 값진 것으로 만들어놓는 듯싶었다. 말하자면 그는 그 생각에 사뭇 열광하고 있는 셈이었다.

그는 상상했다. 자신은 승진을 위해 살인을 계획했고 수행한 것이라고. 어쨌든 그것은 근본적으로는 직업적 이유에서, 이를테면 경제적 이유, 즉 스튜드베이커를 갖고 싶다는 욕망에서 나온 것이 아니라(바로 이 점이 중요했다) 그 자신이 본질적이고 더욱 심오한 인간이 되기 위해, 이토록 박학다식한 인물들의 사랑과 존경을 받을 만한 위인이 되기 위해서였다는 생각이(지금 사고력 한계에 이른 그에게) 몽롱하게 파고들었다.

그에겐 이 인물들이, 심지어 필레까지도 언젠가《리더스 다이제스트》에서 읽은 적이 있는 저 태곳적 마술사들처럼 여겨졌다. 비단

성좌의 비밀뿐 아니라 그 이상을, 곧 법의 비밀까지(이 말에 그는 스스로 취했다) 속속들이 아는 마술사들. 직물업계에 몸담고 있는 그로서는 그저 추상적 술책으로밖에 보이지 않던 저 법이라는 것이 이젠 불가사의한 거대한 태양처럼, 완전히는 파악할 수 없는 하나의 이념이 되어 그의 비좁은 지평 위로 솟아올라 그를 맹렬히 흔들고 전율시키는 것이었다.

따라서 그는 금빛 코냑을 홀짝거리면서, 이제 자신의 행적을 범상하고 시민적이며 일상적인 것으로 돌려버리려고 열심히 애쓰고 있는 뚱뚱보 변호사의 변론을 처음에는 실로 어리둥절한 기분으로, 이어서 점점 격분하는 심정으로 들을 수밖에 없었다.

"검사의 독창적 논고는 흥미롭게 들었소이다."

쿰머 씨는 벌겋게 부풀어오른 얼굴 살덩어리에서 안경을 치켜 올리는 동시에 섬세하고 우아한 기하학적 제스처를 써가며 강의하듯 상론을 펼쳤다.

"분명 그 늙은 악당 기각스는 죽었고, 내 소송 의뢰인은 그 악당 밑에서 심히 시달렸으며, 진정 그에 대해 적개심을 키워왔고, 그를 쓰러뜨리고 싶어 했습니다. 이 점에는 이론의 여지가 없지요. 어디서건 이런 일은 드물지 않게 벌어지는 법이니까요.

다만 심장병 환자인 한 장사치의 이 죽음을 살인이라고 내세운다는 것은 터무니없다고 하지 않을 수 없습니다."

"그렇지만 제가 죽였다니까요!"

이때 트랍스가 화들짝 놀라며 항의했다.

"검사와는 반대로 피고에겐 죄가 없다는 것이 내 생각입니다. 그렇습니다. 피고에겐 죄를 저지를 만한 능력이 없습니다."

트랍스는 이번엔 분노해서 끼어들었다.

"그렇지만 나는 죄인이란 말이오!"

변호사는 계속 말을 이었다.

"이 헤파이스톤 섬유 총판매인은 수많은 사람들에게서 볼 수 있는 평범한 예일 뿐입니다. 그렇다고 해서 그에게 죄를 범할 능력이 없다고 하는 내 주장이 그에게 아무 죄도 없다는 뜻은 아닙니다. 그 반대이지요. 트랍스는 오히려 있을 수 있는 온갖 종류의 죄에 얽혀들어 있습니다. 그는 바람도 피우고, 더러는 악의를 품고 속임수를 써서 그럭저럭 살아가는 위인입니다. 그렇다고 해서 그것이, 이를테면 그의 삶 전체가 온통 치정과 속임수만으로 이루어져 있다는 의미는 아닌 겁니다. 결코 그렇지 않아요. 그의 삶은 긍정적 측면, 극히 도덕적 요소도 갖고 있단 말입니다.

친구 알프레도는 근면하고, 불굴의 의지를 갖고 있으며, 친구 사이에서는 참된 우정을 나누기 위해 애쓰며, 자식들에겐 더 나은 미래를 장만해주려 노력하는 어버이이자, 국가적·정치적으로 보면 안전한 인물입니다. 통틀어 볼 때 그는 다만 무언가 애매모호한 것 때문에 시큼한 상태가 된 겁니다. 약간 부패해버린 것이지요. 대부분 평균치 인간의 경우가 그렇듯, 그럴 수밖에 없듯 말입니다.

그렇지만 바로 그런 까닭에 그는 순수하고 긍지에 찬 큼지막한 범죄라든가 결단력 있는 행위, 명명백백한 범죄를 저지를 만한 능력을 갖추고 있지 못한 겁니다."

트랍스가 외쳤다.

"중상모략이오! 이건 순전히 중상모략이오!"

"그는 범죄자가 아니라 이 시대, 이 혼돈에 찬 시대, 개인에겐 쫓아갈 한 줄기 성좌도 비치지 않고 그 결과 혼란과 황폐만이 난무하며 참된 윤리성은 온데간데없이 무단정치만이 횡행하는 이 시대의 희생양이란 말이지요.

지금 무슨 일이 벌어진 건지 아십니까? 이 평균치 인간이 아무 사전 준비 없이 한 능수능란한 검사의 손아귀에 빠져든 겁니다. 직물업계에서의 그의 처신, 사생활, 출장 여행과 생계를 위한 투쟁, 그리고 얼마간의 무해무탈한 쾌락 등으로 묶인 한 생존의 모험이 샅샅이 스포트라이트를 받고 검토되고 해부되어, 결국 아무런 상관 없는 사실들이 한데 엮였습니다. 하나의 논리적 계획이 전체 속으로 슬그머니 파고들어, 얼마든지 달리 벌어질 수도 있었을 돌발적 사건들이 범행 근거로 서술된 겁니다."

트랍스가 다시 끼어들었다.

"그렇지 않다니까요!"

"검사에게 현혹되어 말려들지 말고 기각스의 경우를 냉정하고 객관적으로 관찰해봅시다. 그렇게 보면 이 늙은 악당은 본질적으로 죽음을 자초했다는 것, 그의 무질서한 삶과 기질이 죽음의 근거였다는 결론을 얻게 됩니다. '경영자 병(病)'이라는 것을 우리는 잘 알고 있지 않습니까? 불안, 소음, 엉클어진 결혼 생활과 신경 질환 따위를. 어쨌든 그의 심근경색의 직접 원인은 트랍스도 언급한 바 있는 푄 바람이었습니다. 푄 바람은 심장병에 큰 영향을 미치니까요. 따라서 그의 죽음은 순전히 불운의 케이스였음이 명백합니다."

트랍스가 끼어들었다.

"웃기는 얘기요!"

"물론 내 소송 의뢰인이 무분별하게 처신한 점도 있지요. 하지만 그가 자기 입으로 되풀이해 말했듯이, 결국 그는 장사판 법칙에 굴하고 살아가는 인간입니다. 그로선 자기네 상사를 죽이고도 싶었겠지요. 무슨 생각인들 못하겠습니까. 생각 속에서야 무슨 행동인들 할 수 있지요. 하지만 그건 어디까지나 생각 속에서였습니다. 생각 바깥에서의 행동이란 실재하지도 않았고 확증할 수도 없습니다.

그런 걸 가정한다는 것은 불합리한 일이며, 더욱이 내 소송 의뢰인이 이제 스스로 살인을 범했다는 망상에 빠져 있다는 것은 한층 어불성설입니다. 말하자면 그는 자동차 사고에 이어 또 하나의 사고, 곧 정신적 사고를 당하고 있는 겁니다. 따라서 본 변호인은 알프레도 트랍스에게 사면을 제의하는 바입니다."

총판매인은 자신의 멋진 범죄를 뒤덮는 이 호의에 찬 연막에 대해 갈수록 분노를 느꼈다. 이 연막 속에서 자신의 범죄가 이지러지고 용해되어 비현실적이고 허망하게, 한낱 바로미터의 눈금 같은 산물로 바뀌고 있지 않은가. 그는 자신이 평가절하되고 있음을 느꼈다. 그래서 변호사가 말을 미처 끝내기 전인데도 계속해서 항변을 했다. 오른손에는 새로이 자른 케이크 조각이 담긴 접시를 들고, 왼손에는 로피냑 잔을 든 채 분연히 일어서서 단언하는 것이었다. 선고가 내려지기 전에 검사의 말에 동의하는 자신의 태도를 단호히 밝혀둬야겠다는 결심이었다. 그때 그는 눈물을 그렁거리기까지 했다.

"그것은 살인이었습니다. 고의적인 살인이었지요. 그 점이 지금은 제게 분명합니다. 반면 변호사의 변론은 저를 몹시도 실망시켰어요. 아니, 경악시켰답니다. 변호사야말로 절 이해해주리라 기대했는데 말입니다. 그러는 게 마땅한 일 아니겠습니까.

그래서 지금 저는 선고를 내려주시길, 아니 형벌을 내려주시길 간청하는 바입니다. 이건 아부가 아니라 열광에서 나온 청원이랍니다. 왜냐하면 오늘 밤에야 저는 비로소 참된 삶을 영위한다는 게 무엇인지에 대해 눈을 뜨게 되었으니까요."

이 말을 하며 선량하고 용감한 피고는 갈피를 잡지 못하게 되었다.

"제 분야를 예로 들 때, 다시 말해 합성섬유를 제조해내려면 화학 원소나 화합 작용 같은 것들이 필요한 것처럼 정의나 죄, 속죄 같은 차원 높은 이념들이 왜 필요한지를 알게 되었단 말입니다. 어쨌든 간에 나를 새로 태어나게 한 인식입니다. 직업 이외의 분야에서 제 말솜씨라는 것이 이처럼 좀 어눌합니다만 용서해주십시오. 본래 뜻하는 바가 무엇인지 제대로 표현해내기가 어렵군요. 어쨌든 '새로 태어난다는 것', 이것이 지금 엄청난 폭풍처럼 나를 파고들어 와 휘몰아치는 이 행복감을 나타내는 적절한 표현일 듯싶군요."

이렇게 하여 선고를 내리기에 이르렀다. 터지는 웃음보, 꽥꽥대는 소음, 환호성에 필레가 불러대는 요들송까지 뒤범벅된 북새통 가운데서, 역시 곤드레만드레가 된 작달막한 판사가 실로 무진장 애를 써가며 마침내 선고를 내린 것이다. 그도 그럴 것이 그는 지금 방구석에 있는 그랜드피아노 위로, 아니 차라리 그 속으로 기어 들어가 있는 상태였을 뿐 아니라(아까 그가 뚜껑을 열어놓았던 까닭에) 줄곧 말을 이어가기조차 어려웠기 때문이다. 연방 더듬대며 같은 말을 반복하는가 하면 더러는 틀린 발음을 해댔고, 또 띄엄띄엄 토막말을 늘어놓기도 했다. 그렇게 스스로 감당할 수 없으리만큼 긴 문장의 운을 떼어놓고선 한참 전에 벌써 의미를 잊어버린 문장들에 잇대어 덧붙이곤 했지만, 사고(思考)의 맥만은 그럭저럭 표현할 수 있었다.

그는, 그렇다면 대체 누구의 말이 옳은가 하는 의문으로 말문을 텄다. 검사 측 논고냐, 변호인 측 변론이냐? 트랍스가 금세기의 가장 비상한 범죄 가운데 하나를 범했는가, 아니면 트랍스는 결백한가?

"두 가지 견해 가운데 그 어느 것에도 나는 찬동할 수 없습니다. 변호인 측 견해대로 트랍스는 과연 검사의 심문에 유능하게 대처하지 못했고 그런 까닭에 그는 일찍이 이러한 법정에선 전례가 없을 정도로 많은 죄상을 시인했지요.

그렇긴 해도 피고는 역시 살인자입니다. 물론 악의적 계획에서 나온 살인은 아니지요. 이는 전적으로, 피고 자신이 헤파이스톤 섬유회사 총판매인으로서 몸담고 사는 이 세계가 사고 부재(思考不在)를 생리로 하고 있는 데서 발생한 살인인 겁니다. 누군가를 벽까지 밀어붙이고 앞뒤 가리지 않고 무자비하게 극단으로 몰고 가는 짓거리, 이를 당연스레 여기는 생리, 이게 바로 그의 살인 행위의 원인이란 말입니다.

스튜드베이커를 몰고 질주하는 저 세계 안에서는 우리의 알프레도한테 아무 일도 일어나지 않았고, 또 그렇게 아무 일도 일어나지 않을 수 있습니다. 그러나 그는 이곳 한적한 흰색 별장으로, 우리에게로 오는 은총을 입게 되었습니다."

이 대목에서 판사는 몽롱한 상태에 빠졌다. 그래서 이후 그의 애기는 줄곧 기쁨의 흐느낌과 아울러 이따금 감동 어린 요란한 재채기가 섞인 채 이어졌다. 재채기를 할 때마다 그의 자그마한 얼굴이 거창한 손수건으로 뒤덮였고, 그 바람에 나머지 좌중은 번번이 폭소를 터뜨리곤 했다.

"그렇게 그는 네 명의 백발노인한테로 온 것이지요. 우리는 그의 세계를 순수한 정의의 빛으로 조명해주었습니다. 하긴 이 정의는 좀 괴상한 특성을 지니고 있긴 합니다. 나도 그 점을 결단코 분명히, 분명히 알아요. 그건 네 개의 퇴락한 얼굴에서 비죽이 배어 나오는 정의랍니다. 한 백발 검사의 외눈 안경에, 또 뚱뚱보 변호사의 코안경에 반영되는 정의, 취해서 벌써부터 혀가 좀 꼬부라진 판사의 이 빠진 입에서 낄낄대며 흘러나오는 정의, 그리고 은퇴한 형리의 대머리에 벌겋게 비치는 정의인 셈이지요."

나머지 사람들은 이 서투른 시 낭송에 갑갑해진 나머지 소리쳤다.

"선고를 내리시오, 선고를!"

"이는 기괴하고 우스꽝스러운, 은퇴해버린 정의이긴 합니다만 바로 그 자체로 엄연히 정의인 겁니다."

나머지 사람들이 박자를 맞추어 소리쳤다.

"선고를 내리시오, 선고를!"

"이러한 정의의 이름으로 나는 우리의 사랑스런 친구 알프레도에게 사형을 선고하는 바입니다."

검사와 변호사, 형리, 그리고 시몬까지 "야아, 만세" 하고 외쳤고, 트랍스 역시 감격해서 흐느끼면서 외쳤다.

"감사합니다, 판사님, 고맙습니다!"

"물론 유일한 법적 근거는 선고받은 자의 자백뿐입니다. 하나 이것이 결국 가장 중요한 요건이 되지요. 따라서 본 판사는 이처럼 피고 측의 전적인 동의를 받아 선고를 내리게 됨을 실로 기쁘게 생각합니다. 모름지기 인간의 존엄은 사면을 요구하지 않지요. 따라서 우리의 경애하는 손님께서도 자신이 범한 살인의 영관(榮冠)을 기꺼이 받아들이는 겁니다. 살인 자체가 그랬듯이 이 영관도 그에 못지않게 쾌적한 상황에서 귀결된 것이기를 바라 마지않습니다.

시민의 경우, 즉 평균치 인간의 경우 불운은 우연한 현상으로 나타납니다. 아니면 순전한 자연적 숙명으로, 질병으로, 혈관이 막혀 생기는 심근경색으로, 악성종양으로 나타납니다. 그런데 이 자리에서는 이런 현상이 필연적이고 도덕적인 성과로 등장하는 겁니다. 바로 이 자리에서 비로소 삶은 한 예술 작품으로 철저하게 완성되어 인간적 비극을 가시화시켜줍니다. 인간적 비극을 두루 비추어 하자 없는 모습을 취하며, 완성되는 겁니다."

나머지 사람들이 외쳤다.

"끝내시오, 끝내시오!"

"그렇지요. 피고가 심판받는 자로 화하는 이 선고 행위에 이르러서야 비로소 정의의 기사 서품식이 수행되는 것이라고 분명히 말씀드릴 수 있습니다. 한 인간이 사형선고를 받는 것보다 더 고귀하고 위대한 일은 있을 수 없다고 말이지요. 그런 일이 지금 벌어진 겁니다. 트랍스 씨는, 아마도 완전히 합법적이라 할 수는 없는 이 행운아는, 요컨대 알프레도는 이제 유희의 대가(大家)로, 우리 단원으로 가입될 수 있을 만큼 우리와 버금가는 자격을 지닌 인물로 승격되었습니다. 왜냐하면 근본적으로 이 자리에선 집행유예의 사형만이 허용되어 있지만, 나는 우리의 친애하는 친구에게 실망을 안겨주지 않기 위해 집행유예 따윈 도외시하려 하니까요."

다른 사람들이 외쳤다.

"샴페인을 내오시오!"

연회의 밤은 절정에 이르렀다. 샴페인 거품이 일고, 좌중은 기탄없이 들뜨고 화기애애한 분위기였다. 변호사까지 이 공감의 그물 속에 얽혀 들어가 있었다. 양초들이 타 내려가 몇 개는 벌써 불빛이 가물거렸다. 바깥에서는 새벽이 다가오는 듯 빛바랜 별들이 희미하게 반짝이고 있었고, 먼동이 트는 느낌 속에 신선한 공기와 이슬의 기운이 스며들었다.

트랍스는 열에 들뜬 동시에 피곤을 느껴 자기 방을 안내해달라고 청하고는 비틀대며 이 사람 저 사람과 포옹을 했다. 그들은 만취하여 혀 꼬부라진 소리로 떠들어댔다. 엄청난 도취 상태가 홀을 채웠다. 의미 없는 잡담, 혼잣말, 아무도 남의 말엔 귀를 기울이지 않는 판이었다. 그들은 붉은 포도주와 치즈 냄새를 풍기며 총판매인의 머리를 쓰다듬고 애무하기도 하며, 백발노인들 틈에 어린애처럼 끼여 있는 이 지친 행운아에게 키스 세례를 퍼부었다.

말없는 대머리가 그를 위층으로 안내했다. 그들은 네 발로 엉금엉금 기다시피 가까스로 계단을 오르다가 층계 한가운데서 한몸으로 엉겨 붙어 꼼짝달싹 못한 채 웅크리고 주저앉았다.

머리 위쪽 창으로부터 차가운 여명이 한 줄기 새어 들어와 회칠한 벽이 내뿜는 흰빛과 뒤섞였다. 밝아오는 날의 첫 소음까지 들려왔다. 아득히 작은 마을 역에서 기적 소리며 조차(操車)하는 소리가 들려와 놓쳐버린 그의 귀가에 대해 막연한 기억을 불러일으켰다.

트랍스는 행복했다. 그의 소시민적 생애에서 이처럼 충일한 상태는 일찍이 없었던 것 같았다. 퇴색한 영상들이 떠올랐다. 아들 녀석들의 얼굴, 아마도 그가 가장 사랑하는 막내의 얼굴, 이어서 가물가물하게, 사고를 당한 덕분에 들어서게 된 작은 마을 풍경, 완만한 오르막으로 밝은 띠를 이룬 거리, 교회가 있는 작은 언덕, 철봉과 버팀목에 의지한 채 바람에 흔들리던 우람한 떡갈나무, 울창한 숲을 이루고 있는 야산, 그 뒤로 끝없이 빛나는 하늘, 아니 그 위로 끝없이 모든 것을 덮은 하늘…….

하지만 그때 대머리가 털썩 쓰러지며 "자야겠어, 자야겠어, 피곤해, 피곤해" 하고 중얼거리더니 정말로 잠이 들어버렸다. 그러면서도 그의 귀에는 트랍스가 위층으로 기어 올라가는 소리가 들려왔다. 얼마 후 의자가 '쿵' 하고 넘어지는 소리가 났고, 대머리는 층계 위에서 소리 없이 깨어났다. 그것도 단 몇 초 동안. 사라져버린 무섭도록 전율스런 공포의 순간에 대한 기억과 꿈에 잠긴 채였다.

이어서 다시 잠들어버린 그의 주변으로 부산스런 발자국 소리가 났다. 다른 이들이 계단을 올라오는 소리였다. 그들은 쉰 소리로 꽥꽥거리며 식탁에서 양피지 한 장 가득 사형 선고문을 끄적여댄 후였다. 요란스레 칭송하는 투로, 재치 있는 어법에 학술적인 문투로, 라틴어며 고대 독일어를 총동원한 낙서였다. 그리고 그들은 이 걸작을 잠든 총판매인 침대맡에 놔둘 요량으로 진출했던 참이었다. 아침이 되어 그가 깨어났을 때 폭음의 밤에 대한 즐거운 기억 거리가 되도록 하려고.

바깥에선 새벽빛이 밝아오고 있었다. 잠에서 갓 깨어난 새들의 날카롭고 성급한 지저귐. 그렇게 그들은 태평스레 잠든 대머리를 타고 넘으며, 비틀비틀 세 노구가 엉겨 붙어 서로를 의지해가며 계단을 올랐다. 너무나 힘겹게. 특히 계단이 꺾어지는 부분에서는 잠시 진행을 멈추고 퇴각했다가 다시 전진했고, 그러다 그냥 주저앉지 않을 수 없었다.

이윽고 그들은 객실 앞에 섰다. 검사는 아직도 냅킨을 둘러맨 모습이었다. 판사가 문을 열었다. 하지만 이 엄숙한 대열은 문지방에 선 채 얼어붙고 말았다. 창틀엔 트랍스가 부동자세로 매달려 있었다. 짙은 장미 향기가 풍기는 가운데 부연 은빛 하늘을 배경으로 드러난 한 어두운 실루엣. 그 모습이 어찌나 절대적이었는지, 검사는 점점 밝게 모습을 드러내는 아침 햇살을 외눈 안경에 반사시키며, 한참 동안이나 숨을 몰아쉰 연후에야 잃어버린 친구에 대한 슬픔과 허망함을 가누지 못하고 진정 비통함에 가득 찬 절규를 내질렀다.

"알프레도, 내 선량한 알프레도! 대체 자넨 무슨 생각을 했던 건가! 자넨 우리의 멋진 남성 야회를 망쳐놓고 있단 말일세!"

작품 해설

추리소설을 읽는 묘미 가운데 하나는 아슬아슬한 사건 줄거리를 쫓아가며 읽는 사람 역시 사건 수수께끼를 함께 푸는 일이다. 이런 과정에서 독자는 쉽사리 수사관 편에 서게 되고, 그러면서도 사건 단서를 추적하면서 그와 경쟁을 벌인다. 그러다 혹시나 자신의 예상이 한 발 앞서 적중한다 싶으면 내심 우쭐한 기분을 느낀다. 그러나 대부분의 추리소설에서는 수사관이 여타 등장인물은 물론이요, 독자를 훨씬 압도하는 비상한 능력을 지닌 사람으로 나타난다. 그는 정의를 실천하는 사도요, 명쾌하게 사건을 해결하여 엉클어졌던 세계 질서를 원상 복구하는 영웅이 된다. 아울러 독자는 이 영웅에게 감탄과 박수를 보냄과 동시에, 악이 망하고 선이 이기는 해피엔드에 안도감을 느끼며 책을 덮는다.

그러나 이런 유의 추리소설 도식이 반드시 현실과도 일치하리라 믿는 순진한 독자는 드물 것이다. 이런 의미에서 볼 때 전통적 추리소설은 또 다른 범주에 속하는 통속적 동화라 할 수 있다. 우리는 이 동화를 믿지 않으면서도 그것이 제공해주는 스릴과 명쾌함에 끌려 무료함을 메꾸기 위한 소일거리가 필요할 때 이를 찾는다. 그리고 책을 덮으면 미련 없이 책에서 만났던 사건 세계를 떠난다.

프리드리히 뒤렌마트는 전통적 추리소설이 내포한 이 같은 허구적 동화를 깨부수려고 시도한 작가이다. 그가 오늘날 스위스가 낳은 세계적 극작가라는 사실은 이미 널리 알려져 있으니 여기서는 작가에 대한 재론은 생략하기로 하자. 그러나 극작가로 대성하게 되는 시기를 전후해서 대체로 '밥벌이'를 위해 쓰인 그의 추리소설 몇 편이 뒤렌마트라는 문명(文名)을 알리는 데 무시 못할 기폭제가 되었음은 짚고 넘어갈 필요가 있을 것이다.

나는 이미 뒤렌마트의 추리소설 두 편(⟨판사와 형리⟩, ⟨혐의⟩)을 우리 독자들에게 소개한 바 있고, 그 후기에서 이 작가의 작품이 기존 작품과 어떻게 다르며, 그의 극작 세계와는 어떤 관련이 있는지를 미흡하나마 설명해보려고 시도했었다. 따라서 이 지면에서는 이미 소개된 두 소설의 연장선에서 이 책에 번역 수록된 작품 내용을 훑어보는 것으로 해설을 대신하고자 한다.

⟨사고⟩

뒤렌마트의 두 번째 추리소설 ⟨혐의⟩에서 은퇴한 수사관 베르라하는 현직 경찰관 루츠를 향해 현대사회에 만연한 보이지 않는 범죄 형태가 갖는 위험에 대해 이렇게 경고하고 있다.

환상의 결여 때문에 한 착실한 상인이 애피타이저와 본 코스의 점심 메뉴를 드는 사이에 흔히 어떤 장사일에 휩쓸려 범죄를 저지릅니다. 어느 누구도 예감하지 못했고, 상인 자신은 꿈도 꾸지 못했던 범죄이지요. 왜냐하면 아무도 그것을 들여다볼 환상을 갖고 있지 못하기 때문입니다. 세계는 소홀함으로 인해 그릇되어 있고, 소홀함으로 인해 몰락해갈 위기에 처해 있습니다. 이 같은 위험이 스탈린과 그 밖의 요제프 집안을 몽땅 합친 것보다 더 크단 말입니다.

—《판사와 형리》중 〈혐의〉

흔히 장사판에서 당사자인 장사꾼이 전혀 죄라고 느끼지 못하면서 저지르는 무의식 속의 범죄, 이런 범죄는 신문에 보도될 만큼 눈에 띄는 형태는 아니되 '약간 더 유미적이기 때문에 주의를 끌지 않은 채' 현대 소비사회 속에 무더기로 묻혀 있다.

뒤렌마트의 세 번째 추리소설* 〈사고〉에는 바로 베르라하 경감이 경고한 형태의 범죄를 저지른 주인공이 직물 판매인으로 등장한다. 작가는 이 장사꾼을 피고의 자리에 밀어 넣고, 현대사회에서 암처럼 번져 있는 사고 부재 현상에 해부 메스를 대어본 것이다.

아울러 작가는 이 작품에서도 베르라하 시리즈에서와는 또 다른 각도에서 통념적인 추리소설 구조를 깨고 있다. 일반적으로 수사 진행의 발단이 되는 '사건' 같은 건 아예 일어나지도 않고, 다만 첫머리

---

* 〈판사와 형리〉와 〈혐의〉에서는 수사관이 중심 인물이었던 반면 〈사고〉에서는 범죄자가 중심 인물이 되고 있다. 따라서 엄격한 의미에서는 범죄소설이라고 이름 붙일 수도 있겠으나 포괄적 명칭인 추리소설이라는 말을 쓰기로 한다.

부터 한낱 '우연', 즉 자동차 고장이라는 사고(事故)만이 던져진다. 오로지 이 우연에 밀려 무해무탈해 보이는 한 평균치 현대인 트랍스(Traps)가 기묘한 법정으로 끌려 들어가게 되는 것이다. 그곳은 트랍스에게는 그의 이름 그대로 일종의 '함정'이 된다.

이 법정은 실제 법정과는 차원을 달리한다. 이미 은퇴해버린 퇴물 판사와 검사, 변호사, 그리고 형리까지 가담해서 벌이는 '유희'로서의 법정, 다시 말해 코미디 극작가의 기발한 착상이 만들어낸 유미적 기구로서의 법정인 것이다. 작가의 장난기가 도처에서 엿보인다(걱정(Kummer)이라는 이름의 변호사, 분노(Zorn)라는 이름의 검사 등 법정 구성인의 이름을 보라). 이 법정의 판사는 베르라하 경감처럼 위암을 앓은 전력을 갖고 있다. 그런가 하면 〈판사와 형리〉의 마지막 장면에서 베르라하가 챤츠와 함께 벌인 것과 같은 '향응'(Gericht, 독일어로는 '법정'이라는 뜻도 있음)이 이 법정에서도 시종일관 방만할 정도로 벌어진다. 그러나 베르라하의 경우와는 달리 이 법정 판사에겐 수술이 필요 없다. 이 괴상스런 법정에서 벌어지는 유희 자체가 은퇴한 노인들에겐 '건강의 샘'이 되고 있기 때문이다.

이렇듯 이 작품에는 명백한 범죄자도, 행동력 있는 수사관도 등장하지 않는다. 역순(逆順)으로 피고 역이 먼저 정해진 후 범죄에 해당되는 사건이 노회한 법조인들의 유도신문에 의해 뒤늦게 구성되는 것이다.

물론 이 과정에는 사건 조립이 가능하도록 해주는 사전 이야기가 있다. 트랍스와 갈등 관계에 있던 그의 상사 기각스의 죽음이 바로 그것이다. 트랍스나 기각스는 모두 소비사회의 전형적인 실존 상황

속에 공존하는 이른바 속물들로 계획적 살의는 없었으나 트랍스가 심근경색이라는 기각스의 약점 부위에 '우연히' 접하게 되고, 결과적으로는 그의 죽음에 치명적 원인을 제공하게 된다.

이러한 이야기의 구조와 전말을 순서대로 정리하면 다음과 같이 요약할 수 있다.

(1) 사건 이전의 이야기: 트랍스와 기각스의 관계, 트랍스와 기각스 부인의 관계
(2) 사건: 기각스의 죽음
(3) 심문: 사건 전 이야기의 추적 — 변호사와의 대화 — 자백 — 검사의 논고(살인 사건 조립) — 변호사의 변론 — 판사의 선고 (사형)
(4) 선고의 집행: 트랍스의 자살

트랍스는 판사의 사형선고를 스스로 집행한다. 처음에는 완강히 결백을 주장하던 그가 심문 과정을 거치면서 자신이 살인자임을 자발적으로 인정하는 상황에 이르는 것이다. 다시 말해 그는 일상의 사고 부재라는 딱딱한 껍데기를 깨고 나와, 본연의 자아를 만나고 도덕적 인식에 이른다.

뒤렌마트의 일관된 주장에 따르면 이처럼 도덕적 인식에 눈뜨는 것이 현대적 의미에서의 '용기'요, 트랍스는 그런 뜻에서 '용기 있는 인물'이며, 따라서 그의 죽음은 곧 '정의의 실현'이다.

그러나 현실 세계에서도 이 같은 절대적 정의가 실현 가능할까?

이에 대한 답은 이 작품이 현실이 아닌 '유희' 무대 위에서 벌어지고 있다는 사실에서 찾을 수 있다. 이 유희 무대는 바로 현실 속의 인간적 비극을 찰나에 조명해주는 허구적 현장이다.

뒤렌마트는 이 작품을 같은 해(1956)에 방송극으로 개작 발표했고, 이듬해 독일전쟁맹인협회가 주는 방송극상을 수상했다. 방송 극본에서 트랍스는 스스로 사형 집행을 하지 않는다. 아침에 깨어난 그는 간밤의 유희를 한낱 악몽으로 돌린 채 둔감(鈍感)한 일상으로 유유히 돌아간다.

"인정사정없이 밀어붙여야지, 사정없이! 그놈의 목을 비틀겠어, 가차 없이!"

이것이 방송 극본에서 트랍스가 내뱉는 마지막 대사이며, 실은 우리의 현실이기도 하다. 방송 극본에서 작가는 유희의 무대에 현실의 틀을 덧씌운 셈이다.

〈약속〉

〈사고〉를 비롯해 지금까지 나온 뒤렌마트의 세 추리소설은 저마다 다른 방식으로 전통적 추리소설의 도식을 깨는 실험을 하면서 문제성 있는 범죄 구성 요건들*을 전시해주었다. 그러면서도 하나의 공

---

* 가스트만의 범죄는 '우연'(베르라하와의 '내기')을 전제로 하고 있고, 엠멘베르거의 범죄는 '우연'(엠멘베르거의 우연에 대한 신조)에 의해 미리 예정된 것이며, 트랍스의 죄는 법정 유희 안에서만 조립될 수 있는 것이다.

통된 가능성을 보여주고 있는데, 이는 수사가 어떤 식으로든 객관적 결과를 수반하고 있다는 점이다.

하지만 뒤렌마트는 그의 추리소설 시리즈의 마지막 작품인 〈약속〉에서는 이러한 객관적인 결과조차 제시하지 않는다.

본디 이 소설의 전신(前身)은 뒤렌마트가 영화 연출가 라자르 벡슬러(Lazar Wechsler)의 요청을 받아 영화 시나리오로 쓴 작품이다. 이 영화(〈그 사건은 화창한 대낮에 벌어졌다(Es geschah am helligsten Tag)〉)는 1958년 미성년자들에게 저질러지는 성범죄를 경고할 목적으로 제작되었다. 그러나 뒤렌마트는 같은 해 이 대본을 대폭 개작해 소설로 발표하면서 이를 자신의 창작에서 유미적 태도와 세계관을 개진하는 기회로 삼았다.

창작에 대한 작가의 견해는, 이 소설에서 틀을 이루는 1인칭 화자인 추리소설 작가와 전직 경찰서장 H 박사의 토론을 통해 펼쳐진다. 이어서 틀 속의 이야기로 소설 줄거리가 삽입된다. 따라서 이 소설의 골격을 스케치하면 다음과 같은 모습으로 나타난다.

(1) 틀: 작가인 화자와 H 박사의 만남 ― 추리소설에 대한 토론 ― 주유소에서 마태와의 만남

(2) 틀 내부의 이야기: 수사관 마태의 케이스

a) 그리틀리 모저 살인 사건 ― 마태의 약속

b) 혐의자 폰 군텐의 죽음(수사 1)

c) 솔방울 거인에 대한 가설과 그것의 입증 실패 (수사 2)

d) 슈로트 부인의 보고(사건 전 이야기)

틀 속의 이야기에는 두 차례의 수사 과정이 삽입되어 있다. 그 중 첫 번째 수사 과정은 기존 경찰 기구의 작품으로, 겉보기에 명백한 결과를 얻은 다음 종결된다. 살인 혐의자인 행상 폰 군텐이 경찰의 연속 심문에 못 이겨 자백을 강요받고 막다른 골목에 이르자 자살하고 마는 것이다. 이 행상의 자살 장면은 〈사고〉 종결부를 재구성한 모습이다. 두 행상 모두 '창틀'에 매달려 죽는다. 그러나 이들 양자의 자살 동기는 판이하다. 트랍스의 자백은 자발적인 것이요, 본연의 자아를 인식하는 절정의 순간에 나온 것인 반면, 폰 군텐의 자백은 강요된 것이요, 고문 같은 고통스런 현실을 단축하는 방법이다. 바꾸어 말하면 트랍스가 현실과 유희의 경계 지점에서 죽어갔다면, 폰 군텐은 강요된 자백과 외계와의 경계 지점에서 죽어갔다고 할 수 있다. 따라서 폰 군텐은 현실의 법 기구가 저지른 오류의 희생물인 셈이다. 그러나 수사관 마태는 이러한 귀결로는 '목숨을 걸고' 했던 자신의 '약속'을 지킬 수가 없다.

두 번째 수사는 마태의 도덕적 책임을 바탕으로 개인적 차원에서 재개된다. 그리고 그 과정은 마태가 세운 가설과 계산한 바를 입증하려는 시도로 일관된다. 가설을 세워가는 마태와 의사 로허의 담화는 〈혐의〉에서 베르라하와 홍거토벨 간에 벌어진 토론 장면의 변용이다. 그러나 가설 이후 상황은 각기 판이하게 다른 방향으로 흐른다. 〈혐의〉에서 베르라하는 그나마 자신의 가설을 입증할 수 있었던 반면, 마태의 가설은 끝내 한낱 '허구'로 남는다. 헬러의 아이를 미끼로 쓴 마태는 챤츠를 도구로 썼던 베르라하와 마찬가지로 스스로 도덕성에 위배되는 모순에 빠진다. 범죄자는 끝내 그의 함정에 걸려들지 않는 것이다. 그러나 실상 그의 실패는 결코 가설의 결함에 기인한 것은 아니다. 불운의 형태(알베르트 역시 트랍스처럼 자동차 사고를 당한다)로 덮친 '우연'이 '장애 요인'으로 작용했기 때문인 것이다.

마태는 자신이 쳐놓은 사고(思考)의 그물에 스스로 얽혀 허우적거리며 영원히 벗어나지 못하는 모습으로 살아 있다. 작가는 왜 이토록 참담하게 실패하는 수사관을 제시했을까?

물론 우선적으로는 19세기 소설의 유능한 탐정들에 대한 비판을 염두에 두었을 것이다. 그러나 궁극적으로는, 우리가 계산했던 것 외곽에서 '우연'의 형태로 위협하는 현실이야말로 우리가 눈을 부릅뜨고 상대해야 할 적수임을 강조하고 싶었을 것이다.

이렇듯 지금은 신이나 정의, 제5교향곡 운명이 위협하는 시대가 아니다. 그보다는 무수한 교통사고, 부실 공사에 따른 제방 붕괴, 방심한 한 기술자가 불러일으킨 원자탄 공장 폭발, 잘못 조절해놓은 부화기 등의 위협 속에 우리는 살고 있다. 우리가 걷고 있는 이 길은 이렇듯 사고(事故)들의 세계로 이어져 있는 것이다.

이 먼지투성이 길가, 발리 구두와 스튜드베이커, 아이스크림 광고판들과 전몰자 기념비들 곁에서, 아직도 가능한 몇 가지 이야기들이 생겨나고 있다.

우리는 벌써 반세기 전 작품인 〈사고〉 1부에서 뒤렌마트가 생생한 육성으로 경고했던 바를 피부로 느끼며 살고 있다. 십수 년 전 일어났던 체르노빌 핵발전소 폭발 사건이나, 오늘날 정보 체계를 교란

하는 컴퓨터 해커를 군이 들출 필요도 없을 것이다.

'추리소설에 부치는 진혼곡'이라는 부제를 붙인 이 작품을 끝으로(수사관 마태의 별명 역시 '끝'이라는 뜻) 뒤렌마트는 다시는 추리소설을 발표하지 않았다. 그러나 작가가 의도했든 안 했든 이 소설은 현대 세계에서 추리소설이 존속할 수 있는 새로운 가능성의 지평을 열어 보이고 있다. 추리소설의 인습적 공식을 깨부수는 작업에 주력했으되, 결과적으로 이 소설은 미묘한 추리적 요소를 업고 새로운 주제의 내용을 담는 데 성공했기 때문이다. 그런 의미에서 이 소설은 추리소설을 지양하는 동시에 극복하고 있으며, 이 장르를 '아직도 가능한 이야기'로 만들고 있다.

전통 추리소설에 익숙한 독자라면 이 소설을 읽는 동안 아슬아슬한 스토리를 좇아가며 수수께끼에 참여하는 맛은 별로 즐기지 못했을 것이다. 또한 책을 덮으면서 개운치 않은 마음을 털어버리기 어려울 것이다. 그러나 이렇듯 무엇인가를 독자의 마음속에 침전(沈澱)시키는 글을 쓰는 것, 그래서 개개의 인간으로 하여금 현실에 대해 재고(再考)해보고 눈을 뜨게 하는 것, 이것이 바로 이 코미디 작가의 궁극적인 창작 목표라는 점을 감안할 때, 독자 여러분 역시 트랍스처럼 노련한 작가가 쳐놓은 '함정'에 빠져드는 것은 아닐까?

차경아

프리드리히 뒤렌마트 연보

1921년	1월 5일 스위스 코놀핑겐에서 태어남.
1941 ~1942년	취리히 및 베른대학교에서 철학 및 문학 수업 수강.
1943년	첫 번째 작가적 시도로 미발표된 산문《코미디》를 씀.
1947년	희곡《그렇게 쓰여 있나니》가 취리히 극장에서 상연됨. 로티 가이슬러와 결혼.
1948년	《눈먼 남자》가 바젤 시립극장에서 상연됨.
1948 ~1952년	비일러 호반 리게리츠에서 거주.
1949년	《로물루스 대제》가 바젤 시립극장에서 상연됨.
1950년	첫 추리소설《판사와 형리》를 발표함.
1952년	《미시시피 씨의 결혼》이 뮌헨 소극장에서 상연됨. 추리소설《혐의》를 발표함.
1953년	《천사 바빌론에 오다》가 뮌헨 소극장에서 상연됨.
1956년	《노부인의 방문》이 취리히 극장에서 상연됨.

1957년	마지막 추리소설《약속》을 발표함.
1959년	《프랑크 5세》가 취리히 극장에서 상연됨.
1962년	《물리학자들》이 취리히 극장에서 상연됨.
1963년	《헤라클레스와 아우기아스의 외양간》이 취리히 극장에서 상연됨.
1967년	《유성(流星)》이 취리히 극장에서 상연됨.
1968년	《존 왕(王)》이 바젤 시립극장에서 상연됨.
1970년	《어느 항성의 초상》이 뒤셀도르프 극장에서 상연됨.
1971년	산문《추락》을 발표함.
1973년	《가담자》가 취리히 극장에서 상연됨.
1977년	《유예》가 취리히 극장에서 상연됨.
1990년	69세의 나이로 자택에서 사망.

옮긴이 **차경아**

서울대학교 문리대 독문과와 같은 학교 대학원을 졸업하고,
독일 본대학교에서 수학했다. 서강대학교에서 문학박사 학위를 받고
경기대학교 유럽어문학부 독어독문학과 교수로 재직했다.
주요 번역서로 안톤 슈낙의《우리를 슬프게 하는 것들》,
미카엘 엔데의《모모》,《뮌렌왕자》,《끝없는 이야기》,
헤르만 헤세의《싯다르타》, 잉게보르크 바흐만의《말리나》,
《삼십세》,《만하탄의 선신》등이 있다.

약속

1판 1쇄 발행 1989년 3월 10일
5판 1쇄 발행 2024년 10월 15일

지은이 프리드리히 뒤렌마트 │ 옮긴이 차경아
펴낸곳 (주)문예출판사 │ 펴낸이 전준배
출판등록 2004. 02. 11. 제 2013-000357호 (1966. 12. 2. 제 1-134호)
주소 04001 서울시 마포구 월드컵북로 21
전화 02-393-5681 │ 팩스 02-393-5685
홈페이지 www.moonye.com │ 블로그 blog.naver.com/imoonye
페이스북 www.facebook.com/moonyepublishing │ 이메일 info@moonye.com

ISBN 978-89-310-2395-4 04800
ISBN 978-89-310-2365-7 (세트)

• 잘못 만든 책은 구입하신 서점에서 바꿔드립니다.

문예출판사® 상표등록 제 40-0833187호, 제 41-0200044호

■ 문예세계문학선

★ 서울대, 연세대, 고려대 필독 권장 도서   ▲ 미국대학위원회 추천 도서
● 《타임》 선정 현대 100대 영문 소설   ▽ 《뉴스위크》 선정 세계 100대 명저

|---|---|
1 **젊은 베르테르의 슬픔** 괴테 / 송영택 옮김	34 **지상의 양식** 앙드레 지드 / 김붕구 옮김
▲▽ 2 **멋진 신세계** 올더스 헉슬리 / 이덕형 옮김	35 **체호프 단편선** 안톤 체호프 / 김학수 옮김
●▽ 3 **호밀밭의 파수꾼** J. D. 샐린저 / 이덕형 옮김	36 **인간 실격** 다자이 오사무 / 오유리 옮김
4 **데미안** 헤르만 헤세 / 구기성 옮김	37 **위기의 여자** 시몬 드 보부아르 / 손장순 옮김
5 **생의 한가운데** 루이제 린저 / 전혜린 옮김	●▽ 38 **댈러웨이 부인** 버지니아 울프 / 나영균 옮김
6 **대지** 펄 S. 벅 / 안정효 옮김	39 **인간희극** 윌리엄 사로얀 / 안정효 옮김
●▽ 7 **1984** 조지 오웰 / 김승욱 옮김	40 **오 헨리 단편선** O. 헨리 / 이성호 옮김
●▽ 8 **위대한 개츠비** F. 스콧 피츠제럴드 / 송무 옮김	★ 41 **말테의 수기** R. M. 릴케 / 박환덕 옮김
●▽ 9 **파리대왕** 윌리엄 골딩 / 이덕형 옮김	42 **파비안** 에리히 케스트너 / 전혜린 옮김
10 **삼십세** 잉게보르크 바흐만 / 차경아 옮김	★▲▽ 43 **햄릿** 윌리엄 셰익스피어 / 여석기 옮김
★▲ 11 **오이디푸스왕 · 안티고네**	44 **바라바** 페르 라게르크비스트 / 한영환 옮김
소포클레스 · 아이스킬로스 / 천병희 옮김	45 **토니오 크뢰거** 토마스 만 / 강두식 옮김
★▲ 12 **주홍글씨** 너새니얼 호손 / 조승국 옮김	46 **첫사랑** 이반 투르게네프 / 김학수 옮김
●▽ 13 **동물농장** 조지 오웰 / 김승욱 옮김	47 **제3의 사나이** 그레이엄 그린 / 안흥규 옮김
★ 14 **마음** 나쓰메 소세키 / 오유리 옮김	★▲▽ 48 **어둠의 속** 조셉 콘래드 / 이덕형 옮김
★ 15 **아Q정전 · 광인일기** 루쉰 / 정석원 옮김	49 **싯다르타** 헤르만 헤세 / 차경아 옮김
16 **개선문** 레마르크 / 송영택 옮김	50 **모파상 단편선** 기 드 모파상 / 김동현 · 김사행 옮김
★ 17 **구토** 장 폴 사르트르 / 방곤 옮김	51 **찰스 램 수필선** 찰스 램 / 김기철 옮김
18 **노인과 바다** 어니스트 헤밍웨이 / 이경식 옮김	★▲▽ 52 **보바리 부인** 귀스타브 플로베르 / 민희식 옮김
19 **좁은 문** 앙드레 지드 / 오현우 옮김	53 **페터 카멘친트** 헤르만 헤세 / 박ის서 옮김
★▲ 20 **변신 · 시골 의사** 프란츠 카프카 / 이덕형 옮김	★ 54 **몽테뉴 수상록** 몽테뉴 / 손우성 옮김
★▲ 21 **이방인** 알베르 카뮈 / 이휘영 옮김	55 **알퐁스 도데 단편선** 알퐁스 도데 / 김사행 옮김
22 **지하생활자의 수기** 도스토옙스키 / 이동현 옮김	56 **베이컨 수필집** 프랜시스 베이컨 / 김길중 옮김
★ 23 **설국** 가와바타 야스나리 / 장경룡 옮김	★▲ 57 **인형의 집** 헨리크 입센 / 안동민 옮김
★▲ 24 **이반 데니소비치의 하루**	★ 58 **소송** 프란츠 카프카 / 김현성 옮김
A. 솔제니친 / 이동현 옮김	★▲ 59 **테스** 토마스 하디 / 이종구 옮김
25 **더블린 사람들** 제임스 조이스 / 김병철 옮김	★▽ 60 **리어왕** 윌리엄 셰익스피어 / 이종구 옮김
★ 26 **여자의 일생** 기 드 모파상 / 신인영 옮김	61 **라쇼몽** 아쿠타가와 류노스케 / 김영식 옮김
27 **달과 6펜스** 서머싯 몸 / 안흥규 옮김	▲▽ 62 **프랑켄슈타인** 메리 셸리 / 임종기 옮김
28 **지옥** 앙리 바르뷔스 / 오현우 옮김	▲●▽ 63 **등대로** 버지니아 울프 / 이숙자 옮김
★▲ 29 **젊은 예술가의 초상** 제임스 조이스 / 여석기 옮김	64 **명상록** 마르쿠스 아우렐리우스 / 이덕형 옮김
▲ 30 **검은 고양이** 애드거 앨런 포 / 김기철 옮김	65 **가든 파티** 캐서린 맨스필드 / 이덕형 옮김
★ 31 **도련님** 나쓰메 소세키 / 오유리 옮김	66 **투명인간** H. G. 웰스 / 임종기 옮김
32 **우리 시대의 아이** 외된 폰 호르바트 / 조경수 옮김	67 **게르트루트** 헤르만 헤세 / 송영택 옮김
33 **잃어버린 지평선** 제임스 힐턴 / 이경식 옮김	68 **피가로의 결혼** 보마르셰 / 민희식 옮김

(뒷면 계속)